조흔파얄개걸작시리즈 2
얄개·악돌이 만만세
조흔파 지음

동서문화사

일러스트 : 홍성찬, 신동우

머리글

나는 여러분의 친구입니다. 그리고 여러분은 나의 친구이기를 바랍니다.

그래야 내가 항상 젊을 수 있으니까요. 젊어야 여러분의 친구될 자격도 생기고요. 나는 여러분의 친구된 것을 기뻐합니다. 그리고 한 가지 더 기쁜 일은 이제부터 내가 쓰는 소설 《꼬마》에 등장할 인물들을 여러분에게 소개할 수 있다는 것입니다.

이 작품에 나오는 '꼬마' '마리아' '에스터'들은 여러분의 친구인 동시에 거울이기도 할 것입니다. 그들의 생활에다 여러분의 생활을 비추어 보아서 옳은 것과 그른 점을 가려내 보십시오. 그리고 저들이 잘못하는 것은 그래서 안 된다고 충고를 하고, 잘하는 일에는 격려를 하고, 박수도 보내 주십시오. 정의를 위해서는 같이 행동하고 불의로 나아가는 것을 볼 때에는 그것을 말리는 브레이크 구실도 해 주세요. 같이 웃고 함께 울며 사는 동안에는 여러분 스스로가 좋고 나쁜 것을 잘 판가름하게 될 줄로 믿습니다.

나도 여러분의 좋은 친구가 되기 위해서 오늘부터 여러분의 생활을 구경하며 격려와 충고를 아끼지 않겠습니다.

조흔파

얄개·악돌이 만만세
차례

머리글

얄개·악돌이 만만세
  코먹었다 냠냠···9
  일장춘몽···26
  기절했니? 거짓말!···44
  요게 나보다 예쁜데···62
  무슨 큰 원수라고···80
  가을이여 제발 안녕···97
  침을 한 대 놓자고···109
  죄를 지으시려나 봐···123
  그게 바로 도둑 고양이···137
  너희는 못 믿겠다···150
  곱단이 사진···163
  영화 배우들···177
  수줍어서 그러오···191
  첫눈이 내리는데···201

얄개·꼬마전
    인사말씀…215
    석 석사…226
    벼락부자…240
    꼬마 스타…254
    어른들의 싸움…268
    출발을 앞두고…283
    핼쓱해지는 얼굴…298
    인기…313
    비밀…327
    13일 금요일…341

코먹었다 냠냠

 발악하듯 악다구니를 치던 매미 울음 소리도 슬며시 꼬리를 감추고, 나뭇잎이 제법 노르스름하게 단풍 기운을 풍기기 시작한다.
 이대로 가면 얼마 안 가서 귀뚜라미의 애절한 하소연이 들려 오게도 될 것이다. 그러나 경호에게는 이런 것들이 모두 문제가 아니었다.
 내일부터는 개학—. 또 학교에 나가서 공부를 해야 하는 것도 질겁할 일이거니와 곧 이어서 임시 시험이 있다고 하지 않았는가? 어찌 그 뿐이랴. 이제부터는 입학 시험 준비도 해야 한다.

"아! 어서 어른이 돼 가지구 그 겁나는 시험이 없는 세상을 한번 살아봤으면."

경호는 입속으로 중얼거리며, '해먹'(나무에 달아맨 침대용 그네) 위에서 돌아 누웠다.

나뭇가지에 매어 놓은 고물 그네라, 흔들하는 서슬에 성급한 낙엽 한 잎이 얼굴 위로 떨어진다.

오늘이 여름 방학의 마지막 날—. 오늘만 지나면 멋지게 놀아 주던 여름 방학이 끝이 날 판이다.

"어, 기가 막혀, 오늘이란 오늘이 바로 방학을 시작하는 첫날이라면 오죽이나 좋을까!"

경호는 깊은 한숨을 길게 내쉬었다. 하긴 학교 생활이 재미가 없는 것도 아니다. 해수욕하러 간 철수랑 한기랑 오늘은 제 아무리 장사라도 안 돌아오고는 못 배길 테니까, 내일이면 만나게 될 것이다.

"또 한바탕 장난을 해야지."

하면서도 은근히 걱정되는 일이 있다.

"그 애들은 시험에 합격이 되고, 나 혼자서만 낙제를 하게 된다면?"

생각만 해도 오싹 소름이 끼치고 몸서리가 쳐진다. 시험 치를 일을 생각하면 10년이나 20년쯤 전에 세상에 태어나지 못한 일이 못내 한스럽다. 차라리 죽어버리고 싶어지기까지 한다.

"에라, 정말로 죽어버리구 말까부다."

이런 생각을 하고 있자니 또 한 번 몸서리가 쳐진다. 그러나 다음 순간, 정말로 몸서리가 쳐질 일이 연거푸 일어났다.

그것은 다름이 아니라, 뱀 한 마리가 나뭇가지 위로 스르르 기어 가다가,

"철썩." 소리를 내며 '해먹' 위에 떨어진 것이다.

"애개개"

질겁을 하며 몸을 벌떡 일으키려는 찰나, 옹두라지 뼈에 불이 붙는 듯한 느낌이 있더니 기다란 작대기가 볼기짝을 치받쳤다.

"야 임마, 낮잠만 자면 제일이냐? 공부하지 않는 애는 엉덩이에 말뚝을 박아서 귀양살이를 보내야 한다."

하는 고함 소리가 나기에 굽어보니 철수다.

"아이쿠."

경호가 요동을 하자, '해먹' 끈이 끊어지며 땅이 꺼지도록 엉덩방아를 몹시 찧었다.

"어이쿠쿠……."

경호는 비명을 올렸다. 그러나 이것은 속으로 지른 비명이지 입밖으로 내지 않았다.

조금만 몸을 움직여도 전신의 마디마디에서 우직우직 소

리가 날 지경으로 아프고, 쑤시고 하였건만, 경호는 입술을 악물며, 일부러 꾹 참았다. 이렇게까지 참는 데에는 까닭이 있다. 철수 녀석을 한 번 단단히 골려 주어서 복수를 해야 겠다는 생각이 든 때문이다.

경호는 눈을 까뒤집고 숨을 할딱할딱 몰아 쉬었다. 마치 운명하기 직전의 사람같다.

"경호야, 경호야……."

아니나 다를까 철수는 몹시 놀랐는지 어깨를 흔들면서 목이 메어 가지고 연신 경호의 이름을 불러댄다.

"경호야……경, 경, 경……."

다시금 부르는 철수의 음성에는 울음가락이 섞여 있었다.

경호는 아픈 생각이 사라지고 이번에는 웃음이 났다. 그러나 억지로 참고서, 입술을 바르르 떨어 보이다가 숨을 양껏 들이마시고 나서 숨을 뚝 끊었다.

"……경, 경호야, 죽지 마아, 내가 잘못했어."

철수는 정말로 다급한지 군침만 연신 삼키다가 경호의 셔츠 속으로 손을 집어넣어 가슴팍을 슬슬 어루만진다. 심장의 고동이 그쳤는가, 아닌가를 시험해 볼 심산임이 분명하다. 이런 철수의 짓이 경호로 보아서는 도무지 간지러워서 견딜 수가 없었다. 게다가 숨을 안 쉬자니 숨이 막힐 지경이다. 그래서 몸을 한 번 움찔하면서 끊었던 숨을 푸욱 내쉬었다. 철수는 무엇을 생각하는지 잠시 가만히 있더니 빙그레 웃는 것 같았다.

　그러고는 본격적으로 간지럼을 태우기 시작한다. 손톱으로 겨드랑을 갉작거리기도 하고, 다른 손으로는 배꼽 언저리를 슬슬 쓰다듬기도 한다. 경호는 정말, 더는 못 참겠다. 어찌 그 뿐이랴. 까뒤집은 눈이 뻣뻣해지면서 땅기고 아프다.

　"에잇, 이런 기회에……."

　이번에도 경호는 속으로만 이렇게 외치면서 눈을 번쩍 떴다. 그러면서 조금도 사이를 두지 않고, 철수의 목덜미를 얼싸 안으면서 달려들어 코를 꽉 깨물었다.

　"으악."

　철수가 질겁을 하였으나 경호는 놓지 않았다.

　경호는 철수의 코를 '아이스 케이크'를 씹듯이 직신직신 깨물었다. 삭은 뼈가 이빨에 닿는 촉감이 흡사 송편을 물어 뜯을 때와 비슷하다.

　"경호야, 살, 살려 다우."

　철수가 애원을 하였으나 경호의 이빨은 꽉 다문 조개 껍데기 모양 열릴 줄을 모른다.

　두 소년은 엎치락 뒤치락 덧포개져서 운동을 계속하고 있다.

　철수의 코를 물고 늘어져서 영원 무궁토록 놓아주지 않을 작정인가보다.

그런데, 여기서 난데없는 불행한 일이 생겼다. 그것은 다름이 아니라 물고 있는 경호의 입 속으로 철수가 흘리는 콧물이 흘러든 사실이다.

처음에는 몰랐다가 그것을 어떻게 알았는가 하면 혀 끝으로 찝찌레한 맛이 스며드는 것을 느꼈기 때문이다.

"에이 더러워!"

경호는 입을 딱 벌리고 저만큼 물러났다. 물러났다기 보다 나가떨어진 것이다.

"퉤, 퉤."

연신 침을 뱉어 내다가 물끄러미 보니까 철수는 깨물린 코를 움켜잡고 뱅글뱅글 '고추 먹고 맴맴'을 돌고 있지 아니한가. 본래부터 크기로 이름난 철수의 코다. 그러기에 '주먹코'라는 별명이 붙었고, 또 그렇게 크기 때문에 물어 뜯기도 수월했던 노릇인데, 그 코가 퉁퉁 부어 올랐을 터인즉 위대할 것은 말할 나위도 없고, 그야말로 볼만한 것이 되었다.

"야, 어떻게 됐니? 한번 구경하자."

이 말에 철수도 약이 오른 모양이다.

"콧물 맛이 어떻든? 난 축농증이다."

하고, 철수는 깔깔 웃는다.

"뭐? 축농증?"

"그래."

'그러면 그 더러운 콧물을 내가……?'

콧물 쳐놓고 더럽지 않은 것이 어디 있으랴마는 축농증이란 말에 경호는 소름이 끼쳤다.

그건 그렇고, 철수의 코는 정말 볼만하였다. 주먹이라도 그냥 주먹이 아니라, 권투장갑을 낀 주먹 같았다.

"임마, 네 코 믿음직하다. 그 놈을 썰어서 '카레 라이스'나 만들어 먹었으면 좋겠다."

그러자 철수도 지지 않고 맞대꾸다.

"식충이 녀석, 특제 콧물을 그만큼 먹구두 아직 배가 고프냐?"

"뭐가 어째?"

약이 오른 끝에 경호가 철수에게 덤벼들려고 벌떡 몸을 일으키려 하였으나, 잘 되지가 않았다. 허리가 시큰하면서 볼기짝이 뜨끔거린다.

그러나 두 소년은 똑같이 아무렇지도 않다는 듯이 태연스러운 표정을 짓지 않으면 안 되었다. 그것은 다름이 아니라, 저만치서 한숙이가 걸어오는 모습을 발견했기 때문이다.

일이 이쯤 되면 태연스러운 표정이 다 무엇이냐, 억지로라도 웃고 있지 않으면 안 될 형편이다.

―한숙이는 한기의 여동생이다. 그러나 이것은 한기가 주장하는 말이고, 한숙이가 과연 한기의 동생인지, 누나인지는 잘 알 수가 없다. 왜냐하면 한숙이가 그의 친구들에게 하는 말을 들어보면 한기가 자기 동생이라고 여러 차례 밝

힌 바 있다고 하니 말이다.

 그도 그럴 것이 한기와 한숙이는 오누 쌍둥이기 때문이다. 그래서 그런지 얼굴 생김새가 서로 비슷하다.

 오똑한 코, 오무린 입술, 날씬한 키에 해맑은 살갗…… 한기가 여자 옷을 입고 머리를 기르면 한숙이가 될 것이고, 한숙이가 머리를 깎고 남자 양복을 입기만 하면 한기가 될 것이다.

 그렇게도 남매가 서로 닮았건만 경호나 철수는 웬일인지 한기보다 한숙이가 더 좋으니 별 일이었다. 그렇다고 한기가 미운 것은 아니다. 한기도 무척 좋다. 그러나 한숙이 만은 정말 못하다. 좀 더 정직하게 말하라면 한숙이가 좋으니까 한기도 좋아진 것이다. 아니 한숙이와 친해지고 싶어서 한기와도 친하게 지낸다는 편이 더 솔직한 고백일는지 모른다.

 경호는 한기의 손을 잡고 악수를 할 적이면 가만히 눈을 감고는 한숙이를 생각해 보는 것이 버릇이었다.

 철수는 한술 더 떠서 한기를 껴안고 뺨을 비벼댄 일이 있었다. 경호는 자기의 기분으로 미루어 보아 철수도 아마 한숙이로 가정하고 그런 짓을 했으리라는 단정을 내렸다.

 이런 일을 생각하면 약이 바싹 오른다. 그래서 이 다음에 기회가 있거든 한기에게 입을 한번 맞추어 주리라고, 마음속으로 단단히 별러오던 터였다. 그런데 지금 그 장본인인 한숙이가 저기서 걸어오고 있지 아니한가? 공연히 가슴이 울렁거리고 가슴이 화끈거린다. 슬쩍 옆을 보니까 철수 녀석은 경호보다 한층 더 어쩔 줄을 몰라 한다. 금방 깨물려서 부어오른 코를 가지고야 제아무리 뻔뻔스러운 사람이기로서니 무슨 면목으로 공주 같은 한숙이를 만날 수 있으랴. 그런 점에서는 경호 편이 훨씬 처지가 유리하다. 볼기짝이 깨어졌건, 엉덩뼈가 부러졌건, 그런 것이 문제가 아니다. 요컨대 간판 같은 얼굴은 말짱하지 아니한가.

철수가 코를 움켜 잡고 외면을 하고 섰을 때, 경호는 용기를 내어서 한숙이가 오는 앞으로 다가섰다.

"어디 가?"

"응? 경호니?"

한숙이는 상냥스럽게 싱긋 웃어보이는 것이 아닌가? 경호는 퍽 수지맞은 것 같아 마음이 흐뭇하였다.

한숙이는 철수가 있는 것도 보았다.

"어머나, 철수가 웬 일이니? 코가 왜 그래?"

한숙이는 눈을 동그랗게 떴다. 경호는 한숙이의 그러한 눈이 퍽 아름답다고 생각하였다. 그러나 철수에게는 그런 생각 저런 생각이 다 없는 모양이었다. 그는 손으로 코를 가린 채 눈을 흘기면서,

"한숙아, 빨리 꺼져."

하고 입에 담지 못할 흉악한 욕설을 퍼붓는다.

'세상에, 아까운 짓을 하는 놈 다 보겠다. 모처럼 온 한숙

이에게 저런 소리를 하다니.'

입 속으로 이런 말을 지껄이며, 경호는 한숙이 편을 들어주고 싶은 생각이 불쑥 났다. 동시에,

'한숙이가 발끈해서 그냥 가버리지 않을까'

하는 생각이 앞섰다. 그러나 다행이도 한숙이는 철수의 앙탈을 들은둥 만둥 생글생글 웃으면서 경호 편으로 한 걸음 다가선다.

'원 이런 고마울 데가.'

하면서도 경호는 짐짓 태연스러운 표정을 지었다. 철수는 어찌할 바를 모르는 것 같았다. 그는 한숙이를 피하여 슬금슬금 자리를 뜨기 시작하였다. 그 뒤를 경호가 따른다. 온몸이 아프고 쑤시건만 아무렇지도 않은 듯이 따라 걷기 시작했다.

"철수야, 고개를 푹 수구리구 걸어라."

"왜?"

"코가 방해 돼서 땅이 잘 안 보일라."

"이 녀석이."

"하하하."

"호호호."

경호가 철수를 놀리는 말을 듣고 한숙이도 따라 웃어준다.

얼마나 행복하냐! 하지만 그 행복도 순간의 일이다. 허리

가 시큰하더니 무릎 마디가 쿡쿡 쑤신다. 더 이상 참을 수가 없다. 그렇다고 걷지 않으면 한숙이가 먼저 갈 판이다. 죽으면 죽었지 한숙이와 멀리 떨어지고 싶지가 않다. 그래서 무리를 해 볼 양으로 발걸음을 옮겨 놓았으나 잘 되지 않는다.

"아야……아얏"

"왜 그러니?"

"아까 나무에서 떨어져 발목을 삐었다."

"어머나, 저를 어째, 못 걷겠으면 나를 붙잡아."

하며 한숙이가 손을 내민다.

"잡아두 좋아?"

"그럼, 자 어서."

한숙이가 내민 손을 경호가 조심스럽게 붙잡았다.

이 광경을 본 철수는 한층 더 약이 오른 모양이다. 가뜩이나 부풀어 오른 코가 매우 못마땅하다는 듯이 벌룽벌룽 들먹들먹한다.

경호가 신이 나서 오다가 불행한 일에 부닥쳤다. 그것은 벌꿀 한 마리가 붕붕거리며 경호의 이마 위를 감돌기 시작한 것이다.

"어, 이놈의 벌!"

경호는 질겁을 하였다. 한숙이 앞이라 천연스럽고 점잖은 태도를 취하고 싶었으나, 사태가 워낙 급박한 데다가 마음의 준비가 없었던 탓에 그는 다급하여 손으로 벌을 쫓았다. 그 서슬에 잡고 있던 한숙이 손을 놓지 않을 수가 없었다. 이왕에 놓은 것을 다시 잡자는 말을 하기가 쑥스러워 하회만 기다리며 멍청히 섰을 때 철수가,

"픽."

하고 웃었다. 경호의 꼴이 우스웠던 것이다. 그러나 철수도 남을 보고 웃고만 있을 수 없는 입장이 되었다. 짓궂은 벌이 이번에는 철수를 향해 맹렬하게 달려들기 시작했기 때문이다.

"어, 이거."

철수도 기겁을 한다. 속담에 '우는 낯에 벌'이란 말이 있거니와 그것이 꼭 들어맞았다. 사람에게 물린 코가 벌에게 또 쏘이면 어떤 꼴이 될까?

"하하하."

"호호호."

경호와 한숙이는 조금도 망설이지 않고, 소리를 내어 크게 웃었다. 철수는 자기를 보고 웃는 두 사람이 몹시 미웠지만 그것을 탓할 겨를이 없었다. 벌이 덤빈 탓에 경호와 한숙이가 잡은 손을 놓게 된 것은 다행한 일이나, 급기야 위험이 자기에게 닥친 것을 어찌하랴? 속으로 기뻐하던 남의 불행이 자기에게 닥쳐올 줄은 몰랐다.

"아얏"

그 일은 문제의 코를 벌이 다시 쏴 주었다.
"또 코냐?"
"음."
"어디 보자."
"싫어."
"살(벌의 바늘)을 뽑아야 한다. 뽑으려면 봐야 한다."
"자, 봐."
철수는 체면 지킬 생각을 버린 듯 얼굴을 경호 앞에 들이대었다.
"아파두 조금만 참아."
경호는 여드름 짜내 듯이 철수의 코를 잡고 손톱을 박았다.
"우—."
철수가 비명을 지른다.
"참으라니까, 그러기에 아플 거라구 미리 말하지 않았어?"
"그래두 아픈 건 아픈 거야."
"자, 나왔다."
철수의 코는 한층 더 부어 올랐다. 보아 줄 수가 없을 지경이다. 이때 한숙이가,
"벌에 쏘인 데는 된장을 바르면 곧 가라앉는데, 내가 된장을 가져 올까?"
"싫어."

"하하하."
"왜 웃어?"
철수가 발끈하였다.
"우스우니까 웃지."
경호는 말을 이어서, 라디오에서 가정 시간에 요리 강좌하는 아주머니의 흉내를 내었다.
"……벌에 쏘인 코에다가 된장을 발라 가지구 조물조물 주물러서, 약한 불에 올려 놓고 한소끔 바글바글 끓이면 아주 맛난 코고기(쇠고기) 된장찌개가 됩니다. 여러 엄마들, 다 아셨지요?"
"호호호."
친구를 놀려 주면서라도 한숙이가 웃기만 하면, 만족한 경호였다. 철수는 분한 마음을 억누르고 잘 참았다. 그는 또 그대로의 계획이 있었기 때문이다.
"벌이 있는 걸 보면 이 근처에 꿀통이 있나보다. 너희들 그걸 찾아내서 꿀 좀 먹구 가지 않을래?"
철수의 이 말에 경호는 별로 마음이 당기지 않았으나 한숙이는 손뼉을 치며 대찬성이었다.
"꿀? 그것 좋지."
경호는 물론 반대하였다.
"남의 꿀을 먹는 건 좋지 않은 짓이다"
"상관 없어, 내가 벌에 쏘였으니까 벌로 보복을 받아야지.

안 그래 한숙아?"

"그렇고 말구, 보복을 해 줄 자격이 있다."

경호는 그냥 돌아오고 싶었으나, 뒤에 철수와 한숙이만이 남아서 달콤한 이야기를 주고받을 일을 생각하고는 말했다.

"벌통에서 꿀을 떠내다가는 벌에게 또 쏘이기가 쉬워."

이번에는 한숙이가 대답했다.

"아니야. 얼굴에 모기장 같은 걸 쓰구 떠내면 돼."

"모기장이 있어야지."

"그냥 떠내두 상관 없을 거야, 생각 해봐, 가만 있는 철수를 벌이 먼저 덤벼들어서 왔으니까 책임을 져야 한단 말이야. 남에게 공연히 상처를 입혔으면 입힌 편에서 약값을 물어내는 게 원칙이 아니야?"

"그건 사람의 경우지. 벌이 돈이 있냐?"

"돈이 없는 대신에 약이 있어. 돈 대신 물건으로 갚으면 돼."

"무슨 약?"

"무슨 약은 무슨 약이니, 꿀이지. 꿀에는 로열젤리라는 굉장한 영양제가 들어 있대, 벌도 제가 양심이 있으면 쏘려고 덤비지는 못할 거야."

"하지만 벌에게는 양심이 없어."

그래도 한숙이는 꿀을 먹고 싶은 욕심에서 조금도 지려하지 않는다. 한숙이는 벌써부터 입맛을 다시면서 꿀 먹을 욕심으로 가득 차 있으니, 경호의 말이 귀에 들어갈 리가 없다. 이때 철수가 나섰다.

"모기장이 없어도 간단하고 안전하게 꿀을 떠낼 방법이 있다."

"어떻게?"

"유황(硫黃)을 불에 그슬리면 된다. 유황 연기에는 '클로로폼'이라는 '가스'가 있는데, 그 냄새를 맡으면 벌이 취해서 비틀거리며 정신을 못 차리게 된단 말이야. 너 그런 것 알기나 하니?"

"틀림없니?"

"틀림없고 말고, 책에서 봤다."

"좋아, 그럼 해보자."

"아무리 좋은 방법이 있더라도 꿀통을 먼저 찾아내야 하지 않니?"

"물론이다. 벌통을 찾아내자"

결국 세 사람은 의논한 끝에 한숙이가 가서 유황을 구해 오기로 하고, 철수와 경호는 꿀통을 찾아내는 탐험 작전을 벌이기로 한 것이다.

"내 얼른 다녀 올게."

한숙이가 떠나려 할 적에 철수가 말했다.

"성냥을 잊지 마."

"알았어."

"그러고 이왕 갔다 올 바엔 빵을 좀 사갖고 와."
"그건 뭘하게?"
"뻔하지, 꿀에 찍어서 먹으면 맛이 있다."
"그럴게."
"되도록 속을 넣지 않은 빵이 좋아, 너무 달면 속탈이 나기 쉬우니까."
"그래 그래, 내 그럼 후딱 다녀 온다."

한숙이가 떠난 후 경호와 철수는 꿀통을 발견하기에 다른 정신이 없었다. ―지성이면 감천(感天)이라지 않는가? 경호와 철수는 드디어 꿀통을 찾아내고야 말았다.

"야, 꿀통이다. 꿀통!"

일장춘몽

"어디?"
"저거."
경호와 철수는 눈을 크게 뜨고 가서 철망으로 된 울타리 안쪽을 넘겨다 보았다.
"자, 봐. 금빛깔로 말갛게 보이지? 저게 다 꿀이야"
"먹음직한데."
"달콤할 거다."
두 소년은 침을 꿀꺽 삼켰다.

"한숙이는 뭘 하고 있을까?"
"이제 올 거야, 여기 앉아서 기다려 보자."
"일이 이쯤 되면 안 기다릴 수 없지."
그들은 그야말로 김칫국부터 마시는 꼴이었다. 이 때
"경호야, 철수야."
하고, 멀리서 부르는 소리가 났다.
"야, 온다."
"빨리 와."
"응."
한숙이는 호흡이 가쁜지 숨을 할딱할딱 몰아 쉬며 다가왔다.
"그게 다 뭐니?"
가슴에 잔뜩 안고 있는 것을 가리키며 이렇게 물었을 때!
"유황하고, 빵하고, 성냥하고 그리고 또……."
빈 깡통에 숯 덩어리까지 갖고 왔다. 과연 여자란 남자보다 준비성이 있다고 그들은 감탄했다.
"자, 어서 불을 피워라."
"불까지 피워서 뭘하니? 벌을 잡아서 불고기를 해 먹게?"
"설마……빵을 구워서 꿀을 발라 먹으면 얼마나 맛이 있겠니? 자, 이런 것도 있어."
한숙이는, 스푼, 포크, 송곳, 오프너 등 여러 가지 기구가 달려 있는 칼을 끄집어 내더니 스푼을 편다.

"이걸 가지면 꿀을 떠 먹기가 아주 십상이다."

"이리 줘, 꿀은 내가 뜰게."

이리하여 부서가 작정되었다. 철수가 불을 피우고, 경호는 꿀을 떠내고, 나중에 먹는 것만이 한숙이의 소관사다.

하기는 마을까지 갔다 왔는데다가 한숙이는 여자가 아니냐, 우리 남자들이 돕지 않으면 누가 돕겠는가.

숯불을 피워서 깡통에 달고 거기에다 유황을 넣었다. 파란 불길이 일어나며 연기가 피어 오른다. 이제 남은 일은 벌통 밑에 그것을 갖다 놓기만 하면 된다. 과학의 힘이란 과연 위대하다. 그것을 이용할 줄 알기에 인간을 만물의 영장이라고 하지 않는가. 만물의 영장 중에서도 초현대에 살고 있는 그들은 복 많은 사람인지도 모른다.

옛날 아이들처럼 모기장을 얼굴에 쓰고, 꿀을 떠내는 것 같은 원시적인 방법은 배격하는 바이다. 과학 문명, 그것을 이용하자.

"자, 이제 안으로 들어가자."

"응."

경호가 먼저 들어가서 철수와 힘을 합해 한숙이가 들어오기에 편리하도록 가시 철망을 바짝 쳐들어 주었다.

이리하여 일행 세 명은 벌통을 습격할 태세를 완전히 갖추었다. 포복 전진을 해서 벌통 밑에 유황 불을 갖다 놓고 나서 그들은 빵이 든 봉지를 꺼내 들었다.

"괜찮을까?"

경호가 마음이 놓이지 않는지 얼굴을 찡그렸다.

"뭘?"

"벌에게 쏘이지 않을까 말이다."

"의심은 왜 그렇게 많니? 걱정 말래두. 유황 불을 피웠는데 뭘 그래. 벌들은 다 달아나거나 가스에 취해서 모두 비틀거릴 거다. 그 틈에 한 통만 들어낸다."

"한 통만?"

"그럼. 모두 다 열두 통이지만 한 통만 우리가 먹는 거야. 다 들어내면 도둑질이 되니까."

"한 통만 들어 내는 건 도둑질이 아니니?"

"물론이야. 꿀벌이 지난 봄부터 우리집 꽃을 빨러 왔었고, 또 내 머리를 열여덟 군데나 쐈으니까 한 통쯤은 먹어도 무방해."

한숙이는 두 소년의 이야기에는 귀도 기울이지 않고 문제의 칼을 뽑아 들고 요리하기에 정신이 없다. 꿀을 빨아 먹기에 좋도록 빵을 얄팍얄팍하게 저미는 것이다. 준비는 다 되었다. 이제 남은 것은 먹는 일뿐이다. 철수가

"빨리 가서 벌통을 들어 와."

하고, 경호에게 재촉하였다.

"혼자서는 무거워서 못 든다. 둘이 가서 맞들자."

"무거워서가 아니라, 무서워서 못 가는 거지? 좋다. 같이

가자."

한숙이가 보고 있는 앞이라 철수는 생색을 내며 앞장선다.

"절대로 안심이다. 벌들은 다 마취에 걸린 것이나 다름없으니까. 이놈들을 몽땅……아얏! 아이 따가워. 아이구구……."

웬일이냐! 철수는 두 손으로 머리를 싸쥐고 땅바닥에 대굴대굴 뒹굴고 있다.

"왜 그래?"

왜 그러는 것이 다 무엇이냐? 다음 순간 경호도 꼭같은 운명이 되었다. '클로로폼'이 어쨌다는 것이냐. 열두 개의 벌통에서 몇 천, 몇 만 마리의 벌이 구름처럼 몰려들어 마구 쏘아댄다. 그들은 달아났으나 가시 철망이 앞을 가려 꼼짝도 할 수가 없다. 한숙이도 다급해졌다. 그는 칼을 뽑아 들고 검도하는 사람모양 마구 휘두르니, 벌떼는 칼 같은 것이 무섭지 않은 모양이다.

세 사람은 빵을 던져 버리고 가시 철망을 빠져 나오는 데에 죽을 애를 썼다. 이 마당에서 빵이 문제냐? 생사 문제가 달린 엄숙한 순간이다. 그들이 철망을 벗어나는 데는 시간이 어지간히 걸렸으나 벌들은 그렇지가 않았다.

"붕—"

하고, 단숨에 넘어와 마구 쏘아댄다.

꿀을 먹으려던 것은 한마당 봄 아침의 꿈이 되고 말았다.

그로부터 5일간이라는 귀중한 시간을 눈도 뜨지 못한 채 앓느라고 집에 누워 있는 경호였다. 철수도 갓난 강아지 모양 아직도 눈을 감고 있다. 다음 날은 개학이었으나 학교에는 갈 수가 없었다. 의사 선생님의 말이, 앞으로 일주일은 더 치료를 받아야 된다고 한다. 그래도 엿새째 되는 날 경호는 학교에 갔다. 철수도 이날은 무리해서 학교에 나온 모양이다. 얼굴 꼴이란 차마 볼 수가 없을 정도다.

이것을 보고 아이들이 가만 있을 리 없다. 놀려 주다 못해 제멋대로 말한다.

"유리병을 통해서 내다보는 얼굴 같다."

"아니야. 돼지 감자하고 어쩌면 그렇게도 닮았니?"

"맞았어. 하하하."

"하하하."

다들 놀리는 가운데, 그래도 한기만은 그들을 위로해 주었다.

"경호야, 너 오늘 학교 파하고 우리 집에 가서 놀지 않을래?"

한기가 하는 말이었다.

"그래, 좋다."

아니 가고 어쩌리. 한기네 집에는 한숙이가 있지 아니 한가. 그러나 걱정이 된다. 한숙이 얼굴을 그 지경으로 만들어 놓았다고 한기 어머니가 꾸중을 하시면 어떡할 것이냐! 그래도 좋다. 꾸중은커녕 몽둥이 찜질을 당한대도 가기는 가야 한다.

그런데 한 가지 안타까운 것은 한기네 집에 놀러 가도 한숙이가 한기 방으로 잘 놀러 오지 않는 점이다. 어째서 그런지 모르겠지만, 한기와 한숙이는 사이가 좋은 편이 아니다. 정말 알다가도 모를 일이다. 그들은 남매다. 남매라도 보통 남매가 아니다. 오뉘 쌍둥이가 아닌가? 얼굴 생김이 같고, 음성도 비슷하건만 둘이는 서로 앙숙이다. 세상에 태어날 때부터 보통 인연이 아닌 그들—. 열 달 동안의 긴 인생 여행을 같이 하다가 한날한시에 이 세상의 광명을 본 그들이건만 어째서 그렇게도 사이가 좋지 않을까? 하긴 나기 전부터 서로 경쟁한 사이라, 그럼직도 한 일이지만 경호가 보기에는 퍽 애가 타는 일이다.

한기는 말을 이어,

"오늘은 한숙이 계집애도 집에 없으니까 우리만의 천지다. 마음놓고 한바탕 놀아주자."

'무어?'

한기의 말에 경호는 가슴이 철렁하였다. 한숙이가 집에 없다면, 이 흉칙한 얼굴을 하고 일부러 찾아갈 것도 없지 않은가. 그러나 벌써 간다고 했으니 걱정이다. 후회가 된다. 그렇다고 금세 한 말을 뒤집어서 안 간달 수도 없는 노릇이 아닌가.

"한기야."

경호는 느닷없이 한기를 불렀다.

"왜 그래?"

"그럴 것 없이 오늘은 우리 집에 가서 놀자."

"아니야. 한숙이가 없대두. 오늘은 우리 집에 가자."

한숙이가 없으니까 안 가겠다는데, 한기는 멋도 모르고 없으니까 가자고 한다. 남의 마음을 몰라 줘도 분수가 있지 글쎄 이런 먹통이 어디 있담.

"이거 봐, 난 말이다. 오늘 배탈이 날 것 같다."

"날 것 같다고?"

"음, 그래. 그래서 오늘은 안 가겠다."

"하하하, 겉은 그 모양이고, 속은 배탈이고, 안팎으로 병 투성이로구나."

"하는 수 없지. 날 것 같으니까."

"배탈 날 것 어떻게 예언하니?"

이 말에 경호는 얼굴이 붉어졌다.

한기네 집은 인천에서 멀리 떨어지지 않은 K섬에 있다. 그러니까 경호도 철수도 다 K섬 사람이다. K섬이라면 곡창일 뿐 아니라, 감의 명산지요, 방직업에도 손꼽히는 고장이다. 철 따라 잡히는 해산물도 적지 않아서 이것으로도 한몫 단단히 보는 것이다.

경호 아버지는 여러 가지 과일이 나는 과수원을 경영하신다. 그러나 집안 살림 전부가 과수원의 수입만으로 유지되는 것은 아니다. 낚시질 다니는 것과 한 달에 몇 번씩 서울을 내왕하는 게 일이다. 그러나 낚시질로 생활을 보태시는 것은 결코 아니다. 그 증거로, 고기를 잡아 오시는 일이 별로 없는 점을 들 수가 있다.

"아버지, 고기도 못 잡으시면서 낚시질은 왜 밤낮 가셔요."

하고 물을라 치면,

"못 잡긴 왜 못 잡아."

하고 역정을 내시기가 보통이다. 뭐 역정까지 내실 일이 못 되는데, 화제가 그리로 가면 곧잘 화를 내신다.

"후후후."

그럴 때 웃었다가는 더욱 야단이시다.

"뭐가 우스워? 고기는 흠뻑 잡았는데, 돌아오다가 주막집에 들러서 모두 구워 먹었지."

약주를 좋아하시는 어른이니까 그럴듯한 말씀이기는 하나, 그것도 잘 믿어지지가 않는다. 하긴 고기를 잡으러 가시는지 약주를 자시러 다니시는 건지, 알 수 없을 정도로 술취해서 돌아오시기가 예사다.

"잡은 고기를 지져 잡수셨어요?"

"그래. 지져서 먹었다."

"하하하, 구워서 잡수셨다고 하더니……."

"녀석아, 구워 먹기도 하고 지져 먹기도 했지. 하도 많이 잡았으니까……. 그런 걸 가지고 그렇게 꼬치꼬치 따지는 법이 아니다"

하고는 이내 고개를 돌리시는 것이다. 고기 말이 났으니 말이지만, 한기네는 고기 잡이가 본업이다. 그러니까 그 집에서는 고기가 잡히지 않으면 큰 일이지만, 경호네는 잡히건 안 잡히건 문제될 것이 없다. 그래서 고기 잡으러 갑네 하고 나갔다가 약주나 자시고 들어오면 그만이라고 생각하시는 모양이다.

"아버지, 저하고 고기 잡기 시합을 한번 하실까요?" 하고 여쭈었더니

"이녀석, 학생이면 공부나 열심히 할 일이지 고기 잡기가 무슨 당치 않은 소리냐"

하고 버럭 고함을 질렀다.

이 말만 나오면 이번에는 경호 편에서 찔끔한다. 아버지는 매양 자신이 불리해질 적이면 공부니 입학 시험이니 하는 말을 잘 내세우신다.

한번은 한기가 이런 말을 하였다.

"얘, 경호야. 너희 아버지께서 우리 조합에 오셔서 고기를 좀 사자고 하시더래. 그래서 울 아버지가 사는 게 뭐냐고 나중에 댁으로 보내 드릴 테니 가 계시라고 했더라는구나. 그랬더니 마구 화를 내시면서 내 돈은 돈이 아니냐? 사자

는데 안 팔게 뭐냐고 책상을 땅땅 두들기시더란다."
"그건 그럴 거다. 그래서 어떻게 됐니?"
"팔기 싫거든 고만두라고 하시며 다른 집에 가서 산다고 욕을 하시더래. 고집도 어지간하시지. 하지만 우리 아버지도 또 여간 아니시거든. 굳이 사고 싶거든 작년 가을에 보내 준 감 값을 받아 가라고 했대. 그랬더니 그건 받을 수 없다고 해서 옥신각신하던 끝에 결국 감 값하고 고기 값을 비기고 가져 갔다시더라."
"하하하 두 분이 다 어지간하시다. 너하고 나하고는 이렇게 다정한 사인데 아버지끼리는 왜 그러실까?"
"그것도 모를 일이지만 너하고 네 동생은 왜 그렇게 옹추냐?"
"동생이라니? 어느 동생?"
한기가 이렇게 반문하는 것은 당연하다. 왜냐하면 한기 동생은 다섯 명이나 되기 때문이다. 경호 아버지의 말을 빌리면 생선 장수가 되어서 물고기를 닮아 알을 많이 낳는다는 이야기다.
"……어느 동생이냐 말이다."
한기가 또 한 번 대답을 재촉한다.
'짓궂은 녀석. 다른 동생은 내가 무슨 아랑곳이야.'
하면서도 겉으로는 태연하였다.
"한숙이 말이다."

"으응, 거기엔 까닭이 있어. 옛날부터 쌍둥이는 둘이 다 자랄 수는 없다는 거야. 그러니까 한숙이나 나나 둘 중의 하나는 반드시 죽을 거란 말이다. 하니까 한숙이가 안 죽으면 내가 죽을 게고, 내가 안 죽으면 한숙이가 죽을 게 뻔하단 말이야. 이 이치를 한숙이도 알고 있으니까, 고것이 늘 내가 먼저 죽기를 바라고 있을 거야, 그걸 생각하면 그만……."

"설마 그럴라고."

"설마가 뭐야, 참말인 걸."

"그건 오해다. 한숙이가 그럴 리 있어?"

"너, 한숙이 편을 들기냐?"

한기는 눈을 데굴데굴 굴렸다.

"한숙이 편을 드는 게 아니라, 네가 미신을 믿는 게 한심해서 그런다."

"미신이 아니야. 나는 통계를 내봤다. 쌍둥이가 고스란히 자라는 예는 극히 드물어. 미신이 아니라 이건 과학적인 근거가 있다."

"그럼 그건 네 말이 옳다고 하자. 하지만 한숙이가 너 죽기를 바란다는 근거는 없지 않니?"

"있어. 있고말고. 한숙이가 꿈을 꾸는 걸 내가 들었다."

"뭐랬길래?"

"'아이구머니나. 한기 대신에 내……내가……' 하고 악을 쓰지 않겠니?"

"그건 잠꼬대였겠지."

"물론 잠꼬대야. 그렇지만 내가 얼마나 미웠으면 잠 잘 때까지도 잊지 못하고서 그러겠냐 말이다."

"'한기 대신에 내가'라고 했다지만 그게 반드시 너더러 죽으란 말은 아닐는지도 모르잖니? 가령 너 대신에 제가 죽겠다는 뜻일 수도 있거든."

"너는 어쩌면 한숙이하고 꼭 같은 말을 하니? 설마 부탁받은 건 아닐 테지? 그날 아침에 내가 따지니까 한숙이도 그런 변명을 하더라. 하지만 정말은 그 반대일 거야."

"'의심 암귀'란 말이 있어. 사람을 의심하기 시작하면 끝이 없다는 말이야."

"듣기 싫단 말이다. 고게 아직까지 한 번도 나 보고 오빠라고 불러본 일이 없어. 언제나 '한기 한기' 하지, 제가 뭐 내 누나라나? 꿈에서까지……. 깍쟁이 계집애."

"참, 그 문제는 어떻게 된 거야? 너는 네가 오빠래고 한숙이는 제가 누나라니 말이다."

"그야 물론 내가 오빠지, 어머니한테 물어보면 내 말이 옳고, 아버지께 여쭤 보면 한숙이 말이 옳다지만 어머니도 아버지도 실상은 우리 낳는 걸 못 보셨어. 보신 이가 꼭 한분 계시지. 우리 할머니야. 그러니까 우리 할머니는 살아계신 유일한 증인이거든."

"그래 할머니는 뭐라고 하시니?"

"나한테는 네가 위래고 한숙이 보고는 네가 맏이라고 하시니까 대중할 수가 없어."

"그럼 뭐 증인이고 뭐고 없지 않니?"

"정말 답답해. 영원한 수수께끼야. 그렇지만 내가 오빠인 건 뻔한 노릇이야."

"근거는?"

"근거는 없지만 틀림없어."

한기의 고집은 여간이 아니다. 그러나 경호로도 소홀히 넘겨 버릴 수 없는 중대한 문제다. 뭐가 중대한고 하니 가령 말이다. 가령 장래 어른이 되어서 결혼을 하게 된다고 하자. 그 때 만일 내가 한숙이에게 장가를 들게 된다고 가정하자.

―이런 생각을 하니 가슴이 꿈틀거렸지만 꾹 참고 경호는 더 무지개 같은 공상을 계속하였다.

'이제 여기서 문제의 판가름을 완전히 해두지 않았다가는 꼼짝하지 못할 결과가 올 것이다.'

한숙이와 결혼을 한다면 한기가 자연 처남이 될 게 아닌가.

그러니까 잘 되면 한기가 자기의 동생이 되겠거니와 자칫 잘못되는 날에는 영락없이 형님뻘이 된다.

생각만 해도 치가 떨리는 일이었다. 이때 한기가 입을 열었다.

"그런데 여기에 대해서 해결의 방법을 아버지와 어머니가 말씀하신 게 있어."

"어떤 방법?"

"아버지와 어머니에겐 좋은 방법일지 몰라도 난 아주 반대야."

한기는 한참 동안이나 주춤거리다가 간신히 말을 계속하였다.

"……내년에 볼 입학 시험말이다."

입학 시험 소리에 경호는 가슴이 덜컥 내려 앉았지만 이왕 듣기로 작정한 터이니, 참고 들을 수밖에 없었다.

"입학 시험이 어쨌다는 거야?"

"서울 가서 입학 시험에 보기 좋게 합격이 되면 합격한 편이 맏이가 된다는 거야, 그 반대는 뻔하지 뭐니?"

"떨어진 쪽이 동생이라는 거지."

"그것 참 명안이다."

"명안이 무슨 얼어죽을 명안이야? 떨어지려면 둘이 다 떨어지고, 붙더라도 같이 붙어야지. 한숙이만 붙고 내가 떨어져 봐라. 꼴이 뭐가 되겠나. 그런 경우를 생각하면 하늘이 노래지고 땅이 캄캄해진다."

"딴은 그렇고나."

"걱정해 줘서 고마워."

한기는 감격한 듯 눈을 깜빡거려 보였으나 경호의 속셈은 딴판이었다.

'한숙이만 붙고 한기가 떨어지면, 처남이 되더라도 동생뻘이 되겠는데……'
 하는 생각을 되풀이하고 있는 것이었다. 남의 걱정도 좋지만,
 '나도 떨어지면 어떡하나'
 하는 염려가 없는 것도 아니다. 그러나 경호는 아예 그런 불길한 상상을 하지 않기로 결심하였다.
 "그러니까 공부를 열심히 해야겠다."
 "나도 그렇게 생각하지만 책만 붙들고 앉으면 딱 질색이니 큰일이야."
 둘은 턱을 고이고 앉아 깊은 시름에 잠겼다.
 "여기서 이러고 있으면 별수 있니? 오늘은 또 명랑하게 한바탕 놀아 주자."
 "찬성, 대찬성!"
 "그럼 오늘 공부 끝나면 예정대로 우리집에 가서 놀자."
 "그러자."
 두 소년은 학교가 파하자 약속한 장소에서 약속한 대로 만났다.
 한기네 집은 늘 다녀 보아서 잘 알지마는 섬에서도 몇 몇째 안 가는 큰 집이다. 뜰에는 나무가 무성하고 집 안에는 온갖 새들의 울음소리가 낭랑하다.
 대문에 들어서자마자,

"삐삐 빼빼 쪼르르 쪼록……."

듣기에 시원스러울 뿐 아니라, 보기에도 아름답다. 경호는 오늘 따라 유달리 새에게 마음이 끌린다.

"한기야, 너 새 한 마리 주지 않으련?"

"새? 그까짓 거 다라도 가져 가렴."

"그랬다가 야단 맞지 않니?"

"야단은 무슨 야단. 아버지는 물고기를 수없이 잡아 죽이는 대신, 새를 길러 줘서 속죄를 한다시지만, 그게 말이 되니? 잡아서 좋은 새장 속에 가둬 두면서, 가장 새를 위하는 체하니 웃음거리지."

"그건 그렇지 않아. 야조(野鳥)에게는 새장 속이 부자유스러울지 몰라도 가금(家禽)에게는 저 속이 낙원이야. 먹이를 찾을 줄 모르고 보금자리를 만들지 못할 뿐 아니라, 또 사나운 짐승에게 잡혀 먹히기 쉽지. 그러니까 가금에 있어서는 철망의 자유를 막기보다 보호해 주는 역할을 할 거야."

"너 우리 아버지가 하는 말하고 같은 소릴 하는구나. 난 새 같은 거 취미 없다."

"그럼, 줄래?"

"준다니까."

"정말 괜찮아?"

"날아가 버렸다고 하면 그만이지 뭐."

"이리 와."

두 소년은 살금살금 걸어서 대청 안으로 들어갔다. 여러 가지 모양의 빛깔을 한 아름다운 새들이 포드득 뽀르르 한창 신이 나서 오르락 내리락 한다.

기절했니? 거짓말!

"조놈이 금정조, 요것이 금화조, 고 다음이 사랑새, 이 앞이 카나리아……자, 무엇이든지 골라 잡아요. 싸구려, 싸구려!"

한기가 어시장에서 하는 흉내로 소리를 지른다.

"떠들지 마."

경호가 말리자,

"떠들면 어때."

한기는 연신 어깻짓을 하며 새장이 쌓여 있는 쪽으로 다가서서 카나리아 새장문을 열고 손을 넣었다.

"요놈! 어어, 요것 봐라, 안 잡히려고 포둥거려."

새들은 청천벽력이었을 게다. 이리 부딪치고 저리 부딪치면서 비명을 지른다. 철망에 닿아서 쌔앵―뿌릉―하는 소리가 요란하다.

"요놈들! 멍이 들었을 거다."
"잡아서 옥도정기를 발라 주자."
"그러나 저러나 잡혀야 말이지, 여간 날쌔지 않은걸."
"그럴 것 없다. 새장까지 준다. 가져 가라."
"그거 좋은 생각이다. 그건 그렇게 한다지만 고놈들 참 얄밉다. 우리 사격 대회를 해 볼까?"
"사격 대회?"
"음. 고무 총으로 쏘기 내기를 하잔 말이다."
"그것 참 묘한 생각이다. 잠깐 기다려. 내가 고무총 가져 올게."

한기가 새 총을 가지러 간 사이에 알맞은 위치로 새장을 이리 저리 옮겨 놓았다. 이윽고 한기가 돌아왔다.

"자, 이 고무총. 이만하면 쓸만하지?"
"음, 나도 하나 다오."
"물론이다. 주고말고."

두 소년은 멀찌감치 떨어져서 새장을 향하였다.

"혹시나 맞아서 죽으면 가엾으니까 돌멩이에다 솜을 싸서 쏘자."

"그런 걱정은 안 해도 좋다. 네 솜씨로 새를 맞힐 듯싶으냐?"

"맞히면 어쩔래?"

"안 맞는다. 돌멩이 아니라 '담담탄'으로 쏜대도 염려 없어. 절대로 맞지 않을 건 내가 보증한다."

"못 맞힐 거라면 쏠 필요도 없지 않니?"

"그건 그렇지 않아. 건방진 새들을 한 번 징계하는 것이 목적이니까 혼만 내주면 그것으로 만족이야."

"자, 그럼 시작하자."

그들은 한쪽 눈을 꽉 감고 새장을 향하여 고무줄을 바짝 당기면서 겨냥을 대었다.

"하나……둘……셋."

가죽을 잡았던 손가락을 일시에 놓았다. 그런데 웬일이냐? 새들이 비명을 지를 줄 알았는데 대신에,

"쨍그랑."

하고, 요란한 소리가 났다.

"앗!"

이것이 정말 웬일—. 대청 미닫이 문에 달린 커다란 유리창이 풍비박산된 것이 아닌가? 그들은 눈을 동그랗게 뜨고 서로 얼굴을 마주 보았다. 유리 깨진 거야 잠자코 있으면 되겠지만 저 소리를 도대체 어떻게 하면 좋다는 말인가? 그러나 천만 다행으로 쨍그랑 소리를 들은 사람이 아무도 없는

모양이다.

"어, 놀랐다."

한기가 싱그레 웃었다.

"나도, ……우리 달아나자."

경호가 제안을 하였다.

"달아나기는 왜? 유리가 깨진 건 자연의 법칙이다."

"뭐가 자연의 법칙이야?"

"돌멩이로 유리를 쏘면 깨지게 마련이거든. 안 깨지면 도리어 이상하지. 이건 물리학적 현상이다."

"하지만 비싼 유리를 장난하다가 깨뜨렸으면, 경을 치게 마련인 것도 자연의 법칙이고 물리학적 현상이다."

"그건 그래."

"그러니까 경치기 전에 달아나는 것도 자연의 법칙이다."

"그건 그렇지 않아. 이러한 결과가 생긴 원인을 따져 보면 저 새들이 맞지 않은 데에 책임이 있어. 맞기만 했다면 유리는 결코 깨지지 않았을 거란 말이다"

"그야 맞지 않은 쪽에 잘못이 있는 게 아니라, 맞히지 못한 우리에게도 책임은 있다."

"그건 억지다. 새가 있으니까 맞히려 했고, 새들이 건방지니까 쏘려고 한 것이니까, 역시 유리가 깨진 책임은 저 새들이 져야 한다."

"그러니까 어쩌자는 거니?"

"책임을 물어야 해. 저것들을 한번 단단히 골려 주어서 버릇을 가르쳐 놔야 한다."

"거기엔 나두 동감이다. 무슨 좋은 방법이 없을까?"

"없긴 왜 없어. 과학을 이용한 보복 방법이 있다."

"과학을 이용한 보복 방법?"

"그래! 너 화약 있지?"

"딱총 쏘는 화약?"

"응."

"없어."

"그럼 이렇게 하자. 성냥을 가져 오너라. 성냥 대가리를 긁어 모으면 충분히 화약이 된다."

"그러면 여기서 할 게 아니라, 우리 방으로 가자. 가서 충분히 준비를 갖춰 가지고 오는 게 좋겠어."

"좋은 생각이다."

두 소년은 대청을 살짝 빠져서 뜰 아랫방으로 나왔다.

─성냥을 새 것으로 세 통이나 요절을 내었다. 대강이에 붙은 화약을, 손톱으로 뜯다 못해 칼 끝을 가지고 긁어 모은 것이 한줌이나 족히 되었다.

"이만하면 되지 않을까?"

"아냐. 좀 더 있어야 해."

"그렇게 많아서 뭘 해? 불을 지르런?"

"불을 지르는 게 아니라, 고것들 건방지니까 찜질을 해 주런다."

"그러려면 좋은 수가 있는걸."

"뭔데?"

"집에 가면 접때 쓰다 남은 유황이 있다. 그걸 갖다가 폭탄을 만들면 꽤 쓸만할 거다."

"하하하. 한숙이한테서 자세히 들었다. '클로로폼' 얘기구나."

"그래."

"하지만 벌 떼들도 꼼짝 않는 걸 가지고 새들을 혼낼 수야 있나."

"아니야. 가스를 이용하는 게 아니라 그대로 유황의 폭발력을 이용하는 거다."

"그만둬라. 이것만으로도 넉넉하다."

"그럼 그러자. 실패하면 가서 유황을 가져 오겠다. 그래서 본격적으로 한번 해보자."

"음. 자 그럼 이번엔 불심지를 만들어야겠는데……."

"만들면 되지 않니?"

두 소년은 실을 여러 겹으로 꼬아서 도화선(導火線)을 만들었다.

"자, 이만하면 됐어."

한기가 안으로 가더니 카메라 필름통으로 쓰는, 뚜껑 달린 조그만 쇠통을 세 개나 가져왔다.

"여기다가 화약을 꽁꽁 다져 넣어라."
"오라잇."
준비는 다 되었다. 필름통 밑에 구멍을 뚫고 불심지를 달아 놓은 뒤에 세 개를 각각 한 개씩 새장 속에 장치하였다.
"준비 끝."
두 소년은 얼굴을 마주 보며 생긋 웃었다. 매우 만족스러운 표정이다.
"그럼 시작한다."
경호가 으스대면서 성냥 한 개비를 그어 대었다. 그러나 불심지는 타는둥 마는둥 이내 꺼져버렸다.
"이걸로는 안 되겠다. 털실이라야 돼."
"그럼 가져 와."
"물론."
한기가 가더니 한숙이가 짜고 있는 털스웨터를 그대로 가져 왔다. 경호가 보고
"그거면 훌륭하다."
"만일을 위해서 휘발유도 가져 왔다."
"그건 위험하다. 알코올이면 좋겠는데……."
"그럼 알코올을 가져올게."
잠시 후 알코올이 왔다.
"여기 적셔서……."
노끈 심지에 알코올이 흥건하게 젖었다.

"자. 신난다. 이제부터가 구경거리다."
"볼만할 거야."
"누가 아니래."
"불을 붙여라."
"내가 붙이겠다."
"아니야. 내가……."
"그럼 가위 바위 보로 정하자."
"그까짓 거 누가 붙이면 어떻니."
"그렇지 않아."

옥신각신한 끝에 경호가 이겨서 그는 긴장한 얼굴로 성냥을 그었다.

노끈 끝에 불이 댕기자마자, 파란 불길이 보일락 말락하게 피어 오르기 시작하였다.

"안 붙는 거 아냐?"
"안 붙긴. 손을 대봐라."
"어디."

과연 불은 멋지게 퍼지고 있었다.

"숨자."
"숨긴 왜 숨어, 비겁하게!…… 당당히 지켜 봐야 한다."

그다지 당당한 일도 아닌 것 같다. 한기가 앞으로 한 걸음 나섰으나 경호는 약삭빠르게 뒤로 물러섰다.

"쾅—"

생각하던 것보다 요란한 소리가 났다. 요란한 소리라기보다 천지가 진동하는 소리라고 하는 편이 옳으리라. 경호는 소스라치게 놀랐고, 한기는 소리를 들었으나 그 뒤에 어떻게 되었는지를 알지 못한다.

"으악!"

소리 한 마디를 지르고는 그만 정신을 잃고 말았기 때문이다. 소리는 연거푸 일어났다.

"쾅."

"탕."

경호는 참지 못하여 문을 차고 밖으로 뛰어 나왔다. 그 서슬에 육중한 유리문 한 장이 자빠지며 유리가,

"와그르르……."

삽시간에 넓은 집 안이 온통 수라장이 되었다. 한기 어머니와 동생들이 달려왔다.

"아—니, 이게 웬일이냐?"

"아주머니 안녕하셔요?"

이런 형편에서도 인사성 밝은 경호는 인사할 것을 잊지 않았다. 한기 어머니는 어떻게 받아야 할지 몰라서, 고개를 끄덕해 보이기는 하나 그 표정이란 정말로 가관이었다. 놀란 얼굴……그리고 웃는 얼굴로 범벅을 만들면 꼭 그렇게 될 것이다.

"그런데 이게 어찌된 일이냐?"

"글쎄 저도 잘 모르겠어요."
"한기는 어디 갔니?"
"대청 안에 있을 거예요."
"있을 거야?"
한기 어머니가 한 번 지긋이 흘기는데, 그 눈에서 불길이 이는 듯하였다. 경호는 등골이 오싹했지만 억지로 참고 한기 어머니 뒤를 따라 대청으로 향하였다.
"한기야! 이게 무슨 짓이냐?"
어머니가 쏘아 붙이는 꾸지람 소리에 누워 있던 한기 몸이 한 번 꿈틀하는 것 같았다.
"한기야."
그제사 어머니는 겁이 나시는 모양이었다.
"애들아, 게 아무도 없니?"
뜰을 향하여 소리를 친다.
"⋯⋯의사가 쓰러졌다. 한기를 불러라. 아, 아니 한기를 불러라.⋯⋯ 의사가 쓰러졌다⋯⋯마찬가지지. 옳지 옳아. 한기가 쓰러졌다. 의사를 불러라. 아니다. 그럴 거 없이 한기에 자동차를 태워 가지고, 아니 자동차에 한기를 태워 가지고 병원으로 가자. 빨리 빨리⋯⋯."
어머니는 쌍둥이 짝이 이번에 아주 죽어버리는 줄 아셨던지 서두르는 품이 여간 아니시다. 그러나 경호는 알고 있다. 한기가 의식을 잃고 있지 않은 줄을!

"아주머니, 크게 염려할 거 없으실 거예요."
"뭐? 염려할 게 없다고? 죽어도 괜찮다는 말이냐? 에그 이럴 줄 알았더면 소원이나 풀어줄 걸. 자전거 사달라는 것도 야단만 쳤고, 입학 시험에 떨어지면 아주 내쫓아 버린다고 제 아버지가 자꾸 을러대어서 하루나 한시나 마음을 못 놓고 지내게 하더니 이게 웬일이람. 빨리 병원으루……, 자동차를……."
 사람들이 우루루 밀려 와서 자동차를 부르러 가는 사람, 약을 사러 가는 사람, 병원에 연락을 가는 사람 등 등, 집안이 온통 불이 난 호떡집처럼 떠들썩하였다. 그러다가 마침내 자동차를 기다릴 수가 없어서 한기는 머슴 등에 업힌 채 병원으로 갔다. 곧 입원 수속이 끝나서 한기는 침대 위에 누웠다.
 대머리가 훌렁 벗겨진 원장 선생이 코를 후비면서 진찰을 한다. 이분은 학교의 교의 선생님이자 동식이 아버지다. 동식이 아버지, 아니 원장선생님은 돋보기 안경 너머로 잠시 한기를 굽어 보다가,
"주사를 놔야겠습니다. 아주 굵은 놈으로."
 이 말에 한기의 몸뚱이가 또 한 번 흠칫하였다.
"간호사, 간호사."
 의사 선생은 가장 위엄 있게 간호사를 불렀다.
"네."

하며 나타난 것은 동식이 형수님이다. 말이 간호사지 실상은 원장의 며느리인 것이다. 혼자 해도 넉넉한 일이라도 한번 위세를 부리고 싶을 때면 으레 이렇게 불러 대는 것이었다. 그러면 동식이 형수는 부엌에서 입고 있던 행주 치마를 벗어 내동댕이 치고 이내 위생복으로 갈아입어야 한다. 경호도 그분이 〈가운〉을 입은 모습을 여러 번 보았으나, 간호사라기보다 어쩐지 여자 이발사 같은 인상이라고 노상 생각해 오던 터이다.

"이발사."

하고 불렀다면 모르되,

"간호사."

하고 불렀는데, 느닷 없이 대답을 하면서 오는 꼴이 퍽이나 수상쩍고 뻔뻔스럽다고 생각된다.

언젠가 이 간호사가, 아니 동식이 형수가 원장을 따라서 학교로 예방 주사를 놓으러 왔던 일이 있다. 그때 그 주사 놓는 솜씨는 볼만하였다. 주사기 쥐는 모양이 마치 무채 만들 때 식칼 잡은 모습과 같다. 그러고는 부들부들 떨면서 땀만 연신 흘린다. 그것을 본 원장이,

"아 원, 왜 그러고 있는 거야? 푹 찌르라고, 호박에 침주는 요령으로, 이것들이 사람이 아니라 호박이거니 여기면 조금도 어려울 것이 없어."

"그래도 손이 떨려요, 아버님."

"아버님이 뭐야? 원장 선생님이지. 그렇게 손이 떨릴 게 없대두. 몇 명 연습 삼아 찔러 보면 다음부터는 아무렇지도 않게 돼."

경호는 호박 노릇이나 연습대가 되기 싫어서 얼굴을 찡그리고 팔 죽지를 비비면서 살짝 빠졌다. 그러니 한기는 고지식하게 그 주사를 맞았다가 며칠 동안 몸살을 앓은 쓰디쓴 경험이 있다. 그 문제의 간호사를 원장이 부르지 않았는가.

"간호사."

"예."

"주사를 준비해 줘. 그리고 알지? 호박이거니 여기고······."

"예."

한기는 기가 질렸다. 그러나 죽은 시늉을 하고 있는 신세라 항의도 할 수 없는 딱한 처지다. 하지만 더는 참고 있을 수가 없다. 그래서,

"나는 호박이 아니다."

하고 버럭 고함을 질렀다.

"음."

"어머나!"

원장과 어머니는 동시에 이런 소리를 질렀다.

"선생님, 지금 우리 한기가 말을 했지요. 정신이 아주 없는 건 아닌가 봐요."

"그건 그렇지 않습니다. 정신이 없고도 말은 할 수가 있는

거니까요. 말하자면 헛소리지요."

"어머나."

한기 어머니는 또 한 번 놀랐으나, 원장은 뜻밖에도 태연스러웠다.

"주사 준비가 됐나? 이 주사는 맞기가 몹시 아프지만, 한기는 지금 의식이 없으니까 아픈 줄을 모를겝니다."

"따끔."

"아얏."

한기가 또 한 번 소리쳤다.

"하하하, 주사기를 대기도 전인데, 댁의 아드님은 헛소리를 합니다. 최면술에 걸린 때도 이와 비슷하지요. 한기군은 앞으로도 헛소리를 지를 가능성이 많습니다. 에— 그러면 먼저 주사를 놓기 전에 진찰부터 해야겠군."

혼잣말처럼 뇌까리더니 의사 선생님은 어쩌자고 방귀를 한방 부웅 뀌었다.

한기는 눈을 감은 채 그 소리를 듣자, 겁이 나는 중에도 우스워서 그것을 참기에 여간 힘든 것이 아니었다. 그러나 이것은 아직 약과다.

그 다음에는 그보다 몇갑절 더 어려운 고비를 치르지 않으면 안 되었다.

그것은 다름이 아니라 원장의 소위 진찰이라는 것이었다. 가슴을 헤치고 털방망이 같은 손을 쑥 집어 넣더니 가슴팍,

겨드랑이 할 것 없이 슬슬 쓸면서 돌아가는 일이었다. 도무지 간지러워서 못견딜 노릇이었다. 원장 선생님의 손은 혁대 졸라맨 곳을 지나 아래쪽으로 향한다.

"이 기회에 고추를 한번 봐야지……."

"으으흐……."

한기가 다시금 소리를 치자,

"이것 보십시오, 또 헛소리를 지르기 시작했습니다."

하면서 이번에는 배꼽 근처를 긁적거리기 시작이다. 한기는 혀를 꼭 깨물면서 참다 못하여,

"에―에―엑."

하고 재채기를 터뜨렸다.

"음, 알았어, 이제는 됐습니다. 한 10여 일 동안 입원을 하고 있으면 괜찮게 되겠습니다."

하고는 정말로 주사 한 대를 놓는다. 수면제다. 한기는 깊은 잠에 곯아 떨어졌다. 경호가 할 일 없이 가만히 앉아 있느라니까 한기 어머니가 이제는 조금 안심을 하셨는지 이야기를 걸기 시작하셨다.

"도대체 어떻게 된 일이냐. 어쩌다가 우리 한기가 저 지경이 되었지?"

한기 어머니가 이렇게 묻는 말에 경호는 자라 모양 목이 움츠려 들었다. 무슨 말을 하랴. 입이 열두 개라도 할 말이 없다.

"……어떻게 되었어? 잠자코 있으니까 답답하구나. 말을 해 봐."

경호는 더 입을 다물고 있을 수가 없게 되었다. 그래서 띄엄띄엄 이야기를 꺼내었다.

"이야기를 하자면 깁니다."

"긴 이야기를 짧게 간추려서 말해 보렴."

"그럼 해 보겠습니다. 에헴."

기침 한 번을 요란스럽게 하고 나서,

"일의 시초는 한기에게 있습니다."

하고는 걸상에서 일어나 손짓을 해가며 지난 일을 다 털어 놓았다.

"……그러니까 화약으로 새들을 몰살시킬 작정이었단 말이지?"

"몰살시키려는 게 아니라, 그저 혼만 좀 내 주자고……."

"큰 일 저지를 녀석들. 알코올을 뿌리고 불을 질렀다니 하마터면 새는커녕 사람들이 타죽을 뻔했구나. 그만 하기가 차라리 다행이었는지도 모르겠다."

"그건 그렇습니다. 저도 그렇게 생각하고 있습니다."

"뭐가 어쨌다고? 접때는 내 딸 얼굴을 개떡처럼 만들어 놓더니 오늘은 또 아들을 저렇게 해놨으니, 넌 정말 고마운 짓만 하는구나."

"아닙니다. 접때는 철수가 그랬고 오늘은 한기가 하자고 했어요."
"듣기 싫구나. 하여간 난 집엘 좀 다녀와야겠으니 그 동안 한기를 좀 지켜 봐다오."
"그러세요 아주머니, 빨리 다녀 오세요."
"오냐."
한기 어머니가 밖으로 나갔다. 경호는 비로소 활개를 펴고 기지개를 켰다. 쭈그리고 앉았느라고 사지가 쿡쿡 쑤시고 마음이 따분하던 터였다. 한기를 보니 가볍게 코까지 골면서 잠이 들어 있다. 갑갑증이 나서 못 견디겠다. 잠을 깨워서 이야기라도 좀 하고 싶다. 깨우자, 그러나 그냥 깨워서는 재미가 없다.
'재미나는 방법이 없을까.'
이런 궁리를 하던 끝에 그는 무릎을 탁쳤다.
"좋아. 신선뜸을 떠 줘야지."
중얼거리면서 성냥을 찾아서 불을 붙여 가지고 성냥갑으로 꼭 눌러서 숯을 만들었다. 묘한 숯덩이가 되었다. 그것을 잠든 한기의 콧등에 세워 놓았다.
경호는 킥킥 웃음을 죽여가며, 잠시 후에 벌어질 광경을 눈 앞에 그려 보았다.
'재미가 있을 것이다.'
이런 생각을 하며 성냥불을 그었다. 숯 끝에 불이 빨갛게 달렸다.

조금씩 타 들어간다. 간장이 조마조마하다.
경호는 눈을 감았다.
차마 눈을 뜨고는 볼 수가 없었기 때문이다.

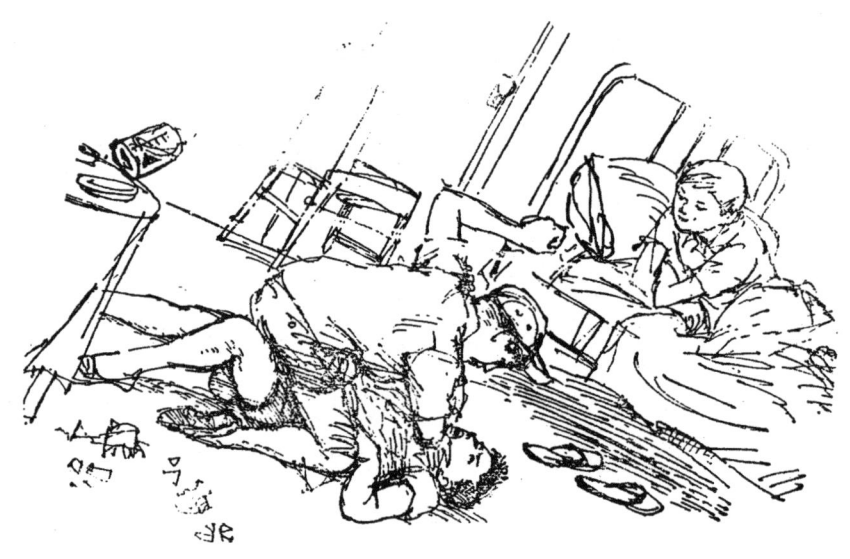

요게 나보다 예쁜데

"으악!"
한기가 벌떡 일어났다.
"요놈, 맛이 어떠냐? 거짓부렁하는 자식은 천벌을 받는 법이다."
"거짓부렁은 누가 거짓부렁을 했어?"
"그럼 아니란 말이냐? 죽은 체하고 넘어져서 입원까지 한 건 누구고."
"그건 내게 감사해야 한다. 만일 내가 제정신으로 있었어만 봐라, 꾸중 들을 건 물론이고 자칫하면 옹두라지 뼈 부러지기 알맞다."

"그건 나도 동감이다. 엉큼한 녀석."

"하하하."

"처음엔 정말 죽었나 해서 걱정을 했더랬다. 하다가 나중에 알았지만……."

"입원 소동이 나지 않았더라면 나뿐 아니라, 너도 무사하지는 못했을 거야."

"나도 알아. 한데 입원은 얼마 동안이나 하고 있을래?"

"다 나을 때까지."

"낫긴, 처음부터 아프지도 않았는데, 나을 거나 있어"

"그렇지 않다. 내 몸이야 아무렇지도 않다지만 민심이 흉흉해."

"뭐?"

"즉 아버지나 어머니의 노염이 완전히 풀려 버릴 때까지는 이 병원에서 꼼짝할 수 없어."

"그 말도 옳다. 내가 가끔 놀러 와 주마."

"고마워, 나 혼자라면 갑갑해서 못살 거다."

"나하고 있을 때는 이렇게 일어나 앉아서 놀아도 좋겠지만 너네 어머니나 아버지가 오셨을 때는 앓는 시늉을 해야 할 게 아니냐?"

"물론이야, 아주 죽는 시늉을 해야 할 판이다."

이런 이야기를 하고 있을 때 누가 문을 여는 소리가 났다. 한기는 기겁을 하여 침대에 털썩 드러누워서 끙끙 앓는 소리를 시작하였다.
"아이구, 아이구구……."
문을 열고 안으로 들어선 사람은 뜻밖에도 한숙이다.
경호는 가슴이 덜컥 내려 앉았다.
"오빠……, 오빠."
이 말에 한기는 눈을 번쩍 떴다.
"하하하, 한숙아, 이제야 네가 실토를 하는구나. 오빠지, 암, 오빠고말고."
한기는 너털웃음을 터뜨렸다.
한편, 경호는 한기에게 뜸질한 것을 못내 뉘우쳤다.
'한숙이가 올 줄 알았더면 잠에 곯아 떨어져 있으라고 그냥 내버려 둘걸……'
후회막급이다. 그건 그렇다 하고, 한숙이는 아직도 부어 오른 얼굴을 손으로 가리면서 눈을 흘기는 것이 아닌가.
"오늘은 또 우리 오빠를 어쩌려고 그러는 거야?"
사뭇 싸움쪼다. 경호는 속이 찔끔하였으나, 겉으로는 유들유들하게 대답하지 않을 수가 없는 형편이다.
"아니야, 그건 오해다. 내가 아니면 오빠가 정말 큰 봉변을 당할 뻔했어."
"듣기 싫어, 내가 언제 한기더러 오빠랬어?"
"아까도 지금도 그러지 않았단 말이야? 몇번씩 그래 놓고선."

"어머!"

한숙이는 입을 막았으나 때는 이미 늦었다. 쏟아 놓은 물을 어찌하랴. 뱉어 놓은 말을 어찌하면 좋다는 말이냐.

"그래 어쨌다는 거야? 남의 집안일에 참견할 건 없지 않아?"

한숙이는, 쇳소리가 나는 쨍 하는 음성으로 쏘아 붙이는 것이었다. 그러나 경호는 추근추근하게 덤비었다.

"하마터면 죽을 뻔한 것을 모처럼 구해 주었더니, 겨우 한다는 소리가 고거야?"

"죽을 뻔한 게 아니라 죽었어."

"죽다니, 뭐가 죽어? 한기는 이렇게 핀둥핀둥 살아 있지 않아?"

"한기 이야기가 아니야…… 새가 죽었단 말이야, 앵무새가."

"그래? 쯧쯧, 모르긴 몰라도 불에 타 죽었을 테지."

한숙이는 입술을 꼬옥 깨물면서 대들었다.

"그걸……그걸 말이라고 해?"

경호가 보니 한숙이 눈에는 눈물까지 솟아나 있지 아니한가.

"맛 좋을 거야."

"뭐가 맛이 좋아?"

"앵무새 구운 걸 소금에 찍어 먹었으면……."

"어머나, 징그러워, 그런 줄 몰랐더니 경호는 인정도 아무

것도 없는 잔인한 사람이야."

 한숙이는 정말 분한 사람처럼 발을 동동 구르는 것이다. 이왕 감정을 거슬려 놓은 바에야 약이나 잔뜩 올려 주어야지—하는 배짱이 생겨서, 간죽간죽 긁어 부스럼을 만들기 시작이다.

"장례식이나 잘 치러 주지."

"장례식은 누구의?"

"누군 누구겠어? 쌍둥이 말이야."

"세상에 원, 누구더러 마구 쌍둥이래?"

"그럼 쌍둥이 아니야?"

"동시에 낳아야 쌍둥이지, 나처럼 한기보다 먼저 났을 땐 쌍둥이가 아닌 거야. 선후가 있으니까."

"하여간 장례식은 정중하게……."

"또 그 얘기야?"

"새 새끼들 말이다. 그 이치대로 한다면 새 새끼들도 쌍둥이가 아니겠구나?"

"쌍둥이 얘긴 제발 좀 그만둬, 그건 그렇고, 정말 분하다. 죽은 걸 어떡하면 좋대."

"그러니까 장례식을 해 줄 수밖에."

"경호는 그런 줄 몰랐는데, 사람이 정말 나쁘다. 장례식 장례식…… 정말 듣기가 싫어."

"장례식 이야기가 듣기 싫으면 결혼식 이야기나 해 줄까?"

"너 아직도 이러기냐?"

죽은 새들 생각이 나서 눈물이 흐른 뺨에 부끄러운 빛이 떠올랐다.

이러는 동안에 한기는, 오빠로 확인된 일이 기뻤던지 싱글벙글 웃고만 있다. 경호는 한기와 한숙이의 얼굴을 번갈아 보았다. 오늘만큼은 한숙이가 문제 아니다. 벌에 쏘인 얼굴보다는 한잠 자고 일어난 한기의 뽀얀 얼굴이 더 볼만하다. 이런 것을 눈치 채었던지 기분이 사뭇 언짢아서 서 있던 한숙이가 문을 홱 열고, 밖으로 나가버린다.

경호는 다시 한기의 누워 있는 얼굴을 굽어 보았다.

'글쎄 어쩌자고 사내 자식이 보조개까지.'

한기가 웃을 때면 또렷한 보조개가 양쪽 볼에 옴팡 패이곤 하는 것이었다. 경호는 와락 덤벼 들었다. 그러고는 입술을 쭉 빨았다.

"앗, 이 녀석아 무슨 짓을 하는 거야?"

"으흥!"

"아, 원 이런 징그러운 녀석."

경호는 더 추근추근히 덤비며 목덜미를 얼싸안는다.

이때 문이 벌컥 열리었다. 쥐처럼 까만 눈알을 도록도록 굴리면서 안으로 들어선 것은 동식이다. 원장 선생님의 아들 동식이였다.

"요 자식이 왜, 하필이면 이 때에 나타나?"

"뭐가 어째? 우리 집에 내가 있는데, 그게 그렇게 못마땅하냐?"
 동식이는 깡충깡충 뛰면서 지껄이는 것이었다.
 "이 녀석아, 여긴 병원이다. 여관이나 비슷한 거야. 여관 방에 손님이 들어 있는데, 여관 주인의 아들 녀석이 저희 집이라고 함부로 드나들어도 괜찮겠니? 생각해 봐, 요 맹추야."
 "뭐라고?"
 아귀다툼을 하고 있는 것을 잠자코 보기만 하던 한기가 점잖게 말렸다.
 "싸우지들 마. 오늘은 동식이도 나를 위문하러 온 손님으로 여기면 될 게 아니냐?"
 이 말을 들은 경호가 발끈하였다.
 "넌 또 뭘 안다고 나서서 까부는 거냐. 환자면 환자인 체하고 열심히 앓는 시늉이나 하고 있거라."
 "앓는 시늉?"
 "그럼 아니야? 꾀병을 앓는 녀석이 무슨 큰소리야. 그런 줄도 모르고 입원을 시킨 이 병원의 맹추 의사도 고약하지만……."
 경호는 모처럼 벼르다가 실행에 옮겼던 한기와의 일을 방해 받은 것이 마땅치가 않아서 오금을 박아 주었더니, 동식이도 약이 바싹 올라서 빛이 풋고추 모양 파랗게 질렸다.
 "맹추 의사가 뭐야? 맹추 의사가. 남의 소중한 아버지를 보고."
"난 너희 아버지를 두고 한 말은 아니다. 이 병원의 원장이라는 할배를 가리켜서 한 말이지."
"할배는 또 뭐야! 이 녀석아."
철썩 소리를 내면서 동식이의 손바닥이 퉁퉁 부어오른 경호 뺨으로 올라 붙었다.
"야, 이 녀석 봐라."
경호가 동식이의 멱살을 거머쥐었다.
"덤빌 테야?"
"……."
둘은 밀거니 당기더니 한참이나 실랑이를 하다가, 경호 발목에 탁자 다리가 걸리어서 물그릇이며 약병이 와그르르 소리를 내면서 깨져 나갔다.
그런대도 두 소년은 엎치락뒤치락 드잡이를 계속한다.
"고만들 두라니까."
한기는 이제는 더 두고 보기만 할 수가 없어서 침대에서 벌떡 뛰어 내려와 싸움을 뜯어 말리기에 여념이 없다.
"놔! 이 팔 놔!"
그래도 싸우는 둘이는 씨근덕거리며, 열심히 최선을 다하고 있는 게 아닌가. 이때 문이 열리더니 안으로 들어선 사람이 있었다.
"아, 너희들 왜 이 야단이냐?"

그것은 한기의 아버지 차 주사다. 차 주사 자신은 남이 그렇게 불러 주는 것을 몹시 못마땅해 하신다.

"난 주사가 아니야, 사장이지. 그러니까 차 사장이라고 해야 하는 거야."

어쩌다가 차 주사라고 부를라 치면 반드시 이렇게 호통을 치는 그이건만, 그래도 밖에서는 차 사장이라는 말보다 차주사라고 부르고, 또 그것이 생김새로나 보여지는 인상으로 보아 알맞은 이름이라는 것이 여론이다. 주사라고 한대서 옛날에 벼슬을 지낸 것도 아니요, 현재 공무원도 아닌 터이지마는 누구나가 그렇게 부르는 데에는 까닭이 있다.

그것은 다른 뜻이 아니다. 술을 많이 먹으면 주정을 몹시 한대서 즉 〈주사〉가 있대서 주사요, 또 술을 많이 먹는 버릇이 있으니, 이 다음에 세상을 떠날 때엔 반드시 술 때문에 그렇게 될 것이라고 미리 경고를 하는 의미에서 〈주사(酒死)〉라고 한다는 것이다.

아무튼 그러한 이유를 따지는 것이야 어찌 되었건 섬 사람들이 모조리 그렇게 부르는 터라, 하나의 지방 풍속인즉, 구태어 다른 말로 어렵게 부를 필요가 없어서 경호네도 남이 듣지 않는 곳에서는 차 주사라고 불러 오는 것이었다. 하여간 그 차 주사가 나타난 것이다. 아니나 다를까 눈꺼풀이 거무스레하게 풀리고 입에서는 술 냄새가 풍풍 풍긴다.

"이 녀석들아, 너희들도 골통이 터져서 입원을 하고 싶으냐?"

혀 꼬부라진 소리로, 훈계인지 주정인지 모를 말을 중얼거린다. 싸우던 두 소년은 서로 갈라섰고 한기는 침대 위로 기어 올라갔다.

"아저씨 안녕하세요?"

경호가 먼저 인사성 밝은 체하였다.

"나야 안녕하시지만 우리 한기가 안녕하시지 못하다니까 큰 일이다."

그제야 담배를 꺼내어 불을 붙여 물면서 비로소 한기를 굽어 보신다.

"어쩌다가 그 꼴이 됐어?"

나무라는 것도 아니고 야단을 치는 태도도 아니다. 동정하는 것도 아닌 야릇한 표정이다.

"일꾼들의 기별을 받고 달려 왔다마는…… 너희 어머니는 어디 갔니?"

"다녀 가셨어요."

"후유, 그럼 안심이다."

"아버짓!"

"어? 깜짝이야. 이 녀석 조용 조용히 말해라."

차 주사는 몹시 놀랐는지 눈을 둥그렇게 뜨더니 겸연쩍은 듯 씨익 웃는다.

"하하하."

"이놈, 웃긴 왜 웃어? 한기야, 너는 내가 무섭지 않니?"

"무섭지 않아요. 아버지 같은 거."

"무어? 아버지 같은 거라니?"

차 주사는 모처럼 크게 뜬 눈을 데룩거리다가 외면을 하면서 섬뻑거린다.

"그렇지 않고 뭐예요? 어머니 앞에서도 쩔쩔 매는 아버지가 무서울 게 뭐가 있어요?"

"아따, 저 녀석 말 좀 들어보게. 내가 언제 쩔쩔 맸단 말이냐?"

"그럼 아니어요? 남의 아버지처럼 엄마를 따귀 한 대라도 때려 보세요."

"이 녀석이 부모의 싸움을 선동하다니……좋다. 암, 때리고 말고, 이게 너희 어머니라면 말이다. 이까짓거 문제없어, 자, 봐라. 에잇!"

차 주사는 쇠 침대를 잡아 먹을 듯이 노려 보다가 발길을 들어서 힘껏 한번 걷어찼다. 그 순간,

"아이쿠쿠, 싯—."

하면서 한쪽 다리를 들어서 두 손으로 발가락을 움켜잡고 팽이처럼 뺑뺑 돈다.

"하하하."

애들이 웃어대자, 차 주사는 더욱 화가 나서 제법 위엄 있게 베개를 번쩍 들었다.

"이번엔 염려 없어. 자, 봐라. 눈을 크게 뜨고 잘 봐두란 말이다. 이게 가령 너희 어머니라면…… 에잇."

베개를, 공이라도 차 듯이 기운껏 걷어 차니까 공교롭게도 그것이 활짝 열어 제킨 유리창을 뛰어 넘어갔다.

"아얏! 이놈들 장난도 어지간히 하는구나."

하고 욕하는 소리가 나는데, 음성을 들으니 동식이 아버지다. 뜰을 거닐다가 공중에서 떨어지는 베개 폭탄이 홀랑 벗겨진 뒤통수에 명중한 것이다.

"……이 녀석아, 아마 한기 녀석의 장난일 테지. 너 이놈, 이따가 차 주사 만나거든 내 가만 있을 줄 아니? 다 일러 바치겠다. 암, 이르고 말고."

차 주사는 몸을 움츠렸으나 〈차 주사〉라는 말에 약이 올라서 창 밖으로 목을 내밀었다.

"차 주사가 뭐야? 차 사장이지."

"아, 네가 와 있었구나. 차 주사야."

"차 주사가 아니라 차 사장이래두."

"차 사장이고 뭐고, 너희 아들놈이 베개를 내 머리에……"

"그건 내가 그랬다."

"부자 합작이냐? 더욱 고연 놈들 같으니라고, 차 주사야."

원장과 차 주사는 서로 흉허물 없이 농담을 주고 받는 사이였다.

"또 차 주사래. 너 정말 이러기냐?"

"요 대머리 같은 놈아."

"대머리가 뭐야. 원장님이라고 하지 못하고서."

"원짜는 빼구 장님이라고만 해 주랴? 요강이라고 불러 주랴? 똥딴지라고 해주련? 쟁개비 같은 녀석."

"허어, 참 나 기가 막혀."

원장은 어이가 없는지 맥 빠진 웃음을 웃는데, 털 없는 머리 꼭대기에는 온천 표시 같은 김이 모락모락 피어 오르고 있다.

"기가 막히긴 뭐가 막혀. 만일 우리 한기가 죽든지 해 봐라. 가만두지 않겠다."

"죽기는, 술주정하러 왔거든 가거라. 썩 나가."

"네가 언제 술 한잔 받아 줬니? 술 주정을 해라 마라 명령을 하게."

"애들 듣는 앞에서 못하는 소리가 없구나. 그래 술 받아 주지 않는 사람에게는 주정을 해도 좋다는 법이 있나?"

"있고말고, 베개 같은 거 차는 건 보통이고, 이 집 기둥 뿌리는 뽑아 놓는 대도 내 맘이지."

"알았다. 너하고는 말도 하기 싫다."

"누가 말을 해 달라든? 주제 넘은 녀석."

"어? 녀석이래?"

"녀석 아니면 계집애냐?"

"듣기 싫대도. 헌대 베개를 치는 것도 좋고, 기둥 뿌리를 뽑는 것도 좋다마는 사람을 치기는 왜 치는 거야?"

"내가 친 게 아니라 베개가 쳤어. 그 베게는 베개가 아니라, 우리 한기의 어머니거든."

"자네 부인이라고?"

"그래. 이를테면 내가 베개를 내 아내로 여기고서 한번 걸어찬 거니까, 그게 어디에 가서 맞았건 내게 책임은 없어. 따지고 보면 내 아내가 책임질 문제이지"

"별 소릴 다 들어보겠군."

"별 소리라니, 자 또 보련? 이번에는 이 이불이 내 아내다. 에잇!"

하면서 한기가 덮고 있던 이불을 돌돌 말아 가지고 마구 발길질을 퍼붓는 것이었다.

바로 이 때였다.

"아—니, 누가 남의 집 귀한 아들 입원한 방에 들어와서 떠들썩할까?"

하며 방 안으로 들어선 것은 한기의 어머니였다.

"앗! 여보 당신이구려. 헌데 지금 뭐했죠? 내 욕을 했죠?"

"아, 아니야. 그건 그런 게 아니라……, 당신이 잘못 들었어."

차 주사는 두 손을 머리 위에 모으고 뒷걸음질을 친다.

"뭐라고요? 내가 잘못 들어요? 귀가 밝기로는 어릴 때부터 소문이 났어요."

한기 어머니가 삿대질을 하면서 한 걸음씩 다가선다.

"그, 그럼 내가 말을 잘못한 게로군. 여보, 언짢게 여기지 마. 나쁜 뜻에서 한 말은 아니니까."

"그럼 좋은 뜻에서 하셨어요? 바로 말해요. 괜시리."

"글쎄 오해를 말라니까. 그건 정말이야."

"저는 오해를 하겠어요. 할 테예요."

"부인."

하면서 두 사람 사이를 가로 막고 나선 것은 원장 선생이었다.

"……이건 또 뭐야?"

하며 한기 어머니가 흘겨 보다가, 상대가 원장인 줄을 알자 이내 웃으면서,

"아이구, 선생님이셨구려. 이 일을 어쩌나."

하고는, 이내 또 매서운 얼굴로 차 주사를 향하였다.

"……그건 그렇고, 그래, 당신이 저보고 욕을 할 수가 있어요? 변명할 말이 있거든 해 보세요. 해 보시라니까요."

하면서 교대로 양쪽 어깨를 앞으로 내민다. 표정이나 태도가 어쩌면 그다지도 변화가 있을까. 원장을 대할 때 파랗게 되었던 안색이 차 주사를 볼 적이면 금세 붉어진다. 붉으락 푸르락 마치 교통 신호등 같다.

"잘못했어. 내가 잘못했어."

"정말?"

한기 어머니는 팔을 굽혀 허리에 짚으면서 한마디 다짐을 두는데, 그 기세가 장히 이 순신 장군과 비슷하다.

"글쎄 그렇다니까."

"알 수 없어요."

"정말이래도, 자, 여기서 이럴 거 없이 우리, 집으로 갑시다. 가서 얘기하면 좋지 않소?"

"그래요. 저도 더 여쭐 말씀이 있으니까요. 앞장 서세요."

"이 손 좀 놔요. 남 창피하게시리."

"달아날까 봐 그래요."

"안 달아나."

하고 맹서를 할 때 모양, 하늘 높이 번쩍 치켜세웠던 차 주사는 가만히 입속 말로 중얼거린다.

"이제는 죽었구나."

—차 주사 내외와 원장이 나간 뒤에 세 소년만이 방 안에 둘러앉았다.

"휘유."

동식이가 한숨을 쉬었다. 한기는 시무룩하게 앉아서 천장만 바라보고 있다.

"과연 용감해. 소문보다 별로 틀리지 않는 걸."

하고 어른스럽게 고개를 끄덕거리는 동식이다. 그 말을 경

호가 받아 가지고,

"그 대신…… 너희 아버지도 그게 뭐냐. 남자의 수치다."

하고 뱉듯이 말하자 금방 울음을 터뜨릴 것 같던 한기의 입술이 독살스럽게 오무라 들었다.

"야잇, 녀석아, 너 지금 뭐랬지?"

침대에서 뛰어 내리는 기세가 마치 총알 같다.

"못 알아들었으면 다시 한 번 일러 줄까? 남자의 수치다."

한기의 표독스러운 기세에 눌림직도 하건만 경호는 조금도 사양하는 빛이 없이 천천히 말을 이었다.

그러나 말이 끝나기도 전인데,

"찰싹."

하는 소리가 뺨에서 났다. 한기가 한 대 갈긴 것이다.

"아, 아얏."

벌에 쏘인 자국을 얻어 맞았으니 아프달 밖에, 눈물이 쑥 난다.

"이 녀석아, 너희 아버지가 소중하면 남의 아버지도 소중해. 남의 아버지도 존경할 줄 알아야 한다. 나쁜 녀석."

들어보니 옳은 말이다. 그것은 나중에 사과를 한다 치더라도 당장은 따귀를 맞은 것은 참을 수 없는 일이다. 빚을 졌으니 갚아 주어야 하지 않겠는가?

"뭐가 어쨌다는 거야. 말로 하면 되잖아? 손찌검은 왜 하는 거냐?"

"이 녀석이 여태 말 잘했노라고 까부는 거야?"
 하면서 이번에는 발길이 날아온다. 경호는 그것을 받아 쥐었다. 그러고는 앞으로 질질 끌면서 아래 위로 흔들었다.

무슨 큰 원수라고

한기는 두루미 모양으로 한쪽 다리로만 서서 깡충깡충 따라오다가 아무래도 안 되겠던지 침대 난간을 붙잡았다.
"에―라, 야, 이 다리 놔라, 자빠지겠다."
어지간히 다급한 모양이었다. 그러기에 동식이 편을 바라보며 후원을 청하는 시선을 보내는 것이 아니겠는가?
"그만들 둬."
동식이는 점잖게 말했다. 조금 전까지 제가 싸우던 일은 까맣게 잊어버렸는지 음성까지 가다듬어 가지고 제법 어른스럽게 나무라는 것이었다.

"넌 또 뭘 쥐뿔이나 안다고 나서는 거야?"

경호가 빽 소리를 질렀다. 아까 싸우던 불똥이 튀어온 것이다. 장히 3파전이 벌어진 형식이었다.

"야, 싸움 말린 게 잘못이냐? 잘못이거든 실컷 해라. 머리가 쪼개지고, 팔다리가 부러져서 병신이 될 때까지 자꾸 하려무나."

동식이가 눈을 곧추 세우고 뼁하였다. 이번에는 한기가 싸움을 말릴 순서다.

"너희들, 고만두지 않겠니? 더 야단을 하면 둘 다 내쫓겠다. 내가 가만 두지 않겠어."

"내쫓아? 네가 뭔데 내쫓아."

"난 이 방 주인이다."

"난 이 집 주인이다."

동식이가 지지 않고 대들었다.

"집 주인은 집 주인이래도 하숙집 주인이다."

이 말에 세 소년은 희죽 웃었다. 그것으로 그만이다. 무슨 크게 원수진 사이도 아닌 터에 아귀다툼을 계속할 이유가 없다고 생각한 때문이다.

"그럴 것 없이 자, 우리 한번 놀아 주자."

하고 경호가 제안하였다.

"뭘 하면서 놀아?"

"좋은 수가 있다. 의사 놀이를 하자."
"그것 참 좋은 생각이다."
한기가 찬성하였다. 동식이도 싫지는 않은지 눈이 반짝 빛났다.
"환자는 순번으로 돌아가면서 하면 되잖아?"
"그것두 그렇다"
하며 한기가 손뼉까지 치면서 대환영을 하였다.
"동식아, 그럼 네가 가서 도구를 가져 오너라."
"그래."
동식이가 살금살금 진찰실로 가서 여러 가지 도구를 훔쳐 왔다. 반사경, 청진기, 주사기, 주사약⋯⋯게다가 가운까지 들고 왔다.
"나부터 원장이 되자. 난 이 방의 주인이니까, 그만한 권리가 있어."
하면서 한기가 동식이 아버지의 가운을 입고 이마에 반사경을 썼다.
"애, 왜 이 옷이 이렇게 크냐?"
"옷이 큰 게 아니라, 네 몸이 작은 거야."
"안경을 껴야 의사 같을 텐데."
"그것도 그래. 가만 있거라, 내가 또 가져올게."
잠시 후 무슨 재주로 가져 왔는지, 동식이가 집어온 원장의 돋보기 안경을 한기가 받아서 썼다. 안경이 커서 자꾸만 콧등으로 흘러내리는 것을 연신 손으로 올리면서 한기는 심각한 표정으로 경호를 노려 본다.

"오, 이리 가까이 앉으시오. 어디가 아파서 오셨지요?"

어디서 저런 소리가 나오나 싶도록 제법 엄숙하고 거룩한 음성이다.

"아픈 데 없다. 야!"

"그런 말투가 어디 있어?……어디가 불편하십니까?"

이번에는 경호는 환자 시늉을 해 주었다.

"뭐, 별로 불편한 곳은 없어도 공연히 마음이 싱숭생숭하고 사지가 비비 틀리고, 우수수 지는 낙엽 소리를 들으면 공연히 마음이 울렁거립니다."

"흠, 그건 가을에 흔히 있는 열등생의 병입니다."

"뭐야? 이게."

그래도 한기는 심각한 얼굴을 하고 있었다.

"얼굴을 보니, 천연두나 홍역이신 것 같은데."

"야, 그건 벌에 쏘인 거다."

"너 정말 이럴 테냐? 정색해라. 흥이 깨진다."

"예, 예. 잘못했습니다."

"히히, 주사를 한대 맞아야겠습니다. 부운 게 가라앉는 주사."

한기는 천천히 주사기에 바늘을 끼운다.

"야! 너, 정말로 주사를 놓을 셈이냐?"

무슨 큰 원수라고

"주사를 놓아야 부운 게 내립니다."

"주사는 싫다. 죽어도 싫다."

"호오! 원장 보고 자꾸 대드는 걸 보니 정신 상태가 보통이 아닙니다. 혹시 머리가 어떻게 된 게 아닌지?"

"오, 너 두고 보자보자 하니까 나중엔 못하는 소리가 없구나."

"정신 상태가 고르지 못한 환자는 결박을 지어 놓고 치료를 해야 합니다. 간호사, 간호사."

"예, 예."

동식이가 가느다란 목소리로 대답하였다.

"수갑하고 밧줄을 가져와요."

"예."

경호는 눈을 호동그랗게 떴다.

"정말 결박을 할 테냐?"

"허허허, 그럴 수밖에 없습니다."

한기는 태연하였다.

"야잇, 난 안 맞는다. 너희들 정말 이러려면 너희 아버지한테 가서 이르겠다."

"비겁한 녀석. 배반자."

"뭐가 배반자야? 사람을 꽁꽁 묶어 놓고 억지로 주사를 놓으려는 건 괜찮고?"

경호는 안간힘을 쓰면서 몸부림을 했다.

"그럼 이렇게 하자."

아무래도 목적을 달성하기가 어렵겠다고 생각한 한기가 타협안을 내 놓았다.

"어떻게 하잔 말이야?"

"네 대신 호박을 하나 얻어 오너라. 호박에다가 침을 놓으면 될 게 아니겠니?"

"그거 좋은 말이다. 그럼 내 가서 호박을 얻어 올게."

하며 경호가 일어서는 것을 한기가 막았다.

"너는 안 돼. 호박 가지러 가는 시늉을 하구선 달아나 버리려고?"

"천만에, 다음엔 내 차례인데 달아나긴 왜 달아나니? 횡하니 다녀 올게, 기다리고들 있어."

하고 경호는 밖으로 달려 나갔다.

"고약한 자식들. 하마터면 주사를 맞고 죽을 뻔했어."

경호는 빙글빙글 웃으면서 초가집 지붕에 대롱대롱 매달린 늦호박 한 개를 뚝 따서 가슴에 품었다. 그러고는 막 돌아서려는데,

"도둑이야!"

하는 소리가 등 뒤에서 났다. 너무나 갑자기, 그리고 지나치게 소리가 크므로 깜짝 놀란 경호였다.

"으와!"

'걸음아 날 살려라'하고 도망을 치면서도 경호는 호박을

버리지 않았다.
 '책임은 완수해야 한다.'
 도둑질하는 것이 좋은 일은 아니지만 그래도 책임을 저버릴 수 없다는 생각이 들었기 때문이다. 그놈을 동댕이치기만 한다면 걸음이 한결 가벼워지련만, 그래도 그럴 수는 도저히 없다. 간신히 동식이네 병원 문 앞까지 붙들리지 않은 채 무사히 당도하였다.
 "휘유!"
 안도의 한숨을 몰아 쉰 것도 순간이었다.
 "우—."
 하는 소리가 나기에 그쪽을 바라보았더니,
 '앗, 이게 웬일?'
 거기에는 뜻밖에 짐승이 표독스럽게 눈을 뜨고 이쪽을 노려보고 있는 것이 아니겠는가?
 그것은 사납기로 이름난 동식이네 개였다. 평소에는 경호와도 퍽 가까운 사이였는데, 지금 호박을 안고 헐레벌떡 숨이 턱에 닿아서 달려온 경호의 태도가 개 보기에도 몹시 못마땅하였던 모양이다.
 "쉿! 임마, 떠들지 마."
 위협 반 애원 반으로 말을 건넸으나 소용이 없었다. 송아지만 한 셰퍼드는 눈을 부릅뜨고, 입 가장자리에 주름을 잡으면서 바야흐로 공격 태세다.

"이놈의 개 미쳤나봐. 눈이 왜 저렇게 시뻘걸까?"

이 말도 아무런 효과를 내지 못하였다. 위협이 되지 못할 바에야 차라리 달아나는 편이 났겠다고 생각한 경호는 셰퍼드를 향하여, 가지고 있던 호박을 힘껏 던지는 동시에 몸을 날렵하게 돌이켜 집 안으로 뛰어들어 갔다.

사납기로 이름난 동식이네 셰퍼드도 난데없는 호박 폭탄의 기습을 받고는 미처 몸을 쓸 사이가 없었던지 달아나 버리고 말았다. 경호가 한기의 입원실로 들어갔더니 멋도 모르는 한기는,

"주사 맞을 환자를 데리고 왔습니까?"

어쩌고 하면서 눈을 섬벅거린다.

"닥쳐라. 자칫하면 도둑 누명에 몽둥이 찜질을 당할 뻔했고, 하마터면 개 밥이 될 뻔했다."

"호박은 어쨌어?"

동식이가 묻는 말에 경호는 더욱 약이 올라 가지고,

"너희 집 마당에 동댕이 치고 왔다."

하고 중얼거렸다.

"아까운 짓을 했구나. 그거 여태 있을까?"

"있겠지. 고기가 아니니까 개가 삼켜 버렸을 리도 없고."

"그럼 내가 가져오마."

하고, 동식이가 뛰어 내려가 호박을 들고 왔다.

"어, 환자 오셨습니까? 팔을 걷고 이리로 오십사오."

하면서 한기는 호박을 향하여 주사기를 권총 잡듯이 하며 겨냥을 대었다.
"흠, 열이 대단한데요. 해열제 한 대를 놓겠습니다."
하고, 주사 바늘로 호박을 폭 찔렀다.
"아얏!"
호박이 소리를 낼 리는 없다. '아얏' 한 것은 동식이다. 방송극에서처럼 '효과'를 낸 것은 아니다. 자세히 보니 주사 바늘이 호박을 잡고 있던 동식이 손등에 꽂혀 있는 것이 아니겠는가?
"야! 빨리 뽑아."
"아, 미안하다"
동식의 손등에서 주사 바늘을 뽑고, 경호가 앞으로 나섰다.
"교대하자, 교대해. 생사람 잡을 위험한 의사 녀석이다."
한기가 싫다는 것을 억지로 가운과 안경, 그리고 반사경을 빼앗아 자기가 쓰고 나서,
"자, 그럼 진찰부터 합시다."
하고, 아까 한기보다도 한결 더 정중한 태도로 점잔을 빼었다.
조금 전에 호박을 훔치다가 들켜서 허겁지겁 달아나던 때와는 딴판이다.
한기는 고분고분히 앞 가슴을 헤치고 침대에 누웠다. 경호

는 입을 꽉 다물어서 거룩한 표정을 지어 가지고 손바닥을 가슴팍에 대고서 또닥또닥 타진을 시작하였다.

"흠!"

"어떻습니까?"

"흠, 큰일 났습니다."

"예? 큰일이라니요."

"폐가 좋지 않습니다."

"뭐라고? 너 뭐라고 했니?"

"정신도 이상하군요."

"걷어 치워라."

"잠깐만 기다리시오. 진찰을 더 해야 되겠습니다."

"겨드랑을 건드리지 마라, 간지럽다."

"간지러운 걸 아는 걸 보니 신경에는 이상이 없는 것 같습니다."

하면서 이번에는 청진기를 꺼내어 귀에 끼우고 꾹꾹 누르며 돌아갔다.

"차갑다. 치워라."

"환자께서 자꾸 이러시면 청진기로 골통을 갈기겠습니다."

참으로 사나운 의사도 다 보겠다.

"다음엔 주사를 놓겠습니다."

"정말로 놓으면 싫습니다. 호박에 놓으십시오."

"호박보다도 배꼽에 놓겠습니다."

"임마, 누구 죽이고 싶으냐?"
"죽는 건 내가 아니라 환자께서 돌아가십니다."
"이런 엉터리!"
고함을 질렀으나 물론 농담이었다. 경호는 주사기에 물을 넣어서 호박에다 돌아가며 침질을 하였다.
불쌍한 긴 호박이었다. 끽 소리 한 마디 없이 곰보딱지처럼 구멍이 송글송글 나야 하다니.
드디어 이 장난에도 지쳐서 흥이 깨졌다. 그래서,
"야, 호박은 재미가 없다. 아파서 엄살하는 꼴을 봐야 신이 날 텐데."
하며, 경호는 따분하다는 듯 고개를 갸웃거리다가 눈을 크게 뜨며, 제 무릎을 탁 쳤다.
"옳지, 좋은 수가 있다."
"좋은 수가 무슨 수?"
"주사 맞으면 아픈 줄도 알고, 또 놓을 맛도 있는 것이……."
"그게 뭐야?"
"개. 개가 있지 않아?"
경호는 콜럼버스가 아메리카 대륙을 발견했을 때처럼 빙그레 웃었다. 안경이 콧등으로 흘러내리는 것조차 모를 지경으로 흥분한 표정이었다.
'얼마나 멋이 있느냐. 그렇게 함으로써 그 의뭉스럽고 사

나운 셰퍼드에게 충분한 보복도 될 것이 아니냐.'

"개? 어디 그런 개가 있단 말이야?"

동식이가 말했다.

"너희 집 셰퍼드 말이야. 그놈을 잡아다가 주사를 놓잔 말이야."

"그것 좋은 생각이다. 나는 그놈의 개 한번 혼내 주려고 벼르던 참이다."

한기도 전적으로 찬성하였다.

"그건 안 돼. 그러다가 죽으면 어쩌게?"

"죽긴. 바보같은 소리 작작해라."

동식이가 싫다는 것을 한기와 경호가 달래고 어르고 해서 겨우 동의를 얻어 가지고, 동식이를 살살 구슬렸다.

"너 빨리 가서 개를 불러 오너라."

"무슨 주사를 놓으려는 거야?"

"거기도 또 명안이 있다. 알코올 주사를 놓으면 술에 취해서 볼만할 거다."

"그건 그럴는지도 몰라."

동식이도 비로소 마음이 내키는 모양이었다.

"그럼 내 가서 불러올게."

"빨리 갔다오라니까."

동식이가 밖으로 나가더니, 송아지만 한 문제의 셰퍼드를 끌고 안으로 들어왔다.

입원실 안에서, 이제나 저제나 하고 대기하고 있던 경호와 한기는 마치 개 백정 모양으로 셰퍼드 머리 위에 올가미를 씌우더니 삽시간에 꽁꽁 묶어버렸다.

개가 '낑'소리도 못 지르고 축 늘어져 있다.

"알코올, 알코올."

"그래 그래."

경호는 주사기 가득히 알코올을 넣었다.

"이왕 놓을 바에는 혈관 주사를 놓으련다. 정맥 주사를."

"맘대로 하렴."

"정말 괜찮을까?"

"걱정은 억세게 하네. 내가 책임질 테니 염려 마."

드디어 셰퍼드의 혈관 속으로 알코올이 흘러 들어간다.

주둥이까지 꽁꽁 묶인 이 위대한 개는 어쩔 수가 없는지 꼼짝 않은 채 묶은 실이 떠오른 눈을 빠끔히 뜨고 원망스러운 듯이 주사 놓는 경호의 얼굴을 쳐다보고 있다.

"임마 기분 나쁘다. 눈 감아라."

경호가 청진기로 머리를 빡 갈기자, 몸을 한 번 꿈틀하면서,

"우—."

하고 비명 아닌 위협을 하는 것이었다.

"그런 의사가 어디 있니? 환자 보고."

"이 따위 환자는 아주 없애 버려도 시원치 않겠다."

이 말에 동식이는 가슴이 아픈 듯이 보였다.

경호는 가장 아프게 주사를 놓느라고 기운까지 쓴다.

"그만 해 둬라."

"아니야. 이 따위 놈은 아주 단단히 버릇을 가르쳐 놔야 한다."

어금니를 악물고 주사를 놓는 경호의 손 끝을 굽어 보며, 동식이는 마치 제가 주사를 맞는 때처럼 얼굴을 찡그리고 가슴 아픈 표정을 지었다.

"알코올 중독이 되지 않을까?"

"그야, 한기 아버지처럼 아침 저녁으로 마셔야 중독이 되지. 일 없다."

"그럴까?"

이번에는 한기의 얼굴이 싯퍼래졌다.

"하필이면 남의 아버지 얘기는 왜 끄집어 내는 거야."

어쩌고 하며 다시 옥신각신 하는 동안에 주사 놓는 일이 끝났다.

"알코올 가져 오너라. 한대만 더 놔 주자."

하면서 재미를 붙인 경호가 다시 주사기를 빼어 휘두르자 동식이가 손을 모으고 애원을 한다.

"그럼 그만해 둘까? 이만 해도 혼은 단단히 났을 테니까."

하며 누워 있는 개를 굽어보니, 눈이 게슴츠레 풀렸다.

'저 눈. 한기 아버지가 술 취했을 때와 비슷하다.'

라고 생각하며,

"간호사, 잡아맨 걸 끌러 줘."

하니까 동식이가 기다렸던 듯이 달려들어 결박 지었던 끈을 끌러 주는데, 경호는 셰퍼드의 보복을 예상하고 침대 위에 뛰어 올라 만일의 경우에 대비하여 투우사 모양 이불을 번쩍 펴들고 개의 행동을 주시하였다.

이 때에 천하에도 보기 힘든 야릇한 광경이 벌어졌다.

개는 벌떡 일어나더니 머리를 한 번 부르릉 떨고 나서 기지개를 늘어지게 켠다. 여기까지야 뭐 야릇할 것도 아무럴 것도 없지만, 문제는 그 다음에 있었다. 그 개가 머리를 간댕거리면서 걸음을 걷는데 그 꼴이 볼만하다. 한쪽 발을 내디디자 얼른 다음 발을 내밟는다.

"퀵퀵, 슬로—슬로—."

사교 댄스 연습을 하는 꼴이다. 그러더니 이번에는 아주 전신까지 흔들어 댄다. 요사이 흔히 라디오에서도 〈트위스트〉라는 괴상한 음악이 나오거니와 거기에 맞추어서 추는 춤이 저런 것인가 하리만큼 망칙스러운 몸짓을 한다.

"야, 너희 개가 제법 무용가 같구나."

경호가 〈평화의 여신〉 모양 침대에 버티고 선 채 이렇게 말했다.

"아주, 예술가다."

한기도 한마디 하였다.

메리는 노래를 시작하였다. 이것은 거짓말이지만 연신 콧소리를 내어서
"쿵쿵 워―워―."
한 것은 사실이다. 사람으로 말하면 양산도나 노래 가락쯤이라 할까.
 여하튼 메리는 기분이 사뭇 좋은 모양이었다. 한기는 마음을 턱 놓고 침대에서 뛰어 내렸다. 그러고는 개의 머리를 쓰다듬으려 했다. 그러나 이 때 메리는 벌개진 눈으로 흘겨 보며,
"우―."
하고 공갈을 한다. 그것도 아마 술기운인가 보다. 경호는 질겁을 하여 다시 침대 위로 피난을 하였다. 그 꼬락서니가 유쾌하다는 듯, 이 개는 눈을 가느스름하게 뜨더니 몸을 흔들면서 한기 앞으로 걸어간다.
"이게 왜 이래?"
 한기가 기분이 언짢아져서 소리를 냈건만 개는 아랑곳 없다는 듯, 코를 비비면서 아양이 무르녹았다.
"너하고 놀자는 거다."
 동식이가 해석을 내리는 것을, 이내 받은 경호가,
"아니야. 너하고 사랑을 하자는 거다."
 하여 세 소년은 깔깔 웃었다.
"사람이건 짐승이건 몸에 알코올이 들어가면 저 지경이

된다니까."

"그러기에 술을 도깨비 국이라고 하는 게 아니야?"

"그건 그래. 그래서 난 이 다음에 어른이 되어도 술은 절대로 입에 대지도 않으련다."

한기는 저희 아버지 생각이 나는지 몸을 부르르 떨었다.

가을이여 제발 안녕

 가을이 되면 생각 나는 것이 여러가지 있다. 첫째로 말, 둘째로 단풍, 셋째는 귀뚜라미, 넷째가 책 등등이다.
 하늘은 높고 말이 살 찐다고 하거니와 살 찌는 것이 어찌 말뿐이랴. 누구나가 식욕이 왕성해지고 오곡과 백과가 풍성해서 먹을 것이 많으니, 몸에 병만 없다면 누구나가 데룩데룩 살이 찔 만도 한 계절이다.
 둘째, 셋째의 단풍이나 귀뚜라미도 그저 그렇고, 그런 것이라 문제 될 일이 아니지만 문제는 넷째에 있었다.
 책—. 이것만은 간단하지가 않다.

'가을은 등불을 가까이 하는 계절'이라고 옛날 중국의 어느 시인이 말했다고 하지만 도대체 그 양반 무슨 원수가 있어서 그따위 짓궂은 소리를 해 놓고 죽었다는 말인가.

공부하기 싫은 사람들에게서 천추 만대에 저주 받을 악담을 한 게 아니겠는가. 등불을 가까이 한다더라도 불빛 밑에서 빈대를 잡는다거나 장기나 두라면 좋겠는데, 하필이면 책을 읽으란다니 문제는 거기에 있다.

가을 밤이 길다고는 하지만 하루에 스물 네 시간이 더 늘어난 것이 아닌 바에야 그것이 어쨌다는 거냐. 책을 들고 앉으면 꾸벅꾸벅 졸음이 오니 큰일이다. 하기야 등불 아래서건 위에서건 〈다이어먼드 게임〉이나 〈트럼프 카드〉를 쥐고 앉으면 눈이 초롱처럼 맑아지니 별 일이다. 가을이란 계절이 정말 책 읽고 공부하는 것이 의무처럼 되어 있는 계절이라면, 차라리 어서 이 시즌이 지나고 추운 겨울이나 무더운 여름철을 맞는 것이 더 아쉽고 대견하지 않겠는가. 옛날 성인이나 학자님들은 글쎄 어쩌자고 어른들의 편만 들었는지 알 수 없다.

'내가 이 담에 어른이 되어서 성인이나 학자가 된다면 ……
'아이들아 너희들은 공부 대신에 장난이나 흠뻑하여라. 그것이 건강에도 좋고 훌륭한 사람이 되는 길이다' 라는 교훈을 남겨 놓겠다.'

경호는 요즈음 부쩍 이런 생각을 되풀이하곤 한다.

그런데 여기에 큰 일이 하나 생겼다. 이들 악돌이쇠 부모님들이 한자리에 모여 앉아서 의논을 한 결과, 가정 교사 선생님 한 분을 모셔서 공부를 가르치도록 한 사건이다. 학교에도 선생님, 집에 와도 신생님……. 이쯤 되면 세상 살아갈 맛이 무엇이란 말인가. 죽을 지경이 아니겠는가.

가정 교사란 분이 누구인고 하니 천수의 형, 철환이었다.

처음에 지레짐작하고 근심하던 것보다는 마음이 퍽 놓인다. 그러나 한편 생각해 보면 좀 창피스러운 일이다.

'원, 세상에 그런 일도 다 있는가. 그래 하필이면 철환이한테 글을 배우다니…….'

이 생각은 철수 말고 다른 넷 소년이 똑같이 하고 있었다. 철환이는 마을에서 이름난 싱검둥이다. 싱검둥이란 것은 다른 뜻으로 하는 말이 아니다. 일 년 열두 달, 삼백 예순 다섯 날을 아무 일도 아니하고, 놀고먹기 때문에 그런 별명이 붙은 것이다.

서울서 대학을 마치고 섬에 돌아와서는 아무 하는 일 없이 놀고먹는 판이다. 그러다가 혹시 군청이나 읍사무소에 서양사람 손님이 오는 때면 불려 나가서 통역을 하는 것이 고작이다. 대학을 갓 졸업하고 돌아왔을 때에는 경호가 다니는 초등학교 교장 선생님의 청을 받아 일주일에 며칠씩 학교 선생님을 모아놓고 공부를 가르쳤다. 그러다가 차츰 마을 청년들에게도 글을 가르쳤다. 그러고 보니 선생님의 선생님이니까 촌수로 따진다면 할아버지뻘 선생님이긴 하다. 이러한 철환이가 어쩌다가 그 일마저 고만두게 되었는가.

　―여기에는 까닭이 있다. 마을 노인네들이 그 일을 반대하고 나섰기 때문이다.

　"원 세상에. 그 옷 입은 꼬락서니 하며, 머리에 얹고 다니는 뚜껑하며……. 서울서 대학공부를 하면 그 지경이 되는 건감?"

　첫째로, 철환이의 옷차림이 비위에 거슬린 모양이다. 실상, 양복의 무늬부터가 야릇하다. 조기 잡는 그물처럼 가로 세로 줄이 진 푸르죽죽한 옷감이다.

　둘째로, 속에 입은 셔츠도 가관이다. 이불감같이 알록달록한 것에다가 마치 목 매달고 죽다가 살아난 사람 모양 노끈 두 가닥을 대롱대롱 매달고 다닌다.

　본인 말에 의하면 이것은 〈맘보 타이〉래서 서양서는 몹시 유행하는 넥타이라고 한다.

　셋째로는, 모자에 문제가 있다. 돼지꼬리 모양으로 한 가운데에 꼭지가 달린 빵떡처럼 생긴 것인데, 골통 한 옆구리가 깨져서 구멍이 났는지, 거기를 덮어 버리는 형국으로 삐뚜름히 얹어 놓고 다닌다. 소위 '베레모'라는 것이다.

　그러나 그 뿐인가. 눈에는 항상 장님 모양으로 검은 안경을 쓰고 다니는 버릇이 있다. 이런 것들이 마을 풍속과는 멀리 동떨어진 것인데, 그보다도 더 노인들이 못마땅하게 여기는 점은, 마을 청년들에게 시(詩)라는 것을 가르치는 데에 있었다.

시라고 하면 이태백이나 두보(杜甫)같은 사람의 시만 아는 노인네들이다. 그런데 철환이가 가르친다는 시는, 얼토당토 않은 푸념과 넋두리니 가만 두고만 볼 수 없는 문제였다. 그것도 교육적인 내용이라면 또 모를 일이다. 그것이 아니라 철환이가 퍼뜨려 놓은 시라는 것은 뚱딴지 같은 사랑 타령이 대부분이다. 사랑 타령이라 할지라도, 장가 들어서 아들, 딸 낳고 잘 살다가 늙어서 팔자 좋게 죽었다는 이야기라면 오히려 참을 만은 하겠다.

하지만 그게 아니고 사랑이 깨져서 죽네 사네, 가슴이 미어지네, 옹두라지 뼈가 부러지네, 하는 따위의 객적은 수작뿐이다. 게다가 읽는 소리도 소름이 오싹 끼칠 듯하고 한심스럽기 짝이 없다.

시도 한문으로 된 것이라면 원래 명랑하게 읊조리게 마련인데, 요즘 시라는 것이 그렇지가 않다. 일부러 목소리를 굵게 만들어 가지고 느릿느릿 청승맞게 읽어야 한다니 기가 막힌다고 노인네들은 모여 앉기만 앉으면 흉을 보기에 딴 생각이 없다.

"아! 나의 태양이여. 오! 나의 장미꽃이여……. 빌어먹을 놈들, 그게 도대체 무슨 짓거리람."

하고는 고개를 절레절레 흔들며, 담뱃대를 툭툭 치는 것이다.

"철환이는 동네 청년들을 모조리 버려놓을 놈이라니까."

이것은 할머니들의 공론이다.

이러한 철환이를 가정교사로 택하는 데에는 대단한 용기와 결단이 필요했을 것이다. 아마 반대도 대단했겠지만 경호, 한기네 아버지네 들은 그대로 정해버리고 말았다.

"철환이라면 그까짓 건 문제 없어. 경우에 따라서는 우리가 힘을 합쳐서 두들겨 주면 그만이야. 설마 우리 넷이서 그까짓 것 하나 못 당하려고?"

경호가 팔을 뽐내면서 한 번 큰소리를 하였다. 비록 마을에서 인심을 잃고 있는 철환이라 할지라도, 명색이 그래도 선생님인데, 그 선생님을 갈겨 주겠다니 대단한 계획이다. 여기에는 철수가 반대인 모양이었다.

"그건 그렇게 안 될 거다. 우리 형은 그래 보여도 권투선수다. '복서'야."

"야, 그건 처음 듣는 말이다. 정말이냐?"

"정말이다. 서울서 학교 다닐 때, 시합에 나갔다가 상 탄 것이 집에 있어."

"그렇다면 공부보다 권투를 좀 배웠으면 좋겠다."

한기가 말했다.

"콧등이 밤낮 터져 다니고 싶으냐."

경호의 대꾸다.

"콧등은 왜? 터질 걸 여벌로 갖고 다니는 줄 아니?"
"아니야. 권투 선수들을 보면 코 허리가 모두 주저앉아서 넓적하대."
"그럼 철수 형은 어째서 코가 오똑할까?"
"그러니까 선수가 못 되는 게지."
"아니야. 선수는 선수라도 가짜 선수일 거야."
"가짠지 진짠지, 시험 삼아 한번 맞아보겠니?"
철수가 쌍지팡이를 들고 나선다.
"우리처럼 연약한 아이들이나 때리기야 뭐, 권투 선수가 아닌들 못 할라고?"
"몹시두 연약하다."
"어쨌든 어울리지 않아. 권투 선수와 시인."
"시인이라고 권투를 못하란 법 있나?"
"그건 그래. 권투 선수래서 시를 못 쓰란 법도 없을 게고."
"그럼 우리 이렇게 해 보자, 한번 시험해 보기로."
"시험? 어떻게?"
"간단하지 뭐야. 잠을 자거나 할 때, 우리 넷이서 와락 덤벼 들어 한 대씩 먹여주자. 정말 권투 선수라면 얼른 피하거나 우리의 공격을 막아낼 게 아니겠어?"
"그건 안 될 말이다. 아무리 권투 선수라도 잠을 자면서야 별 수 있겠니?"
철수가 다시 형의 편을 들었다.

"잠을 자면서도 적의 공격을 막아낼 수 있어야 정말 권투 선수지."

"그건 말도 안 된다. 정정당당하게 시합을 하지 않고 남의 허한 틈을 타서 기습을 가한다는 건 비겁해."

"그럼 또 하나 좋은 수가 있다. 동그랑땡하고 씨름을 시켜 보는 것이 어떠냐?"

"그것 참 훌륭한 생각이다."

대체로 의견이 일치되었는데, 이번에도 철수는 반대였다.

동그랑땡이라면, 섬의 명물 사나이다. 직업이 무엇인고 하니, 솔직히 말해서 거지다. 거지는 거지로되 보통 거지가 아니라 격식 높은, 이를테면 고급 거지다. 사람이 좀 모자라서 누구만 보면 희죽희죽 웃는 것이 버릇인데, 웃다가 기분이 좋으면 무슨 뜻인지 모르지만 혼자서

"동그랑땡······동그랑땡······."

하고 외친다. 이래서 '동그랑땡'이라는 별명이 붙었다.

이름이 무엇인지, 어디서 왔는지에 대하여 아는 사람은 섬 안에 아무도 없다. 이자는 기운이 장사고 헤엄도 잘 친다. 동그랑땡은 산허리에 조그만 오막살이를 짓고 혼자서 살아가는데, 그 집이 생긴 데에는 유래가 있다. 이 섬에서는 해마다 오월 단오가 되면 마을 청년들이 모여서 씨름 대회를 여는 풍속이 있다.

어느 해엔가, 이 씨름 대회에 어디선지 나타난, 낯이 선 젊

은이 하나가 뛰어 들어 힘깨나 쓴다는 청년들을 당당히 물리치고 일등의 영예를 차지했다.

 이리하여 상으로 받게 된 황소 한 마리—. 사나이는 그 값진 소 한 마리와 산기슭에 있는 오막살이를 아낌없이 바꾸어 버렸다. 이것이 바로 동그랑땡이요, 또 지금까지 그가 살고 있는 오두막집이다.

 그 다음부터 동그랑땡은 이 섬에 늘어 붙어 살게 되었는데, 그 이듬해에도 단오날에 출전을 하려고 했으나, 주최측이 이를 거절하여 영영 나오지 못하게 되었다. 그러나 그의 기운은 마을 안에서 두루 요긴히 쓰여졌다. 큰 공사가 있거나 농사철이 되면 동그랑땡은 이집 저집으로 부리나케 불리어 다닌다. 일에 게으름을 피우지 않고, 꾀를 부리지 않는 대신에 무슨 일에 비위가 거슬리어 한 번 게정을 내게 되는 날에는 큰 일이다. 아무도 그의 행패를 막아내지 못한다. 하지만 그것은 일 년이나 이 년에 한 번쯤이고 평소에는 퍽 양순하다. 품을 팔아 벌어 들인 것으로 혼자서 밥을 지어 먹고 살다가 양식이 떨어지면 마을로 걸식을 나온다. 기분이 좋을 때에는 춤도 덩실덩실 춘다. 어린애들의 놀림감이 되는 대신, 어른들에게는 밉지 않은 애교꾼이기도 하다.

 이러한 동그랑땡하고 철환이를 씨름 시켜 보겠다고 하니, 철환이와 동생인 철수의 마음이 좋을 리 없을 것은 뻔한 일이다.

"우리 형은 거지하고 씨름하는 취미는 없다."
"이길 자신이 없으면 그러기도 할 테지."
"천만에. 우리 형은 시인이니까."
"시인이라도 권투선수가 아니니?"
"권투하고 씨름은 달라."
"다르긴 뭐가 달라?"
"씨름은 기운만 있으면 되고 권투는 기술이니까."
"아니다. 씨름도 기술이 있어야 하고 권투도 기운이 있어야 한다."
"그건 그렇다."
"좋은 수가 있어. 동그랑땡하고 권투를 시켜 보면 될 게 아니냐?"
"말도 안 된다. ……이렇게 해 보면 어떨까?"
"어떻게?"
"팔씨름."
"그것 참 명안이다. 팔씨름은 기운이 있어야 하고 기술도 필요한 거지만 누구나가 팔씨름을 미리부터 연습해 두는 사람은 없으니까, 이런 시합에는 안성맞춤이다."

이 때 동식이가 까만 눈알을 되록거리면서,

"연습을 안 해 두긴 왜? 난 완력기(腕力器)로 매일 팔씨름 연습을 한다."

하며 왼팔을 굽혀서 별로 보이지도 않는 알통을 자랑

한다.

"하하하, 넌 그래 완력기로 팔씨름 연습을 매일 해서 몸이 그렇게 튼튼하냐?"

"네 눈엔 이게 보이지 않니?"

하고 동식이는 또 한 번 알통을 자랑한다.

"그 참새알만 한 거 좀 집어치워."

"너희 집 참새알은 크기도 하다."

"내 걸 좀 봐라."

이번에는 경호가 셔츠 소매를 부르걷고 팔을 굽혔다.

"자, 봐. 계란만 하지."

"너희 집 계란은 작기도 하다."

"그럴 것 없이 팔씨름을 해보면 될 게 아니냐?"

하는 한기 말에 동식이는, 그가 늘 하는 버릇대로 깡충깡충 뛰면서,

"그러자. 팔씨름으로 공평하게 판가름을 하자."

하고는 연신 팔을 굽혔다 폈다 하면서 준비 운동을 한다.

"그래라. 할 테면 하자."

동식이와 경호는 꿇어 앉아서 손을 서로 마주잡았다. 한기가 심판 격이다.

"시—작,"

"끙……, 끙…….."

이를 악물고 눈을 부릅뜨면서 둘은 낯을 붉혀 가지고 안

간힘을 쓴다.
"음……, 끙."
한기는 그 꼴들이 우스웠다.
"임마, 기운 그만 써라. 방귀 뀔라."
이 말에 맥이 탁 풀렸는지 동식이가 그만 지고 말았다.
"어때? 졌지?"
"아니야. 한기가 쓸데 없는 소릴 해서 그랬다."
"그럼 한 번 더 할까?"
자신을 얻은 경호는 기세가 제법 당당하다.

침을 한 대 놓자고

"뭐야?"
"공교롭게도 며칠 전에 왼팔을 삐었다. 그 삔 게 다 낫거든 그 때 팔씨름을 하자."
"그 때까지 기다려 달란 말이지?"
"응."
이 때 한기가 가만있지 못하고 나섰다.
"팔을 삐었으면 내가 고쳐 주마. 접때처럼 침을 한 대 놓으면 대뜸 나을 거다. 난 퇴원하고 나서도 침놓는 연습을 많이 했어. 그래서 이제는 아주 선수가 됐지. 그런데 내 평생 소원이 사람에게 침을 놓는 일이다."
"여태 사람에게 못 놔 봤니?"
"왜, 꼭 한 번 놓다가 실수를 했어. 그러고는 대체로 동물 전문이었어. 우리 동네에 사는 개, 고양이, 새, 닭, 돼지…… 쳐놓고 나한테 주사 맞지 않은 놈은 아마 거의 없을 거다."
"그러고도 죽은 놈이 없니?"
"있지. 하지만 그건 내 탓이 아니야. 의사라고 뭐 병을 다 고치니? 원래 죽기 마련인 거야 아무리 용한 의사라도 하는 수 없지."
"네가 용한 의사냐?"
"물론."
"의사는 의사라도 동물 전문의 수의사로구나."
"근데, 사람에게 놓다가 실패했다는 건 도대체 어떻게 된 거냐?"
"한숙이가 몸살이 났다고 하기에 내가 주사를 놓아 준 댔지. 그랬더니 펄펄 뛰면서 싫다기에 잠자는 틈을 타서 한 대 푹……."
"하하하. 그래서 어쨌어?"
"어쩌긴 어째. 질겁을 하고 달아난 덕택에 난 종아리를 톡톡히 맞았어."
"하하하."
"그러니까 동식아. 이번엔 너에게 한번 꼭 놔 보자. 팔 삔

거 곧 나을 테니 봐"

"싫다. 위험하니까."

"결사적으로 맞아 봐."

하면서 한기는 부시럭부시럭 호주머니를 뒤지더니 동침 하나를 끄집어 낸다. 양의사에서 한의사로 전향한 모양이다.

"결사적으로? 임마, 아까운 생명을 너한테 침을 맞고 버려? 관둬, 관둬."

"관두긴 뭘 관둬. 널 위해서 하는 말인데. 은혜를 모르는 녀석."

하더니 창으로 적을 찌르려는 사람처럼 침을 빼들고 마구 덤벼든다.

깜짝 놀란 동식이었다. 미처 피할 겨를이 없이 그만 한기에게 붙잡히고 말았다.

"앗, 위험······이게 엇!"

동식이는 침 끝을 피하느라고 사뭇 열심이다. 도끼 가진 놈과 바늘 가진 놈이 싸우면 바늘 가진 편이 이긴다는 옛말이 있는데, 과연 옳은 말이라고 생각되었다. 아슬아슬하게 침 끝을 피하다 못하여 동식이는 하는 수 없이 실토를 하고야 말았다.

"팔 삐었다는 거 거짓말이다. 난 팔 뺀 일이 없어."

비명에 가까운 소리로 하는 애원이었다.

"음. 그럼 차라리 잘 됐어······."

다음에 나선 것은 경호였다.
"팔 뻰 일이 없다면 팔씨름을 계속하자."
"어? 너, 잊어버린 줄 알았더니 또 그 애기를……."
왼팔로는 절대로 지지 않는다 했고, 팔을 뻰 것도 거짓말이라고 선언한 터라 꽁지를 뺄 구실이 없다.
"그래. 할 테면 하자."
이번에야말로 비장한 각오로써 결사적으로 덤비는 동식이였다.
경호는 승리자의 여유를 유유히 보이면서 왼팔을 뻗었다.
"음."
"끙."
죽을 힘을 다한 대결전이다. 여기가 서울이라면 실황 중계 방송이라도 있을 법한 판국이다.
경호는 기운을 다 쓰지 않고, 조금씩 아끼다가 한 번 힘을 주었다. 그러고는 자신이 생겼다. 아무것도 아니다. 녹신녹신 마음대로 할 만하다. 이를 악물고 죽을동 살동 덤벼 드는 동식. 그러나 경호는 결심하였다.
'내가 일부러 져 줘야지.'
"내가 졌다. 역시 왼팔은 네가 세구나"
경호는 어른스럽게 한마디 했다. 그렇게도 지기가 싫어서 바둥대는 것을 꼭 이겨서 무엇할 것이냐. 실속만 있으면 그만이 아니냐.

"자, 봐, 어때. 왼팔은 역시 내가 세지?"

하고 우쭐거릴 줄만 알았던 동식이다. 그런데 웬일이냐. 동식이는 조금만 건드리면 울음보를 터뜨릴 것처럼 얼굴이 붉으락 푸르락하더니,

"야! 비겁하다."

하고 욕설을 퍼붓는 게 아닌가.

"비겁해?"

경호는 하도 어이가 없어서 이렇게 반문하였다.

"······비겁하긴 뭐가 비겁하단 말이야?"

"그럼 아니야? 네가 그래, 뭘 잘났다고 일부러 져 주니?"

"일부러 져 줘?"

"난, 난 알아. 일부러 져 주는 건 네가 이기는 것보다 더 나빠. 일부러 져 줬노라고 두고두고 뻐기려는 심사가 아니야? 뻔하지 뭐야."

동식이는 그 큰 눈망울 가장자리로 눈물이 괴면서 대드는 것이었다.

"그럼 어쩌자는 거야? 어떡하면 네 직성이 풀리겠니?"

"한 번 더 해. 더 해 보고 내가 지면 깨끗이 손을 들겠다."

"좋아. 마음대로 해라."

두 소년은 다시금 팔씨름을 시작하였다.

이번에는 만만치가 않았다. 동식이도 필사적으로 대결하는 판이다. 경호도 최선을 다하였다.

비겁하다는 욕까지 먹어가며 일부러 져주는 병신도 없다는 생각이 든 것이다.

"끙."

역시 적수가 아니었다. 경호는 동식의 손등에 멍이 들도록 땅바닥에 탕탕 쪼아 주었다.

"자, 이젠 마음이 후련하니?"

동식이는 대답 대신 입술만 악물고 있다.

"……후련하냐 말이야?"

"후련하다."

배앝듯이 한마디 던져 놓고는 이내 저희 병원이 있는 쪽으로 걸음을 옮긴다. 바로 이 때였다.

"도련님 여기 계셨수? 선생님이 오셔서 기다리신 지가 언제라고. 빨리 집으로들 가십시다. 여기 계신 줄 모르고 난 얼마나 찾았겠수?"

하는 것은 경호네 집 식모 아줌마였다.

"아줌마, 철환이가 왔어?"

"에그 원, 철환이가 뭐예유? 선상님이지."

식모 아주머니는 천하에 큰일이라도 났다는 듯이 두 손으로 무엇을 긁어 담을 때 모양, 허공을 쥐어뜯으며 펄쩍 뛴다. 이 허풍스러운 수다로 미루어 보아 어쩌면 어머니가 아버지께 고자질을 할는지도 몰라서 이내 눙쳐 버리는 말을 하였다.

"아, 참. 그렇지, 이제는 철환이가 아니라 박선생님이지."
"그럼요. 그렇고말고요."

식모는 비로소 만족한 듯이 눈을 가느스름하게 떴다. 그도 그럴 것이, 식모 아주머니는 굉장한 철환이 '팬'이다. 이번에 철환이를 가정교사로 극구 추천한 것도 이 식모 아주머니였다.

"도련님도 박 선상님을 닮으셔야 해요. 서울서 대학교를 나오시구 게다가 또 권투 선수라지 않아요?"

"헤에, 아주머니가 그런 걸 다 어떻게 알아? 나도 모르는 일을."

"모르긴 왜 몰라요. 난 다 알아뒀어요. 그나 그뿐인가요? 박선상님은 총각이랍니다. 총각."

총각이라는 사실이 식모 아주머니의 마음에 꼭 든 모양이다. 왜 안 그렇겠는가. 이 식모는 엉뚱한 계획을 가지고 있었던 것이다. 아줌마에게는 과년한 딸이 하나 있다. 성이 무엇인지는 몰라도 이름은 분명 곱단이다.

곱단이는 올해 나이 열 아홉 살, 그러고 보면 그다지 많은 나이도 아니건만 시골서는 시집을 가고도 남았을 연령이다. 인물이 잘난 편도 아니지만 결단코 밉게 생긴 얼굴도 아니다.

이 곱단이도 경호네 집에 살고 있으나 낮에는 철수네 방직 공장에 직공으로 근무한다. 그는 꼬박 동네 청년들이 모이는 강습회에도 참석하여 철환이가 읊어대는 시낭독을 듣고 와서는 혼자서 좋아한다. 프랑스의 시인 '프랑시스 잠'이라든가 하는 자가 썼다는 글을 즐겨 왼다.

"나의 사랑하는 이" 하고 너는 말했다.
"나의 사랑하는 이" 하고 나는 대답했다.
"눈이 오지요?" 하고 네가 말했다.
"눈이 오는군" 하고 내가 대답했다.
"좀 더" 하고 네가 말했다.
"좀 더" 하고 내가 대답했다.
"이렇게" 하고 네가 말했다.
"이렇게" 하고 내가 말했다.

이런 것을 철환에게 배워 가지고 혼자서 중얼거리는 버릇을 가진 아가씨다. 곱단이는 '로버트 번스'의 시도 애독한다.

저, 휘파람을 부셔요. 네?
그러면 내가 당신께 가겠어요.
아버지와 어머니, 그리고 모든 사람들이 뭐라고 나를 꾸짖고 야단들을 해도 나는 무섭지 않아요.

저, 휘파람을 부셔요. 네?

그러면 내가 당신께 가겠어요……

이런 시를 철환에게 배우고 나서부터 곱단이는 휘파람 연습하기에 정신이 없었다.
'내가 잘 모르는, 미국이나 영국의 시인이 쓴 글이라고 하지만, 실상은 철환이가 지은 걸 거야. 나더러 휘파람을 불라는 게 아니겠어? 그러면 나한테로 와 주겠다는 게 아니겠어? 내가 식모의 딸인데다가 공장 다니는 직공이라고 그이의 아버지와 어머니, 그리고 모든 사람들이 뭐라고 그이를 꾸짖고 야단들을 해도 그이는 무섭지 않다지 않아? 나보고는 휘파람만 불고 있으랬어. 그러면 결혼을 하게 될 거란 말이지? 호호호……'
이런 생각을 자꾸 되풀이하면서 곱단이는 열심히 휘파람 연습을 계속하였다.
이 휘파람 소리가 경호 어머님에게는 몹시 귀에 거슬렸다.
"얘 곱단아, 밤중에 휘파람을 불면 귀신이 온다는 거야, 더구나 기집애가……."
가끔 이런 꾸중을 들건만 곱단이는 아랑곳이 없다.
"히히히, 매일매일 불어도 귀신이 안 오던데요?"
"그러다가 오면 어쩔래?"
"오면 제가 잡혀 가지요, 전 죽는 것도 무섭지 않아요."
"저 계집애가 아무래도 시집을 가구 싶어서 안달이 났

나베."
　할 양이면 식모 아줌마가 앞으로 썩 나서는 법이었다.
　"글쎄 그렇다니까요. 마님, 저것도 나이가 나이라, 마음에 든 신랑감이 아마 어디에 있나 봐요. 하긴 그래야 저도 손자를 볼 게 아니겠어요?"
　"……어미하고 딸이 잘들 미치는구나."
　"미치긴 왜 미쳐요? 과년한 게 시집 가려는데, 그게 숭어운 일인가요?"
　식모 아줌마는 다시 곱단이에게,
　"……애야, 얼굴에 화장을 하고 머리두 지져라. 그래야 철환 도련님 눈에 들 게 아니냐?"
　해서 곱단이는 때 묻은 담벼락에 '카세인' 칠하듯 분도 바르고, 또 머리 지지는 인두를 사다가 혼자서 지지고 볶는가 하더니, 이마빡 여러 군데에 화상을 입기도 하였다.
　그러다가 곱단이는 미장원을 다니기 시작하였다. 그러고는 거울과 마주 앉기만 앉으면 세월 가는 줄을 몰랐다.
　솥에 밥이 눌어 붙건, 빨래 보따리가 산더미처럼 쌓이건 상관 않는다. 낯가죽이 해지도록 닦아 내기와, 분첩을 꺼내 들고 콧등을 두드리기에 여념이 없었다.
　하루는 경호가 이렇게 놀려 주었다.
　"곱단아, 이 세상에서 제일 가엾은 게 무언지 아니?"
　"몰라."

"네 콧잔등이다."

"어째서?"

"아침 저녁으로 너한테 매만 죽도록 맞으니 말이다."

"몰랑."

곱단이는 몸을 비꼬면서 때리는 시늉을 하였다. 제 딴에는 아양 부리는 연습을 하는 속셈인 모양이다. 그리고

"으흥!"

하면서 경호를 껴안으려 들었다.

"이게 미쳤나봐."

경호는 얼른 비켜서 위기를 모면하였으나 곱단이가 몹시 징그럽다고 생각되었다.

이러한 곱단이는 사진 찍는 취미를 가지고 있다. 미장원을 한 번 다녀올 때마다 읍내 사진관을 찾아가서 사진을 찍는다. 웃으며 찍은 사진, 성 내고 찍은 사진, 또 애교를 부리면서 찍은 사진 등등……여러 가지 포즈와 표정의 사진을 찍어다가 방 안에 붙여 놓는 것이었다.

"아줌마, 곱단이가 사진은 왜 자꾸 찍을까?"

하고 식모에게 물었더니,

"왜 안 그렇겠수, 도련님. 인물이 고만큼이나 생긴 게 혼인을 하려면 약혼 사진두 있어야 하지 않겠시유?"

하고 장한 일이라는 듯 곤댓짓을 하는 것이었다.

이러자니 자연 옷도 많이 지어 입게 마련이었다. 식모 아

줌마는 곱단이가 새옷을 지어 입는 일에도 반대하지 않았다.

"혼숫감을 한꺼번에 장만해 줄 형편이 못 되는 터이니 한 가지씩이라도 부지런히 마련해 두어야 이담에 부잣집하고 정혼을 하게 되더라도 체면이 설 테니까요."

이래서, 딸의 옷감 값, 사진 값, 미장원 값을 뒷받침 해 주기 위하여 빚도 꽤 많이 졌다는 소문이다. 그러나 식모 아줌마에게는 그까짓 빚쯤은 문제가 아닌 모양이었다.

"……자, 빨리 가요. 선상님이 기다리신대두요."

식모는 발을 동동 구르면서 채근을 한다. 마치 제가 공부를 하려는 학생인 양.

"하도 간곡한 부탁이니 그럼 가 주지."

경호는, 마치 남의 일을 거들어 주기 위해 나서는 것처럼 한번 뻐기었다. 그러고는 천천히 걸음을 걷는데, 그 걸음씨부터가 장히 생색스럽다.

"애들아, 너희두 빨리 가자."

"그럼 어디, 구경 삼아서 가 보기로 할까?"

한기가 이죽거렸다.

이렇게 되면 누가 선생인지 제자인지 알 수가 없다. 배우러 가는 사람이라기보다 가르치러 가는 사람들 같았다.

"그럴 것 없이 달음박질을 하자."

언제나 성미가 급한 동식이가 의견을 말했다.

"뭐가 바빠서 달음박질까지 하제? 기다리다 못해서 지칠 무렵쯤 가는 게 좋을 거다."

"그게 아니야. 경주를 하자는 거지."

팔씨름에 진 것을 벌충하려는 생각으로 동식이가 기를 썼다. 몸이 가볍고 재서 경주에는 자신이 있기 때문이었다.

"그럼 그러자, ……시작……하나, 둘, 셋."

네 소년은 달음박질을 시작하였다. 드디어 경호네 집 앞에 당도하였을 때는 동식이가 일등이었다.

"자, 어때? 이만하면 올림픽 선수 감이지?"

"걷어 치워. 달음박질이나 잘하면 대수냐? 올림픽에 말을 내보내 봐라, 단박에 일등일 거야."

"그야 동물이지."

"사람은 동물이 아니면 식물이냐?"

"하지만 만물의 영장이야."

"머리만이 만물의 영장이지 몸은 그렇지 않아. 아무리 레슬링을 잘한대도 코끼리를 당해낼 장사가 없고, 높이 뛰기에도 벼룩을 이겨 낼 도리가 없어."

"벼룩?"

"그래, 벼룩은 제 몸 높이의 천 길 만 길을 뛰어 오르는 선수거든. 사람은 한 길 두 길 위에서만 떨어져도 두 다리가 부러집네, 골통이 깨집네 하고 야단들이 아니야?"

"그건 그래."

이런 이야기를 하고 있는 동안에 뒤따라온 식모가 도착하였다.
"예서 뭣들 하우? 빨리 들어가요."
하는 수 없이 네 소년들은 사랑채가 있는 쪽으로 어슬렁어슬렁 걸어 들어갔다.

죄를 지으시려나 봐

눈알이 빠지도록 기다리고 있을 줄만 알았던 철환이는 놀랍게도 눈을 감은 채 팔베개를 베고 떠억 드러누워 있는 것이 아닌가. 게다가 또 한가지 놀라운 것은 희한한 손님 한 분이 와 있는 점이었다. 즉 한숙이가 와서 기다리고 있었다.

끝으로 한 번만 더 놀래고 말자. 한숙이가 황송하게도 누워 있는 철환이의 다리를 주물러 주고 있는 것이었다. 소위 안마다. 그야 어찌 되었건 한숙이가 와 있는 줄만 알았다면 빨리 왔을걸 하는 뉘우침이, 한기를 제외한 세 소년의 가슴 속에 똑같이 도사리고 있었다.

'식모 아주머니도 얄궂지, 진작 알려 주지 못하고…….'
서경호는 마음 속으로 가슴을 두드리었다.
"선생님, 악돌이들이 왔어요."
"뭣이? 악돌이들?"
경호는 버럭 소리를 질렀으나, 이것도 속으로만 지른 것이라 밖으로 나오지는 않았다.
"……어, 시원해."
철환이는 듣는 둥 마는 둥, 그래도 눈을 뜨지 않았다. 이 때 식모 아줌마가 나섰다.
"선상님, 다리가 아프시거든 이따가 우리 곱단이더러 주물러 드리라구 할깝쇼?"
부드러운 음성이었건만 이 말에는 철환이가 눈을 커다랗게 뜨고 벌떡 일어났다.
"뭐? 곱단이더러? 그만 둬, 그만 둬."
"왜 그러세유. 사양할 건 없어요. 우리 곱단이는……."
"글쎄 싫다니까. 애들아, 공부하자 공부하자."
여기서 네 소년은 깊이 깨달은 바가 있다. 철환이가 식모 아주머니 앞에서는 웬일인지 꼼짝을 못한다는 엄연한 사실을 말이다.
"빨리 책을 꺼내 놓으라니까. 그리고 아주머니는 저리 가 계시오. 공부시키는 데 방해가 되니까."
식모는 적이 불만인듯 안마당 쪽으로 사라져 버렸다. 이

꼴을 보자 철환이는 다시 벌떡 드러누웠다.

"이왕 두드리던 끝이니 조금만 더 안마를 하고나서……."

또 눈을 감았다. 한숙이가 간지럽게 주물러 주는 것이 몹시 상쾌한 모양이었다. 그런데, 웬일이냐. 조금만 더 하자던 안마가 도무지 끝이 안 난다. 그도 그럴 것이다. 잠시 후 철환이는 드르렁 드르렁 코를 골기 시작하였다. 즉 잠이 깊이 들어 버린 것이었다.

잠이 든 철환이를 굽어 보며 경호가 눈짓을 하였다. 장난을 한번 해 주자는 신호임이 분명하다. 설명을 더 들어 볼 필요도 없이 이 신호는 철수와 한숙이를 제한, 나머지 세 소년에게는 번개같이 전달되었다.

"뜸을 놓을까?"

"그건 재미없다. 또 나중에 경을 치기가 일쑤고."

언젠가 동식이네 병원에 입원하였을 때, 신선뜸을 당한 경험을 가진 한기가 반대를 하고 나섰다.

"그럼 이렇게 하자. 허리띠로 다리를 꽁꽁 묶어 놓고 '불이야' 하고 소리를 치면서 달아나잔 말이다."

"그렇게 하려면 철환이……아니, 선생님 안경에다 붉은 잉크 칠을 해 두는 게 더 효과적이다. 그렇게 하면 세상이 온통 불바다로 보일 게 아니겠니?"

"그것도 좋지만 좀 야비하다. 게다가 나중에 속은 줄 알고서 권투를 한 개씩 먹이면 그걸 어떡해."

죄를 지으시려나 봐 125

"그것도 그렇다. 그럼 좋은 수가 있어."

꾀보 동식이가 꾀 보따리를 열어 놓았다.

"경호야, 너 가서 먹하고 붓을 가져 오너라."

"음, 후후후."

꾀보가 하는 말의 내용은 벌써 세 소년의 가슴속으로 번졌다.

"걱정 마, 내 가져 올게."

경호가 대답하고 안방으로 사라졌다. 먹통과 붓을 가져가는 아들을 보고 경호 어머님은 아마 글씨 공부를 하려나 보다 여기고 매우 대견스러운 표정을 하셨다.

"자, 가져 왔다."

"그럼 시작해라. 누가 미술에 소질이 있지? 한기가 제일이다."

"싫다. 미술이고 뭐고가 어디 있어? 돌아가면서 한 번씩 그리자."

혼자 책임 지기가 싫어서 선생의 얼굴을 『캔버스』삼아 셋이 공동작품을 만들자는 주장이다.

"그래, 너부터 먼저 시작해라."

한기가 붓에 먹물을 흠뻑 찍어 가지고, 철환이의 얼굴을 굽어 보았다.

그런 줄을 까맣게 모르는 철환이는 깊은 잠에 곯아 떨어져서 조금만 더 두면 잠꼬대까지도 할 판이다.

'찬스!'

한기가 철환이 코 밑에다가 위엄이 있어 보이는 팔자 수염을 그리고 나서 붓을 경호에게 넘겨 주었다.

경호는 붓을 받아 쥐고, 이번에는 눈 가장자리에 안경을 그렸다. 다음은 또 릴레이 식으로 붓을 받은 소년이 철환이 얼굴에다 주름살과 구레나룻을 꺼멓게 그렸다. 그래도 철환이는 잠을 깰 줄 모른다. 철수는 이것이 못마땅하였으나, 민주주의 세상에서 다수결 원칙을 따르자면 아무래도 잠자코 있을 수밖에 없는 노릇이었다.

워낙 경호네 편과는 그 수효로 당해낼 재주가 없다. 그러나 한숙이와 한편임은 비록 수효에 졌다 하더라도 퍽 만족한 일이다. 동식이가 귓속말을 하였다.

"애들아 우리 병원에 가서 잠자는 약을 갖다가 써 볼까? 내일 아침까지는 영락없이 깨지 않을 거다."

"그래. 주사는 내가 놓으마."

한기가 앞으로 썩 나섰다.

"안 돼. 위험하니까."

경호가 타이르듯 점잖게 말했다.

"우리는 어디까지나 즐겁게 살기 위해서지 나쁜 마음이 있어서 이렇게 수고하는 건 아니니까."

하고 나서,

"그건 그렇지만 잠을 자고 있대서야 효과가 나지 않으니까

죄를 지으시려나 봐

잠을 깨우는 게 좋겠다."

"찬성."

그러지 않아도 동식이는 벌써 준비를 하고 있다. 미농지 조각을 배배 꼬아서 심지를 만들고 있는 것이었다.

"이걸로 하면 돼."

동식이는 심지 끝을 철환이 귓구멍 속으로 넣었다.

"찰싹!"

철환은 제 손으로 제 따귀를 보기 좋게 갈겼다. 파리나 무슨 벌레인 줄 아는 모양인데, 그 갈기는 솜씨가 제법 권투적이다. 그리고 나서는 다시 잠을 계속한다.

"권투 선수란 밤낮 매를 맞아서 얼굴의 신경이 로프처럼 됐다. 이리 내라, 코에다 넣어 보자."

경호가 심지를 받아 들고 콧속에 넣고 살살 비비었다.

"에, 에, 엣취……엣취."

이번에도 겨우 재채기를 두어 번 하였을 뿐, 무엇이 못마땅한지 입속으로 중얼중얼하다가 척 돌아 누워 버린다.

"안 되겠어. 보통 수단을 가지고는 어렵겠다."

한기가 고개를 기웃거리다가 제 주먹으로 제 가슴을 탕 쳤다.

"좋은 수가 있다. 내게다 맡겨둬."

아주 자신만만한 듯이 곤댓짓을 하면서 한걸음 앞으로 나앉는 것이었다.

한기는 철환이 귀로 입을 가까이 가져갔다.
"곱단이가 왔어요."
조용히, 그리고 천천히 한마디 하였다.
"뭐, 뭐, 뭐?"
철환은 벌떡 일어났다. 효과가 곧 나타난 것이다. 어쩌면 이렇게 백 퍼센트란 말이냐.
"어, 어디에 왔어?"
철환이는 겁에 질린 사람 모양, 두리번 두리번 둘러보며 숨까지 가쁘게 쉰다. 그 꼴이 우습기도 하려니와 먹으로 그린 안경과 수염꼴이 더 한층 우스웠다. 정신을 차리려고 머리를 절레절레 흔들며 눈을 꽉 감으니, 안경에까지 주름이 잡힌다. 이 모양은 철수와 한숙이가 보기에도 우스운 것이었다.
"곱단이가 어디에 왔다는 거냐?"
"오긴 누가 와요? 아무도 안 왔어요."
철환은 의아스럽다는 듯이 고개를 기우뚱거리다가,
"음! 내가 꿈을 꾸었구나."
하면서 또 드러누우려고 하더니 경호네를 보고는,
"너희들 여기에 왜 와 있니?"
하고 의심쩍다는 표정을 짓는다. 철수가 참다 못해,
"형이 오늘부터 공부를 가르친다고 해서 왔잖아?"
하고 반성을 촉구했다.

"아, 참, 그렇지? 그렇고나."

혼자서 묻고 대답하고 하더니 기지개와 함께 하품을 한 번 크게 하고 나서,

"그럼 시작하자."

하고는 방귀를 한방 놓았다.

"하하하."

"호호호."

광대를 그린 얼굴을 보면서 웃음을 참지 못하던 다섯 소년 소녀가 철환이의 방귀소리를 신호 삼아 마음 놓고 한바탕 웃어 제꼈다.

"왜들 이렇게 웃는 거야?"

경호가 대꾸했다.

"동식이 아버님 생각이 나서 웃어요."

"동식이 아버님? 그 쥐뿔도 모르는 의사 영감쟁이 말이냐?"

"철환 씨!"

동식이가 정색을 하였다.

"오, 동식이가 게 있었구나. 난 그걸 모르고 고만……."

"하하하."

철환이가 웃자 또들 따라 웃었다.

"원장 영감 방귀는 유명하지. 그건 그렇고, 철환 씨가 뭐냐 철환 씨가."

"하하하."

"호호호."

"웃지들 마라. 방귀가 그렇게 우스우냐? 생리적 현상인데……."

생리적 현상인지, 대자연의 법칙인지는 몰라도 아이들이 웃는 원인이 방귀에만 있는 줄로 굳게 믿고 있는 모양이었다. 그러나 그들의 웃음이 그치지 않는 것은 철환의 야릇한 '메이크업'에 있으면 있었지, 결단코 '현상'에만 있음이 아님은 물론이다. 철환은 짜증이 난 모양이었다. 그러니까 얼굴 꼴은 더욱 괴상망칙하게 된다.

"으하하."

"오호호."

"고만들 웃어!"

꽥 지르는 고함 소리에 기가 질려서 아이들은 억지로 입을 다물어 버렸다.

"사람이 그렇게들 실없어서 뭣에다 써?"

하고 제법 교훈 비슷한 말을 덧붙였다.

따지고 보면 실없기는 도대체 누가 실없느냐. 공부 가르치러 왔다면서 제자에게 안마를 시켜 놓고 잠이 들기와, 모처럼 잠이 깨었는가 하면 방귀나 뀌기, 얼굴에 광대를 그린 채 큰 소리 치기……실이 없다 못해 주책이 없을 지경이다.

"철환 씨."

이번에는 경호가 불렀다.
"또 그래. 철환 씨가 뭐야?"
"그럼 뭐라고 해요?"
'철환 씨'면 되지 않았느냐? 그것도 과분하다. 뭐가 그리 대견하다고 어떻게 대접을 해 달라는 말인가.
"그걸 좀 연구해 봐야겠다."
어지간히도 연구할 것이 없나 보다.
"……철환 씨라고는 말도 안되고 그렇다고, 미스터 박은 적당치 않고, 선생님은 어마어마하고……."
혼잣말로 중얼거리더니 벌떡 일어난다. 별안간 곱단이가 왔는가 했더니, 그것은 아니고 무슨 좋은 생각이 떠오른 모양이었다.
"선배님이라고 해. 그게 좋겠어. 나는 너희들의 학교 선배니까."
이 세상에서 가장 희한한 것을 발견한 사람 모양, 얼굴이 빛나기까지 하였다.
"그럼 저는 어떡해요?"
한숙이가 방그레 웃으며 물었다. 자기와는 선후배 관계가 없다는 뜻일 게다.
"참, 그렇고나. 에―, 한숙이는 이렇게 불러라. '박님'이라고."
"호호호, 그게 뭐예요? 역시 선생님이 좋겠어요."

"맘대로 해라."

한기가 갑자기 푸 하고 웃었다. 그 서슬에 움파 줄기 같은 노란 코가 쑥 빠져 나왔다. 참던 웃음이 폭발한 것이다.

"그럼 선배님이라고 부를게요. ……선배님."

동식이가 말했다.

"오냐."

"하하하, 오냐가 뭐예요?"

"그럼 뭐라고 하니?"

"그것도 연구해야겠어요. 대답하는 법에 대해서 토론을 합시다."

"그건 내게다 맡겨 둬라. 그건 그렇고 한숙이가 나를 부를 명칭에 대해서 좀 더 생각해 봐야 겠다. '선배님' 글쎄, 어쩐지 좀 어색하고. 선배님, 선배님……선배가 아닌데, 불리우는 건 거짓말이라 싫고, ……옳지, 좋은 수가 있다. 서방님이 어때?"

"어머나."

한숙이가 뺨을 붉혔다.

"왜 그래?"

"몰라요."

"네가 말 뜻을 잘못 알고 있나 보다. 서방님이란 신랑이란 뜻이 아니다. 어른이라는 의미다."

"결혼도 안 하신 분을 서방님이라고 해요?"

"그야 앞으로 결혼을 하실 테니까, 미리부터 그렇게 부르는 것을 연습을 해 두는 것도 좋지."
경호가 제 얘기를 하듯이 참견을 놓았다.
"선생님, 참 결혼 안 하십니까?"
하고, 한기가 물었다.
"해야지."
"누구하고요?"
"그건 아직 몰라."
"식모 아줌마가 그러던데, 선배님은 우리 집 곱단이하고 결혼하신다던데요?"
하고 넌지시 떠보았더니, 철환이는 방석에서 30센티 가량은 뛰어 오르면서
"뭐? 뭐라고?"
하고 얼굴빛이 파랗게 질렸다.
"왜 그러셔요?"
"에이, 끔찍해."
철환은 오한이 나는지 몸을 부르르 떨더니, 재채기할 때 모양 얼굴이 쿨렁해졌다.
"딴소리 말고 공부나 하자, 공부."
"책도 아무것도 없는데요?"
"책을 가지고 공부하는 건 병신 공부다. 내 머릿속이 교과서고, 너희들 머릿속이 공책이다. 머릿속에다 차곡차곡 걷

어 넣어둔 공부라야 진짜 지식이지, 책이나 들고 다니는 게 공분줄 아니? 게다가 공책에 적어 두면 물적 증거가 남아서 못 쓰는 법이다."

무슨 범죄를 저지르려는지 증거가 남으면 못쓴다고 선배님은 말씀하신다.

"자, 이제 내가 시 한 수를 읊을 테니, 귀지를 후벼내고 잘 들어 두어라."

하더니 눈을 꽉 감는다. 저러다가 또 잠을 자려고 그러는 게 아닌가 하고 의심이 날만큼,

〈수박같이 뚜렷한 임아
참외 같은 단말씀 마소
가지가지 하는 말이
모두다 왼말이로다
구시월 씨동아같이
속성긴말 말으시오.〉

읊기를 마치고 나서 철환이는 눈을 떴다.

"어때? 멋이 있지? 과일과 채소 이름을 빗대 놓고 야속스런 애인의 거짓말을 나무라는 시조다."

"선배님, 그게 입학 시험 공부예요?"

한기가 대들었다.

"이건 학교 입학 시험 준비가 아니라, 인생 입학시험 준비다. 하지만, 대학교에서는 곧잘 입학 시험 문제로 이런 시조

가 나지."
 어쩌고 하면서 인상을 쓰고 앉았을 적에 미닫이 문 밖에서 홀연히 소리가 났다.
 "선생님."
 그것은 곱단이의 음성이었다.
 "어?"
 철환이는 벌써 달아날 채비를 한다.

그게 바로 도둑 고양이

"선생님, 잠깐 뵙겠어요."
"이거 안 되겠다. 나 없다고 해라."

하더니 철환은 토끼처럼 날쌔게 몸을 벽장 속으로 감추어 버렸다. 그 동작이 어찌나 빠른지 그야말로 권투 선수란 말에 뒷받침이 될 만하였다.

"선생님, 왜 대답이 없으셔요? 시장하실까봐 남은 일껀 누룽지를 가져왔는데요."

곱단이의 목소리는 아양에서 애원으로 변하였다.

"뭐? 누룽지?"

누룽지 대장인 한기가 벌떡 일어났다.

이 때 동식이가 금방 들은 시조를 외었다.

"수박 같이 뚜렷한 님아

참외 같은 단말씀 마소……."

"하하하……."

소년들은 한 소쿠리나 되는 누룽지를 삽시간에 모조리 흐물어뜨렸다.

철환은 벽장 속에서도 그 누룽지가 무척 먹고 싶었으나 곱단이가 있는지 갔는지 알 수가 없어서 꾹꾹 참고 있을 수밖에 없었다.

철환이가 참아야 하는 것은 그 일뿐만이 아니었다. 목구멍 속이 간질간질하더니 자꾸만 기침이 나려고 한다. 그것을 억지로 참고 있자니 정말 큰일이었다. 그러나 이 고비는 간신히 넘기었다. 그래서 조금 맘을 놓고 있는데, 전혀 예기하지 않았던 일이 벌어졌다.

"엑춰, 엑, 엑춰……."

하고 커다란 재채기를 연발한 일이다.

"어머나, 벽장에 누가 숨었지 않아요?"

간 줄 알았던 곱단이가 아직도 지키고 있었던 모양인가, 곱단이는 주루루 달려가 두 손으로 벽장 문을 홱 열어 제끼었다.

"선생님도! 여기 계셨군요. 어서 나오셔요."

"음, 나갈게, 어⋯⋯그런데, 곱단이는 왜 여기엘 왔어?"

"선생님, 누룽지 갖다 드리라고 어머니가 주어서 갖고 왔어요⋯⋯그건 그렇고 선생님은 왜 답답하게 벽장 속에는 들어가 계셔요?⋯⋯어머나, 그 얼굴⋯⋯."

"어? 이, 이건 숨바꼭질을 하는 거야."

"호호호."

곱단이는 철환이 얼굴에 그려진 수염과 안경이 우스워서 허리를 못 편다.

"공부하는 시간에 곱단이가 여기엘 오면 못써."

"숨바꼭질도 공부 축에 드나요?"

"음, 들고말고. 체육 시간을 복습하는 거지."

"그래요옹?"

"그게 무슨 말하는 투야?⋯⋯ 그런데 오늘은 공장엘 안 나갔나?"

"갔더랬어요. 헌데 어머니가 달려와서 선생님이 와 계시니까 빨리 오라구 하잖겠어요? 그래서 조퇴했죠."

"그런 일로 조퇴를 하면 쫓겨나."

"저는 쫓겨나도 좋아요."

"쫓겨나면 어쩌려고?"

"결혼하면 되죠."

"결혼? 그건 반가운 소식이다. 상대는 작정이 됐나?"

"예, 거의 된 폭이어요."

"누구야? 우리 마을 사람?"
"그래요."
"누군데?"
"그걸 알아맞혀 보셔요."
"난 그런 거 알아맞히는 취미 없어."
"아이 참, 바보셔."
"뭐, 뭐, 뭐?"
"선생님 자신인걸, 고런 이치도 모르셔요?"
"나 자신? 어휴……."
"너무나 좋아서 그러셔요?"
　—이런 일이 있고 나서부터 선배님은 더 한층 곱단이를 무서워한다. 하루는 경호가 그 까닭을 캐어 물었다.
"선배님, 선배님은 우리 집 곱단이한테 무슨 죄를 지으셨지요?"
"죄? 죄가 무슨 죄야."
"그렇지 않고서야 왜 그렇게 꿈쩍을 못하시나요?"
"꿈쩍을 못하긴. 난 꿈쩍을 한다."
"그게 꿈쩍하시는 거예요? 집에 오실 때도 도둑 고양이 모양으로 가만 가만 숨어서 오시잖아요?"
"뭐? 도, 도둑 고양이 모양으로? 천만에다. 난 정정당당하게 활갯짓을 하면서 온다."
"그런 걸 왜 쩔쩔매면서 두리번 두리번 하다가 곱단이가 없어야 달음박질로 들어 오시나요?"
"그, 그건 나의 취미야. 대학 다닐 때 스포츠를 구경하러 운동장에 들어갈 때면 언제나 그랬거든."
"입장권을 안 사고요?"
"그래."
"역시 도둑 고양이에 가깝지 않아요? 그런 게 취미셔요?"
"취미라기보다 버릇이다."
"버릇이라면 더 나빠요, 그런 도벽."
"예끼. 허튼소리 말고 공부나 하자."
"또 무슨, 시조 공부예요?"
"시조도 하고 다른 것도 하고."

선배님이 가르치는 공부란 정말 우스운 것이었다. 이따금씩 저 혼자 흥에 겨워 시조를 읊는 것이 고작이고, 나머지 공부란 장기 두는 법도 가르치고, 자전거 타는 법, 트럼프 놀이하는 법 등등……입학시험 공부라고는 하나도 하는 것이 없다. 그래서 소년들은 모두 환영하였다. 처음 생각에는, 붙잡아 앉혀 놓고 공부를 시키다가 말을 잘 안 들으면 권투를 먹이지 않나 하여 겁을 집어 먹었더랬는데, 알고 보니 정말 재미가 있다.

그러나 한숙이만은 그렇지가 않았다. 공연한 시간 허비라고 짜증을 내다 못해 요사이는 공부하는 방에 잘 나타나지 않는다.

이따금 온다면, 철환이에게 질문할 것이나 있을 때뿐이다. 그때만은 철환이도 정색을 하고 대답을 하는데, 참말로 모르는 것이 없을 정도의 척척박사다. 그야 어찌 되었건, 선배는 또 공부를 하라는 판인데, 오늘은 무슨 공부인지 궁금하다.

"무슨 공부예요?"

"오늘은 씨름공부다."

철환은 태연스럽게 이런 말을 하는 것이었다."

"형, 입학 시험은 어떻게 하라고 밤낮 이러는 거야?"

오늘은 한숙이도 왔는지라 그를 대신하는 마음에서 이렇게 항의를 하였다.

"이 녀석아, 사내 녀석이 고리타분하게 입학 시험 따위를 걱정해서는 못쓴다."

"걱정 안 하려야 안 할 수 없지 않아? 낙제하면 어떡하게."

"낙제가 그렇게 겁나니? 인생은 길다. 금년에 실패하면 후년에 하지, 그게 그렇게 큰 문제냐? 자, 씨름 공부."

철환이가 벌떡 일어났으나 전날처럼 누구 하나 달려들려고 하지 않았다. 공부한답시고 자유로운 시간을 가져서 만물박사 선배님하고 장난치는 것이 싫지는 않았으나, 정말 요사이 소년들 가슴속에는 무엇인지 모를 불안과 걱정이 도사리고 있었다.

"이러다간 정말 낙제를 하지 않을까?"

이 생각만 나면 밤에 잠을 자다가도 가슴속이 뭉클하곤 하는 것이었다.

한기나 동식이도 공부한다는 핑계로 실컷 놀다가 집에 돌아가면 아버지나 어머니가,

"공부하느라고 수고하는구나. 고단하겠다."

하고 위로를 하시는데, 그것은 여간 괴로운 일이 아니다.

"공부 잘했니?"

물으실 때면,

"예."

하고 대답을 해야 하는데, 도무지 자신이 없어서 소리가 작아질 뿐 아니라 마음도 괴롭다.

그러던 중에 철수가 이런 말을 하니까 이 기회에 저희들만 잠자코 있기가 안 되어서 동식이가 계속해서 입을 열었다.

"선배님, 씨름 공부도 좋지만 입학 시험 공부도 조금 하고 나서 하는 게 좋지 않아요?"

하고 속에 있는 말을 그대로 털어 놓았다.

"동식이는 몸집이 작으니까 마음도 작구나. 그런 걸 소심증이라는 거야. 시험 따위가 뭐야. 인생은 전부가 시험이다. 죽을 때까지 시험을 치르면서 살아가는 것이 인생이란 말이다."

철환은 눈을 험상궂게 뜨고 주욱 둘러 본다. 그래도 경호

는 겁내지 않았다.

"공부 좀 해야 되겠소."

하였더니 철환은,

"거짓말 마라, 속에도 없는 소릴."

하고 소리를 버럭 지른다.

"거짓말이 아닙니다."

한기도 응원을 하였다.

"정말이냐?"

철환은 빙그레 웃는다. 소년들의 마음이 저절로 이렇게 되기를 기다리고 있었던 모양이다. 철환은 정색을 하며 기침을 한 번 크게 하고 나더니,

"그러면 너희들하고 약속할 게 한 가지 있다. 할 테냐?"

하고 무섭게 노려 보는 것이었다.

"무언데요?"

한기가 물었다.

"할 테냐, 안 할 테냐. 그것부터 대답해라."

"안 하는 놈은 가르칠 수 없을 뿐 아니라, 그런 건 인간이 아니니까 오늘부터 절교다. 그리고 입학시험에 합격될 걸 책임질 수는 없다."

"그럼 약속하면 입학 시험에 합격될 걸 선배님이 책임지시겠어요?"

"물론."

"선배님의 동창생이 서울에 있는 중학교에서 선생님 노릇 하고 계신분도 많을 테니까, 어느 정도 가능할는지는 몰라도……."

경호의 말이 다 끝나기도 전인데, 철환의 손바닥이 번개처럼 날아와 경호 뺨에서 '철썩' 소리를 내었다.

"엇!"

"엇이 다 무슨 엇이야. 그 따위 썩어빠진 생각을 가진 놈은 당장에 나가거라. 요는 실력을 길러야 한다. 실력을 길러 가지고는 저보다 약한 사람과 싸울 때 모양으로 만만한 자신을 가지고서 시험에 임해야 한다. 내가 책임진다는 건, 반드시 이기고야 말 실력을 길러 주는 책임이다."

"약속을 하고는 우리가 어기는 날엔 어떻게 되지요?"

"그 때는 지금의 경호 꼴이 된다."

"얻어맞나요?"

"맞고말고. 지금은 손바닥으로 갈겼지만 다음부터는 주먹이다."

"권투로요?"

"듣기 싫어."

이 말에 연거푸 질문을 하던 동식이가 찔끔하여 목을 움츠리는데, 경호는 얻어맞은 뺨을 손으로 슬슬 어루만졌다. 생각하면 화가 난다. 사내 자식들끼리만 있는 자리라면, 그리 대단할 것도 없지만 이 자리에는 한숙이도 있지 아니한가.

'오냐. 약속을 하자, 그리고 그 약속을 어기지 않아서 다시는 오늘 같은 창피스러운 꼴을 두 번 다시 한숙이 앞에 보이지 말아야지……'

이렇게 결심한 경호는,

"좋습니다. 약속합시다."

악을 쓰다시피 큰 소리를 쳤다. 선배님은,

"그러면 내일부터는 교과서를 갖고 오너라."

하며 사뭇 유쾌한 듯이 벙글벙글 웃는다.

―그 다음 날부터의 공부는 불똥이 튀는 것 같은 싸움판이었다. 소년들은 서로 지지 않으려고 남보다 한 자라도 한 가지라도 더 배우려고 거의 악다구니를 쓰는 형국이었다.

이렇게 되니 철환이도 여간 바빠진 것이 아니었다. 이 아이 저 아이의 질문에 거의 정신이 없을 지경이다. 실력은 부쩍부쩍 늘어가고 따라서 진도는 비행기처럼 빠르다.

소년들은 비로소, 철환이의 지식과 상식에 탄복하였다. 어쩌면 그렇게도 많이 알고 있을까. 사전이나 참고서 하나 보지 않으면서 어떤 질문에도 막히는 것이 없다. 척척 잘 받아 넘긴다.

이렇게 되니, 철환은 후배들의 존경과 신뢰를 한 몸에 모으게 되었다. 철환이가 하는 말이나 시키는 일이라면 죽는 시늉이라도 하게 된 것이다. 선배님이라고 부르기가 민망할 지경으로 거룩하게 보이기까지도 한다. 그러나 여기에는 철환이의 숨은 노력이 있다. 그는 아이들 앞에 나가기 전에 집에서 미리 흠뻑 교재 준비를 하고는, 아닌 체하고 태연스레 경호네 집에 나타나곤 하는 것이었다.
　—이렇게 하기를 달포 가량이 되었다. 아이들은 조금씩 긴장이 풀리기 시작한 것이다. 이것을 재빠르게 눈치챈 철환은 아이들보다 앞질러서 게으름을 피우게 되었다. 선수를 써서 한술 더 뜨는 꼴이었다.
"아—함."
하품 소리였다.
"어, 졸린다. 너희들 내 잔등하고 허리좀 두드려 다오."
하면서 넙죽 엎드리는 짓도 하였고 또,
"오늘은 방학을 하자. 공부하는 것도 좋지만 좀 쉬기도 해야지. 너무 공부만 미욱하게 하면 '노이로제'가 되기 쉽고 나중엔 정신병에 걸리기도 하는 법이다."
"그러나 입학 시험도 소중하지만 건강이 제일이야."
아이들은 슬며시 근심이 되었다. 저희들이 하고 싶은 말을 미리 다 털어놓으면서 게으름을 피우는 데야 어찌하랴. 저희끼리 초조한 터였다. 어떻게 하면 이 게으름을 피우기 시작한 가정 교사를 다시 부지런하게 만들 수 있을까. 답답한 나머지 한숙이까지 포함한 네 소년이 그 대책을 강구하려고 모임을 가졌다.

"여기에는 반드시 무슨 원인이 있을 텐데. 그 원인을 알아내서 우리 힘으로 그걸 뽑아내야 한다."

경호가 먼저 말을 꺼냈다. 여기에 대꾸하는 동식이의 말이 가관이었다.

"아마 월급이 적어서 그런가 봐, 도대체 월급을 얼마나 주니?"

"하하하."

"호호호."

철수는 낯을 붉혔다.

"그런 게 아니야."

"아니면 뭐니? 어쩌면 넌 알고 있을지도 모르니까 말해 봐."

"모른다."

"흠."

한기가 심각한 표정으로 깊은 숨을 몰아쉬다가,

"혹시 장가를 가고 싶어서 그러는 게 아닐까. 그렇다면 우리가 도와 줄 수도 있는데."

이번에는 한숙이가 얼굴을 붉혔다.

"걷어 치워, 그따위 소린."

"어렵소. 네가 낯을 붉혀 가지고 악을 쓸건 없다. 너더러 시집가란 말은 아니니까."

"보기 싫어."

한숙은 울상이 되어 가지고 밖으로 달아났다.

"차라리 잘됐어. 한숙이가 없으니까 우리끼리 마음놓고 충분히 토론할 수가 있다."

하고 속에도 없는 말을 지껄였다.

"어쨌든 무슨 방법이 있어야겠는데."

"그러니까 의논하는 게 아니냐?"

"그렇지 참."

"정신 차려. 어릿어릿하지 말고."

"옳지, 좋은 수가 있다."

동식이가 무릎을 탁쳤다.

"뭔데?"

"선생님은 곱단이를 무서워하지 않니? 그걸 이용하자."

"어떻게?"

"말하자면 우리가 곱단이에게 부탁해서 충고를 해 달라지. 열심히 공부를 가르치지 않으면 혼을 내 주겠다고."

"그건 충고가 아니라 공갈이다."

"공갈이라도 좋아. 결과만 좋으면 목적은 달하는 셈이니까."

철수가 입을 열었다.

"……형은 형대로의 계획이 있다. 이건 비밀이지만……."

철수는 말하지 않으려던 것이지만 형이 공연한 오해를 받는 게 안타까워서 비밀을 털어 놓기로 결심한 것이다.

너희는 못 믿겠다

"비밀이 무슨 우라질 비밀이야, 어서 말해 봐."
동식이가 씨까슬렀더니 철수는 발끈하여,
"저 녀석은 말 버릇이 왜 저 모양으로 더러울까. 입이 아니라 항문이라니까."
하고 말대꾸다.
"아따, 넌. 너는 말버릇이 거룩하고 고상하구나."
하며 옥신각신하는 것을 한기가 말렸다.
"싸우지들 마. 철수야 어서 말해 봐라."

"말하긴 하겠다만 동식이는 듣지 마라. 별 게 아니다. 우리의 긴장이 풀리는 낌새가 보이니까, 형이 먼저 손을 써서 땡땡이를 부리기 시작하게 된 거다. 다시 말하면 우리의 반성을 촉구하는 수단이야."

"그렇다면 알겠다. 우리가 더 풀려 버리면 될 게 아니야."

한기의 말이었다. 경호는,

"그렇게 하면 큰 일이다. 그때는 정말, 권투라는 이름의 양떡을 단단히 먹게 될 판이니까."

하고 치를 부르르 떨어 보인다. 이때 한숙이가

"아니야. 우리가 긴장해야겠어. 좀더 열심히 배우자. 그래서 입학 시험에……."

말도 다 마치기 전인데 한기가 꿍짜를 놓았다.

"넌 뭘 쥐뿔이나 안다고……. 너는 입학이 될 테니 걱정 마라."

'저런 무지막지한 녀석, 저렇게 예쁜 한숙이를 보고서 저다지 잔인무도할 수가 있을까.'

하고 경호는 생각했다. 경호의 이 생각은 철수가 하는 말에 끊기어 버렸다.

"하여간 내일부터는 다시 마음을 고쳐 먹고, 열을 올려야겠다. 먼저 선배님에게 사과를 하고……."

"암, 사과를 해야지."

소년들은 완전히 합의를 본 뒤에 오늘은 이것으로 끝을

맺고 뿔뿔이 헤어졌다. 헤어진다고 해야 경호는 제 집이니까 그냥 있으면 되고, 철수는 언제나 철환이하고 같이 가게 마련이오. 한기는 한숙이하고 동행한다.

오늘은 철환이가 없으니까 철수하고 동식이가 함께 가게 되었다.

둘은 거리로 나섰다. 그들이 장터에 있는 사진관 앞에 다다랐 때, 이상한 광경이 눈에 뜨였다.

"저것 봐."

조금 전에 서로 악다구니들을 퍼부은 사이라, 시무룩이 말을 않고 걷기만 하던 두 소년인데, 동식이가 먼저 말을 건네었다. 동식이가 가리킨 사진관 앞 진열장에 혼자서 성글벙글하는 동그랑땡이 있었던 것이다.

"뭘 혼자서 저렇게 좋아할까."

"글쎄. 우리 가까이 가볼까?"

"그래."

두 소년은 발 소리를 죽여가며 진열장 앞으로 다가섰다. 거기에는 뜻밖에도 곱단이 사진이 걸려 있었다. 지금 막 동그랑땡이 그 사진을 보고 혼자 좋아하고 있었던 것이다.

두 소년은 속으로 하나, 둘, 셋 하고 세면서,

"으앗!"

하며 동그랑땡 등을 획 밀어 붙였다.

"으와—"

하며 앞으로 고꾸라지려다가 진열장 유리창에 이마를 부딪고 뒤로 물러섰다. 성이 난 동그랑땡은 마구잡이로 대항하려고 몸을 돌이키다가 동식이와 철수인 줄을 알고는 이내 해죽 웃는다.

"여기서 뭘 보고 있어?"

철수가 물었다.

"동식이가 올 때를 기다리고 있었다."

"나를? 나는 왜?"

"좀 의논할 일이 있어서."

"나한테 의논할 일이 있다고? 말해 봐."

동그랑땡은 우물쭈물한다.

"내가 있어서 그래? 그럼 나만 먼저 갈게."

철수가 말했더니 동그랑땡은 잠깐 생각하는 듯하다가,

"괜찮다. 철수도 내 편이니까."

하고 자신 있게 말한다.

"그래, 그래. 나도 네 편이야. 그러니까 맘 놓고 얘기해 봐."

"그래, 하마. ……너희들은 좋겠구나."

"어째서?"

"매일 곱단이를 볼 수 있으니까."

두 소년은 서로 얼굴을 마주 쳐다 보았다.

"곱단이를 매일 볼 수 있으면 좋은가? 그렇다면 경호는 더 좋게? 한집에서 살고 있으니까."

"물론이야. 난 그래서 경호가 부럽다."
"왜 그럴까, 알 수 없는데."
"너희들은 아직 몰라. 어른이 되면 저절로 알아진다. 휘유."
 동그랑땡은 어울리지 않게 한숨까지 푹 내쉬는 것이었다.
"그래, 동그랑땡도 곱단이하고 한집에서 살겠단 말이야?"
"바, 바, 바로 그거다."
"어느 거야?"
"그거래두, 한집에서 살고 싶은……. 히히히."
 생각만 하여도 좋은지 동그랑땡은 웃다 말고, 입가장자리에 침까지 흘린다.
"말하자면 곱단이한테 장가를 들고 싶단 말이지?"
"알기 쉽게 말하면 그거다."
"알기 어렵게 말해도 그거 아니야?"
"딴은 그렇다. 그런데 그게 잘 안 되니까 가슴이 울렁울렁하고 속이 메슥메슥하고……."
"그런 때 속이 메슥메슥한 건 위장병이야."
"위장병이 뭐야?"
"배탈."
"아니야. 마음이 싱숭생숭하고, 달을 보면 자꾸만 눈물이 나려고……."
"하하하, 사랑을 하면 시인이 된다더니 제법이구나."
 동식이가 한마디 빈정거렸다. 동그랑땡은 이내 골을 벌컥

낸다.

"뭐, 시인? 아따 그 철환이처럼 되란 말이야? 난 시인은 되기 싫다. 철환이 같은 건 되고 싶지 않다."

하고는 사자 대가리 같은 머리를 털이 빠지도록 휘젓는다.

"철환이가 싫어?"

"싫다. 철수는 좋지만 철환이는 싫다."

"왜?"

"철수는 내 편이지만 철환이는 원수야."

"뭐, 원수? 그건 또 왜 그래?"

"철환이도 곱단이를 졸졸 따라 다닌다던데……. 그래서 싫다."

"피이. 그건 잘못 알았다. 우리 형은 그렇지 않아."

철수가 변명을 하려니까,

"속이려 해도 안 돼. 난 다 알고 있는 걸."

"속이긴 누가 속이니."

"듣기 싫어."

동그랑땡은 또 한 번 불끈한다. 사람 좋기로 이름난 동그랑땡도 요사이로는 신경이 여간 날카롭지가 않다.

"……난 말이다. 철환이가 끝내 곱단이를 따라 다닌다면 가만 두지 않으련다."

"어쩔래?"

"제가 죽든 내가 죽든 한번 해볼 판이지."

심상한 말투가 아니었다. 이대로 두었다가는 지능이 모자라고 뚝심만 센 동그랑땡이 무슨 일을 저지를는지 알 수 없는 일이 아니겠는가.
"그런데 우리에게 의논하겠다는 건 뭐야?"
"에헴, 에헴."
동그랑땡은 눈을 섬뻑거리며 기침을 하였다.
"곱단이에게 무슨 말이라도 전해 달라는 거야?"
"에헴, 에헴."
"기침만 하고 있으면 알 수가 있어? 대답을 해."
"이 에헴에헴은 대답 대신으로 하는 에헴에헴이다."
"그럼 우린 몰라."
"에헴에헴."
"이건 또 무슨 에헴이야?"
"싫다는 에헴이다."
"그러지 말고 솔직히 말을 해 봐. 우리가 도움이 될 거라면 얼마든지 도와 줄게."
"에헴에헴."
"이번엔 뭐지?"
"이번엔 진짜 기침이다. 그리고 좋다는 뜻도 들어 있다."
"어, 복잡해서 알 수가 없군, 어쨌든 우린 바쁘니까 할 말 있거든 빨리 해."
"그럼 말할게, 놀라지 마."

"놀라지 않을 테니 안심하고 말해."
"내가 말이다. 내가 저어……카라멜을 살 테다."
"카라멜? 그런 거 사는 게 놀라울 것이 뭐야."
"사서 먹으면 좋지 않아?"
"카라멜을 먹어? 딱딱한 쇠붙이를 어떻게 먹지?"
"쇠붙이? 사진 찍는 기계 말이야."
"아, 카메라……카메라를 카라멜이라니까 알 수가 있어야지? 그래, 말해 봐. 카메라를 사가지고 어쩌겠다는 거야."
"사진을 찍지, 어쩌긴 어째."
"무슨 사진을."
"뻔하지 뭐야. 곱단이 사진 찍는 걸 썩 좋아하거든. 그래서 내가 사진을 자꾸 찍어 주련다."
"카메라는 값이 비싸다. 아무리 싼 거라도 2, 3천원은 주어야 해."
"그걸 의논하자는 거야. 2, 3천원 쯤이면 문제가 없지만, 만원, 2만원 짜리도 있다던데 속아서 살까 봐 너희들더러 좀 봐 달라는 거야."
"그런 줄 몰랐더니 동그랑땡은 소문 안 난 부잘세. 우리가 같이 가서 사도 좋지만, 우린 영어를 모르니까 우리 형보고 와 달라면 좋지 않아?"
"철환이? 그건 싫다. 죽어도 싫다."
동그랑땡은 또 한 번 얼굴을 붉히면서 화를 내는 것이

었다.

"카메라 말고도 또 하나 사고 싶은 게 있다."

"뭔데?"

"망원경."

"망원경? 그건 또 뭐 하게?"

동그랑땡은 붉은 콧물을 한 번 훌쩍 들이마시고 나서,

"히히히, 나는 곱단이를 보면 얼굴이 붉어지고 가슴이 뜨끔뜨끔해서 견딜 수가 없더라. 그렇다고 안 볼 수는 없고해서, 망원경을 눈에 끼고 먼 발치서 보려고 그런다. 헌데, 그게 아마 값이 몹시 비싸지?"

하고는, 생각만 해도 좋다는 듯이 바지 허리춤을 연신 추켜올린다.

"비싼 것도 있고, 싼 것도 있지. 어쩌면 카메라 값이나 맞먹을걸."

"흠, 그럼 안 되겠어. 그러면 카메라보다 망원경부터 먼저 사야겠군."

"그걸 가지고 어디서 곱단이를 보려는 거야?"

"아무 데서나 보지."

"아무 데서나?"

"그래, 우리 집에 누워서라도 볼 수가 있지 않니? 기계만 늘리면."

"하하하, 그건 말도 안 돼. 보이는 데서 봐야 보이지"

"남 속이려고 들지 마. 보이는 데서나 보려면 망원경이 무슨 소용이야? 그냥 눈으로 보면 될 게 아니겠어?"
"그건 그렇지 않아……."
"듣기 싫다니까. 난 안 속아. 망원경 하나만 갖고 있으면 별 나라, 달 나라, 구경도 할 수 있다던데, 그까짓 경호네 집 꼴이 안 보이려고? 곱단이 구경쯤 못하려고? 난 안 속아."
고개를 가로젔다 못해 몸뚱이까지 좌우로 흔들고 있다.
"그럼 이렇게 해. 동그랑땡이 가진 돈으로는 망원경을 사고, 카메라는 우리 집에 있는 걸 빌려다 쓰란 말이야."
"뭐? 그것 참 좋다. 그저 빌려 주는 거지?"
"세상에 공짜가 어디 있어? 세를 내야 빌려 줘."
"세? 얼마나 내라는 거야?"
"그건 얼마라도 좋아. 많으면 많을 수록에 환영이야."
"그건 싫다."
"공짜라야만 좋겠어?"
"내 형편대로 얼마씩 줄게. 있으면 빌려 줘. 이렇게 부탁한다."
동그랑땡은 두 손을 모으고 애원하는 시늉을 하였다.
"알았어, 알았다니까. 그럼 좋아."
동식이는 뻐기었으나, 철수는 그의 옆구리를 쿡쿡 찔렀다.
"왜 이래?"
"너 카메라 갖고 있니? 난 아직 그런줄 몰랐는데."

"쉿. 카메라는 없지만 한기네 집에 망원경이 있다. 배를 탈 때 쓰는."

"참 그렇고나."

"그러니까, 그 망원경 하나로 카메라를 만들어서 줄 셈이다."

"기술이 있니?"

"없으면 어때. 사진이 안 찍혀지는 거야말로 기술 부족이라고 내대면 그만이야."

"그럴 것 없이 망원경을 세 놓으면 될 게 아니냐?"

"그건 그렇게 안 될 거다. 동그랑땡이 제 집에 누워서 망원경으로 곱단이를 보려 해도 안 되면 당장 무르라고 할 게 아니니?"

"그야 카메라도 마찬가지야, 안 찍히면."

"그러니까 그건 기술에다 핑계를 대거든. 눈으로 보는 거야 기술이 필요하지 않으니까, 대뜸 탄로가 날 게 아니냐?"

"그것도 그렇다."

이런 이야기를 하고 있는 동안 진열장 안에 걸린 곱단이 사진을 뚫어져라 하고 들여다 보던 동그랑땡이 뒤를 돌아보았다.

"너희들 뭘 수군거리고 있니?"

"카메라 빌려 줄 의논을 하고 있었어."

"난 다 들었다. 카메라를, 한기네 망원경을 뜯어서 만들겠다며?"
"어, 어?"
"어럽쇼."
"난 귀가 밝아. 히히히."
"정말 청진기 같구나."
"청진기가 뭐야?⋯⋯아무튼 카메라를 사야겠다. 망원경은 둘째 문제고."
"우리더러 같이 가서 봐 달란 말이지?"
"그건 아까까지의 생각이고 지금은 좀 다르다. 너희들을 믿을 수 없게 됐으니까."
"그럼 어쩔래?",
"남이야 어쩌든⋯⋯가거라, 이제는 보기도 싫다."
"우리 보고 가라면 방해하겠다."
"흠."
동그랑땡은 깊은 신음 소리를 내다 말고
"이렇게 하는 게 어때."
하면서 커다란 눈알을 희번덕거린다.
"어떻게?"
"귀를 가까이 가져 와."
멋모르고 끌려 들어간 두 소년의 귀쪽을 잡고, 동그랑땡은 소리가 나도록 골통을 맞부딪쳐 주는 것이었다.
동그랑땡이 성난 줄을 알고는 더 말을 붙여 볼 장사는 없었다.

두 소년은 찔끔하여 물러났다. 그러고는 달아나는 시늉을 하다가 전봇대 뒤에 숨어서 가만히 동정을 살폈다. 동그랑땡은 한참 동안이나 두리번거리며 사방을 둘러 보다가 아이들이 없는 줄을 알고는, 이내 희죽거리며 사진관 안으로 사라져 버렸다.

"저게 뭣하러 사진관으로 들어갈까?"
"글쎄."
"카메라를 빌려 달라고 간 게 아닐까?"
"모르겠어."
"좀 기다려 보면 알 수 있겠지."

짜증이 날 지경으로 기다리다가 이제는 따분해서 더 참을 수 없게끔 되었을 때, 사진관 현관문이 열렸다.

나온 사람은 과연 동그랑땡이었다. 그는 무엇에 흥분하였는지, 불그레 상기한 얼굴로 웃음을 참지 못하는 듯 보였다. 뿐만 아니라, 옆구리에는 종이에 싼 커다란 꾸러미를 들고 있는 게 마치 무슨 보물이라도 되는 듯이 한 쪽 손으로 쓰윽쓱 어루만진다.

곱단이 사진

"저게 어디로 갈까?"
"우리, 따라가 볼까?"
"그래."

두 소년은 발걸음 소리가 안 날 노력을 계속하며, 들키지 않도록 조심조심 동그랑땡의 뒤를 밟았다.

동그랑땡이 가는 곳은 자기 집인 것 같았다. 걸음을 걸으면서도 이따금씩 종이 꾸러미를 쓰다듬어 보곤 하다가, 그가 간 곳은 역시 그의 집이었다. 방 안으로 들어가자 불을 켜더니 부시럭부시럭 종이 꾸러미를 끄르는 모양이었다.

"가까이 가 보자."
"그러자."
궁금증이 부쩍 일어난 두 소년은 동그랑땡 집 문 앞까지 가만가만히 걸어갔다.
"쉬, 떠들지 마."
철수가 소근거렸다.
"떠들긴 누가 떠들었어."
"그러니까 떠들지 말라니까."
"떠들지 않는대두… 너나 조심해."
앙숙인 둘은 이런 형편에서까지 옥신각신이다.
"좀더 다가가서 보자."
"각자 행동을 해. 넌 너대루, 난 나대루."
두 소년은 각기 쪽마루 위에 사뿐 올라섰다. 동식이가 뚫어진 창구멍으로 안을 들여다보니까, 동그랑땡은 엄숙한 표정으로 바람벽을 골똘히 쳐다보느라고 정신이 하나도 없는 모양이라, 우선 들킬 염려는 없어서 안심이었다.
'저게 뭘 저리 열심히 쳐다볼까?'
바람벽까지는 잘 보이지 않으므로 동식이는 또 하나 구멍을 뚫고 이마를 바싹들이대었다. 구멍 뚫은 소리가 나는 데도 동그랑땡은 꼼짝을 않는다. 마치 도를 닦는 성자처럼 거룩해 보이기까지 한다.
동식이는 조심조심, 동그랑땡이 쳐다보고 있는 바람벽을

보았다.

"앗."

순간 웃음이 터지려는 것을 억지로 깨물어 삼켰다. 벽에 있는 것이 뜻밖에도 곱단이의 사진이었던 것이다. 아까 사진관에서부터 소중히 가지고 돌아온 것이 바로 저거였던가. 그것을 벽에 붙여 놓고 눈씨름을 하다니……. 동식이는 눈을 커다랗게 떴다.

"음……."

또 한 번 놀랄 일이 눈앞에 벌어졌기 때문이다. 다른 것이 아니라, 동그랑땡이 그 사진 앞에 넙죽 업드려 큰 절을 하지 않겠는가.

"저게 정말로 돌았네."

세상에서도 이상한 일 다 본다는 듯이 입속말로 중얼거렸을 때, 동그랑땡도 무어라고 중얼거리므로 동식이는 또 한 번 놀랄 뻔하였다. 그것이 동그랑땡이, 곱단이 사진을 보고 던지는 말인 줄 알고는 다시 마음을 가라앉혔다. 바로 이때였다.

"쨍그렁 와그르르……."

하는 소리가 바로 옆에서 났다.

"이크, 이게 무슨 소리야?"

"누, 누, 누구야?"

안에서는 동그랑땡이 벌떡 일어나 쫓아 나오고 있다. 지금

난 요란한 소리는, 철수가 실수해서 쪽마루 끝에 놓은 밥상을 걷어차서 일어난 것이다. 개다리 소반이 마당 한귀퉁이로 나둥그러지며, 주발 대접 등속이 사방으로 흩어져 달아났다.

"이놈들……."

동그랑땡도 이제는 알아차리고 씨근거리며 따라 나온다. 동식이와 철수는 달아나지 않을 수 없었다.

"걸음아, 날 살려라."

물론 입으로는 이런 소리를 아니하였지만, 다리만은 사타구니에서 불이 날 지경으로 재게 놀렸다.

그러나 동그랑땡의 그 씩씩한 달음박질 솜씨는 당해낼 도리가 없었다. 자칫하면 잡히게 마련이다. 그제사 동식이는,

"철수야, 넌 저편으로 가라. 난 이쪽으로 달아나겠다."

"알았다."

생각해 보니, 둘은 같은 방향으로 달리고 있었던 것이다. 그러니까 추격하는 동그랑땡으로는 여간 편리하지 않았을 게다. 두 소년이 달리면서 의논한 끝에 각각 방향을 바꾸어서 분산되자, 동그랑땡은 어찌할 바를 몰라 한참은 동식이를, 또 한참 동안은 철수 쪽을 쫓아 오기에 여념이 없다.

이러는 사이에 쫓는 사람과 쫓기는 사람 사이에 상당한 거리가 생겼다. 그제사 동그랑땡은 결심한 듯 동식이만을 목표로 쫓아오기 시작한다.

두 사람의 거리는 차츰 좁아졌다. 어쩌면 동그랑땡의 씨근거리는 숨소리가 들릴 지경으로 서로 접근하였다.

"동그랑땡, 왜 나만 쫓아오는 거야? 철수는 어쩌려고."

"……."

숨만 가쁘게 몰아쉴 뿐, 아무 대답도 없다.

"철수가 지금 뭣하러 갔는지 알아?"

"모른다. 그런 거."

"그럴 거야. 그래서 아무 걱정 없이 나만 따라 오고 있을 거야."

"뭣하러 갔니? 말해봐."

달리면서 주고 받는 말이라, 하는 사람이나 듣는 편에서나 여간 바쁜 게 아니다.

"철수는 말이다…… 철수는 지금 곱단이 사진을 훔치러 갔어."

"뭐?"

추격자의 걸음이 멈칫하였다.

"동그랑땡 집으로 사진을 가지러 갔다니까."

"음!"

동그랑땡은 홱 몸을 돌이키더니 지금까지 달려오던 반대 방향으로 줄달음을 치기 시작하였다. 동식이는 비로소 숨을 돌릴 수가 있었다.

"휘유!"

손으로 가슴을 쓰다듬으며, 헐떡거리던 동식이는 또 하나의 걱정거리가 생기었다.

'왁살스러운 동그랑땡이 성이 잔뜩 났으니 만일 철수가 붙잡히기만 하는 날엔 심상치 않을 것이다.'

이 생각이 들자 겁이 더럭 났다.

'만나기만 하면, 변명을 듣지도 않고 대뜸 손찌검부터 할 게 아닌가. 아무 것도 모르는 철수는 안심을 하고 있다가 봉변을 당할 것이다. 음! 이러고 있을 수는 없어.'

동식이는,

"동그랑땡!"

하고 연신 외치면서 사나이의 뒤를 따랐다. 한참이나 달렸지만 사나이는 보이지 않는다. 벌써 바람처럼 자기의 움막집으로 돌아간 것이 뻔하다.

'아니면 철수를 잡으러 가기라도…?'

동식이는 잠시 머뭇거리다가 동그랑땡 집으로 돌아갈 것을 결심했다. 한달음에 와 보니 다행히도 동그랑땡은 먼저 자기집에 돌아와 있었다.

그는 곱단이 사진이 무사한 줄을 알고는 매우 만족한 모양이었으나 동식이가,

"동그랑땡."

하고 부르자 총알처럼 튀어 나오더니, 불문곡직하고 멱살부터 부여잡는다.

"왜, 왜 이래."

"왜 이러긴. 이 자식 철수야. 너 사진 훔치러 왔지?"

"아, 아니야."

동식이는 숨이 칵칵 막혀서 말을 이을 수도 없었다.

"아니긴 뭐가 아니야. 동식이한테서 다 들었다. 사진 훔쳐 다가 너의 형에게 주려고 그러지?"

하더니 번쩍하고 주먹 한 개가 날아든다. 하마터면 맞을 뻔한 아슬아슬한 순간이다. 바로 맞기만 했다면 그야말로, 주먹맞은 감투 꼴이 될 뻔한 것을 간신히 몸을 빼쳐서 피한 일을 생각하니 가슴이 써늘하고 등에서는 찬바람이 일어난다.

"자, 자, 자세히 봐, 난 철수가 아니라, 동식이야."

이렇게 말하니까, 눈이 뒤집혔는지 아무것도 보이지 않는 것처럼 덤벼들던 동그랑땡이 비로소 시무룩해지더니 동지를 만났다는 듯이 반갑게 손을 잡는다.

"아이구구."

제깐에는 악수를 한답시고 한 것 같으나, 손바닥이 으스러지는 것처럼 아팠다.

"마침 잘 왔다. 의논하자."

두 사람은 마당 한복판에 쭈그리고 앉았다.

"무슨 이야기야?"

"편지를 한 장 써줘."

"무슨 편지."
"무슨 편지는 무슨 편지겠니. 곱단이한테 보낼 편지지"
 동그랑땡은 얼굴을 붉혔다. 제 딴에도 조금은 부끄러운지 제법 수줍어 하는 기색이다.
"걷어 치워. 편지라는 건 먼 곳에 있는 사람한테, 말이나 전화로 할 수 없을 때 쓰는 거지, 곱단이한테 뭣 때문에 편지를 써? 곱단이한테라면 만나서 말로 하면 되지 않아?"
"그게 그렇지가 않다. 말로 하려면 가슴이 울렁거리고 숨이 가쁘고……."
"왜 그럴까, 동그랑땡 그거 무슨 병이 아니야?"
"천만에. 병은 없지만 그래."
"이상한데? 병도 없다면서 왜 가슴이 울렁거리고 숨이 가쁠까?"
"동식이도 좀더 있어 보면 알게 된다."
"얼마나 있으면?"
"어른이 되면."
"난 어른은커녕 영감이 돼도 그럴 것 같지 않아."
"그건 지내 보면 저절로 알 거고, 당장은 편지가 아쉽다. 편지부터 한 장 써줘."
"난 편지 쓸 줄 모른다. 나에게 써 달랠바엔 장터에 있는 대서소에 가서 써 달래면 좋지 않을까?"
"그게 그렇게 잘 안 돼."

"어째서? 돈을 안 줬나?"

"아니야. 돈은 달라는 대로 준다고 했지만……."

"그랬는데도, 그 구두쇠 영감이 안 써줘?"

"그래. 내가, 부르는 대로 받아써 달라고 했더니, 처음엔 그럴 준비를 하더라. 그러고는 내가 부르기 시작하자마자, 돋보기 안경 너머로 이렇게 째려 보더니 지팡이 막대로 날 치려들질 않겠어? 그래서 도망쳐 왔다."

"왜 그랬을까?"

"이 미친 놈의 자식이, 너두 나이는 쳐먹었다구 육갑을 하는구나."

하시면서 펄펄 뛰더란 말이다. 미치긴 누가 미쳤는지 몰라. 정말로 할배가 미쳤을 거다.

"그건 모른다만, 내가 쓰면 나한테도 돈 줄 테야?"

"그야 잘만 써 주면 내고 말고."

"그럼 종이하고 연필 가져 와."

"그런 게 어디 있어야지."

"좋아, 그럼."

동식이는 호주머니에서 종이와 연필을 꺼내 가지고 쪽마루에 나란히 앉았다.

"자, 불러."

"너도 받아 쓰는 체하다가 덤벼들지는 않겠지?"

"대서장이 오 영감처럼?"

"그래."
"하하하, 오 영감도 우리 마을의 명물이야."
"명물? 명물이 뭐야?"
"동그랑땡 같은 것이 명물이지."
"내가 명물이라고? 그럼 나하고 오영감이 같단 말이지."
"비슷한 점이 많아……그건 그렇고 편지나 쓰자."

동식이는 대서료를 받아낼 약속이라 편지를 쓰자고 재촉인데, 동그랑땡은 웬일인지 얼굴빛이 흐려지며 근심스러운 태도를 짓는다.

"끙끙."
"왜 그래?"
"야단난 일이 하나 생겼다."
"뭔데?"
"모처럼 애를 써서 편지를 써 보내도 곱단이가 글을 읽을 줄 모를 테니까 걱정이야."
"그야 뭐 누구더러 읽어 달래면 될 게 아니겠어?"
"그건 안 돼. 그렇게 하면 편지에 쓴 내용을 남이 다 알게 아니야?"
"그야 그렇지."
"남에게 알리지 말고 곱단이에게만 살짝 알릴 수 있는 그런 방법이 없을까?"
"녹음기가 있어서 녹음을 하면 좋지만 녹음기가 있을 턱

없고."
"녹음기가 뭐야?"
"그런 건 몰라도 좋아, 없으니까."
"없으면 사자. 사면 되잖아?"
"값이 비싸서 못 산다."
"얼마나 하니? 비싸도 좋다."
"5만원이나 6만원은 줘야 할 거다.
"뭐, 뭐?"
동그랑땡은 깜짝 놀란 모양이었다.
"⋯⋯그런 돈이 있으면 땅을 사겠다. 역시 편지가 좋겠어. 이렇게 하면 될 거야. 동식이가 쓰고 동식이가 곱단이에게 읽어 주면."
"그럴 바엔 쓰고 읽고 할 거 없이 숫제 내가 말로 전하면 되겠구나."
"아니야, 역시 편지를 써야지."
—동그랑땡의 편지는 동식이가 대필해서 곱단이에게 배달까지 했을 뿐 아니라, 애초의 계획대로 대독까지 해 주었다. 경호네 집에서 공부를 하다가 잠깐 틈을 내어서 마당으로 나온 동식이었다. 거기에 마침 사랑방을 기웃거리고 있던 곱단이가 있어서 편지는 수월하게 전할 수가 있었다.
"곱단아, 좋은 거 줄까?"
"뭔데?"

곱단이 사진 173

"편지다."

"뭐, 편지?"

곱단이는 얼굴을 붉혀 가지고, 숨결마저 거칠게 할딱거리는 것이었다.

"누구의 편지야?"

"어떤 청년이 곱단이에게 주라고 내게 맡긴 편지다."

"어머나!"

곱단이는 아양조로 몸을 비꼬며 뱅그르르 돌아섰다.

"너 왜 그래, 갑자기?"

"아니야. 난 그런 건…… 호호, 후후."

곱단이는 금붕어 모양 꼬리를 한참이나 흔들었다.

"그 청년이 바로 박 선생님이시지?"

"뭐? 천만에."

"이리 내 봐, 어서 줘."

동식이가 문제의 편지를 내어 주자, 곱단이는 낚아 채듯이 받아 들더니 뺨에다 한참이나 비비고, 가슴에 품어 보곤 한다.

"읽어 줄까?"

"그래 읽어줘."

곱단이는 잠시라도 손에서 놓고 싶지가 않은 양 아끼면서 편지를 도로 내주는 것이었다.

"자, 읽을게. 보고 싶은 곱단 씨……."

"어머나, 어머나 세상에."
"나는 곱단 씨에게 장가를 들고 싶습니다."
"아이구구, 후후후."
"잠자코 있어. 방해가 돼서 어디 읽을 수가 있어야지."
"도무지 잠자코 있을 수가 없구나. 더 읽어."
"꽃같은 곱단 씨……."
"으흐흥……."
"으흐흥 그러지 마, 호랑이처럼."
동식이는 눈을 흘겨 주었다.
편지를 다 읽는 동안 곱단이는 열병 앓는 사람모양 신음을 하고 헛소리도 질렀다.
"어때? 재미가 있니?"
"몰라앙."
그냥 몰라가 아니야 끝판에 가서 '앙'하는 콧소리가 제법 달콤하다고 느끼는 동식이었다.
"그런데 말이다. 이 편지를 보낸 사람이 나에게 주면서 코를 흘리더라."
"침을 흘린 게 아니라 코를 흘려? 혹시나 감기라도 걸린게 아닌지 몰라."
"감기가 무슨 감기야, 보통 때도 코를 흘리는 버릇이 있지만 이 편지를 주면서는 더 유난스럽게 흘리더라."
"선상님이 어째서 그랬을까?"

곱단이 사진 175

"선생님? 너 누구 애긴줄 알고 있니?"

"박 선상님 말이다. 철환 씨 말이야."

"피이! 이쯤 되면 번짓수가 다른 게 아니라 숫제 동네가 다르다."

"무슨 소리야?"

"무슨 소린. 이건 동그랑땡의 편지야."

"흥!"

무슨 말을 하려다가 너무도 어이가 없는지, 말 대신 이렇게 숨이 넘어가는 외마디 소리를 지르고는 그냥 입을 다물어 버리는 곱단이였다.

영화 배우들

"음……음……우……."
곱단이는 갑자기 벙어리나 된 듯이 말을 못하고 펄쩍 뛴다.
"말을 해 봐라."
"아, 아, 아니 그럼, 아까도 이 편지가……."
"그래. 아까뿐 아니라 처음부터 이 편지는 동그랑땡의 편지다."
"아이 분해. 동식아! 내가 언제 너더러 이 따위 심부름 해

달랬어? 당장에 갖다 줘. 아니다. 경찰에 알려서 그 따위 미친 녀석은 혼을 내 주어야 한다."

곱단이는 발을 동동 구르며 어쩔 줄을 몰라 한다. 그 흥분하는 상태가 보통이 아니므로 동식이는 더럭 겁이 나서 방안으로 뛰어 들어왔다.

선배님이 하는 말은 귀에 들어오지 않고, 정신은 오히려 바깥 쪽에만 쏠린다. 곱단이는 여태 그 자리에 서서 발을 구르고 있는 것일까.

×   ×

"갖다 줬니?"

밤에 집으로 찾아간 동식이를 보자, 동그랑땡은 버선발로 뛰어 나오며 환영하는 품이 보통이 아니다.

"음, 줬어."

"그랬더니 곱단이가 뭐라고 하든?"

동그랑땡은 살얼음판을 건너는 사람모양 조심조심 묻는 것이었다. 그 대답을 듣기가 겁나는 것처럼 보인다. 그래서 동식이도 얼른 대답을 하지 않았다. 사실대로 일러 주기가 잔인스러운 것 같아서다. 그런데 동그랑땡은 기를 쓰고 채근을 한다.

"이왕 죽을 바엔 빨리 죽는 편이 낫겠다. 어서 말해 봐."

동식이의 얼굴에 불길한 빛이 떠 있었던지 동그랑땡은 죽을 결심이라고까지 한다. 이쯤되면 그런 종류의 편지란 결사적으로 해야 하는 것인가 보다.—동식이는 새로 학문의 이치를 깨우친 때처럼 마음이 흐뭇하기도 하고 서운하기도 하였다.

"그럼 말할게……곱단이가 처음에는 몹시 좋아했어."

"그러다가 나중엔 좋아하지 않았단 말이지?"

"좋아하지 않을 정도가 아니야. 발을 동동 구르면서 분하다고 몸부림을 쳤어."

"왜? 왜 그랬을까? 네가 말을 잘못한 게 아니냐?"

"어렵쇼. 물에 빠진 걸 건져 주니까, 보따리 찾아내란다고, 이건 바로 누구에게 책임을 밀려 들어? 자세히 들어 봐. 처음엔 철환이한테서 온 편진 줄 알고 좋아하다가, 그게 동그랑땡의 것인 줄 알고는 악을 쓰기 시작한 거야. 알았어?"

"알았으면 난 간다."

"잠깐만."

"왜 그래."

"난 간대도."

동식이가 막 일어나려고 할 때, 삽작문 밖에서 왁자지껄 떠드는 소리가 나더니 바로 울타리 안으로 어떤 여인 하나가 기세당당하게 뛰어 들어온다. 동식이가 유심히 살피니 경호네 집 식모인 곱단이 어머니였다.

"이녀석, 이 미치광이 놈, 이리 썩 나서거라. 내 딸을 어떻게 보고 감불생심……경찰서에 알려서 다리 마댕이를 분질러 놓겠다."

곱단이 어머니는, 경찰서란 남의 다리마댕이나 분질러 놓는 곳인 줄 알고 있나보다.

—이 사건이 섬 사람들 입에 한참 동안이나 오르내리다가 잠잠해져 갈 무렵, 마을에는 눈이 번쩍 뜨일 새로운 뉴스 하나가 확 퍼졌다. 그것은 다름이 아니라 서울서 바닷가 풍경을 촬영하기 위하여 "로케이션" 부대가 당도한다는 소식이었다.

"영화 배우들이 온다지?"

"온대. 그래서 난 새 양복 맞췄다."

"요즘 이발관이 흥청거린다지?"

"누가 아니래. 학순이 녀석은 하루에도 면도질을 골백 번이나 하다가 얼굴 가죽이 모조리 해졌다누먼."

섬 청년들 사이에는 이런 대화가 자주 오고 갔다. 노인네들까지도,

"아—니, 활동 사진 광대들이 섬엘 온답디다그려."

"그렇다는군요. 오래 살다가 별 구경 다하게 되었소."

"그 사람들은 사진 찍히는 게 영업이라지 않소?"

"그렇지요."

"헌데, 어째서 요절을 하지 않을까요?"

"사진을 너무 많이 찍히면 가죽에 굳은 살이 박여서 혼이

잘빠져 나오지 않는다나 봐요."

"그것도 그럴싸한 말이요."

이것은 다른 뜻이 아니다. 사람이 사진을 찍히면 혼이 쑥 빠져 나와 종잇조각에 붙는 탓에 그만큼 명이 짧아진다는 미신이, 이 섬 노인네들 사이에는 굳은 신앙으로 되어 있기 때문이다.

이만큼이나 개명이 늦은 고장에 영화 배우가 나타난다는 것은, 섬의 역사가 생겨난 이후로 처음 있는 성대한 일이 아닐 수 없다.

소문대로 영화배우가 온다던 날, 섬 사람들은 아침부터 선창가에 나가서 웅성거렸다.

배가 닿는다. 사람들은 모두,

"와—"

하고, 함성을 올렸다. 저마다 앞다투어 얼굴을 한 번이라도 더 보려고

"밀지 말아."

"왜 이래, 내가 미니? 뒤에서 미니까 자연 밀리지."

"아이구, 발등 으스러지겠다."

"놔라, 이거 놔. 바닷속에 빠지겠다."

이렇듯이 야단 법석들이었다.

그러나 마을 사람들의 기대가 어긋났다. 배우들은 모두가 검은 안경을 쓰고 있기 때문에 얼굴을 볼 수가 없었던 것

영화 배우들 181

이다.
"에이, 모처럼 새양복 입고 나왔다가 한 번 보기는 커녕 옷만 찢겼네."
"그 배우들 모두 장님이 아닌가베, 안경은 왜 쓰고 있을꼬."
이런 말을 주고 받으며 서로들 입맛만 쩍쩍 다시는 것이었다. 구경꾼 중에는 동그랑땡도 끼어 있었다. 물론 곱단이도 이런 행사에 빠질 사람이 아니다. 그날은 마침 일요일이라 경호, 철수, 동식이, 한기들도 있었다.
"애들아, 저 곱단이를 좀 봐라."
한기가 가리키는 쪽을 보니 곱단이가 목을 외어 빼고 누에 대가리 젓듯 고개를 이리저리 휘두르고 있는데, 아마도 그 태도가 누군가를 열심히 찾고 있는 모양이다.
"누구를 찾고 있을까?"
"선배님을 찾고 있겠지, 누군 누구겠어."
"선배님은 복도 많지 뭐냐?"
"그런데 여기 와 있을까?"
"이런델 뭣하러 오니? 안 왔을 거다."
철수가 형의 명예를 위하여 딱 잘라서 말했다.
"야아, 저기 동그랑땡이 와 있다."
"어디?"
"참."

동그랑땡도 무엇을 열심히 찾고 있는 모양이었다.

"저건 곱단이를 찾고 있는 게 분명하고."

이윽고 동그랑땡이 곱단이를 발견하였다. 그러고는 주의를 자기 편으로 끄느라고 온갖 몸짓을 다해 보인다. 나중에는 손수건을 꺼내어 휘젓기까지 한다. 곱단이가 두리번거리는 것을, 자기 때문이라고 착각했는지도⋯⋯아니, 착각하고 싶었는지도 모른다. 안타까운지 나중에는 소리까지 쳤다.

"어―이, 나 여기 있다―이."

엉큼스러운 것이 차마 곱단이에게는 말을 못하고 아이들을 향하여 소리를 지르는 것이었다.

드디어 곱단이 눈에 동그랑땡이 보였다. 녀석은 히죽 웃었으나 곱단이는 오만상을 찡그리고 혓바닥을 쑥 내밀어 보였다. 그 혓바닥이 몹시 크다고 경호는 생각하였다.

"고 조그맣게 오므리고 있는 입 속에 저렇게도 큰 혓줄기가 아무런 불편도 없이 숨어 있다니⋯⋯"

경호는 무슨 기적이라도 발견한 것 같은 놀라움이었다. 이렇게 얼굴을 찡그리고 혓바닥을 내밀고 있는 곱단이 눈에 뜻밖에도 철환이의 얼굴이 뜨였다.

"엇!"

혀는 또 한 번 기적같이 쑥 들어가 버리고 대신 방글방글 웃는 입이 되었다. 그러나 철환이는 아는 체도 아니한다. 그런대로 곱단이는 동그랑땡에게 보일 그런 꼴을 철환이에게 보인 생각을 하면, 땡을 갉아 마시고 싶도록 밉기만 하였다.

─배우들은 배를 내리자 기다리고 있던 자동차에 올라타고 횡하니 가버렸다. 구경꾼들은 마치 닭 쫓던 개, 지붕만 쳐다보는 격으로 넋을 잃고 멍청히 서 있을 뿐이었다.

마지막 차가 막 떠나려고 할 때 철환이가 앞으로 썩 나서며,

"미스 리."

"어머나, 철환 씨."

여배우 한 사람이 반색을 하며 안경을 벗는데, 그 얼굴이 마치 유리 그릇처럼 알른알른하게 아름답다.

"기다렸어요."

"저도요. 철환 씨가 나와 주실 줄 믿고 있었어요. 정말 고마워요."

도대체 어찌된 영문이냐. 나와 있을 줄 알지도 않았던 철환이가 나와 있을 뿐 아니라, 그 중의 여배우 한 사람과 몹시 가까운 사이 같지 아니한가.

"섬에 며칠이나 머무르게 되나?"

"글쎄 잘 모르겠어요. 예정은 일주일인데, 촬영 형편에 따라서는 좀 더 늦어질 것도 같고요."

"마땅한 여관이 없을 텐데, 미스 리만 살짝 빠져서 우리

집에 묵도록 하오."

"그렇게는 안 돼요. 단체 행동인걸요 뭐."

"그도 그렇겠군. 어쨌든 또 만납시다."

"철환 씨도 이 차를 타고 같이 가세요."

"그럼, 그럴까?"

철환이는 미스 리라는 여배우와 같은 차를 타고 읍내로 달렸다.

"야, 그런 줄 몰랐더니 철환이는 굉장한데."

"아까 그 여배우하고 악수를 했다."

"음, 빌어먹을 거."

마을 청년들은 철환이가 매우 부러운 모양이다. 무슨 숨어 있던 영웅이나 발견한 것처럼 법석들이었다.

그러나 곱단이만은 그렇지가 않았다.

"흥, 그까짓 안경 하나쯤 나도 사서 낄 수 있어."

철환이가 자기에게 쌀쌀한 것이나, 그 여배우에게 싹싹한 것이 오로지 안경에 이유가 있다는 듯이 입술을 악 물면서 종알거렸다. 다만 동그랑땡만은 이러한 사태가 흐뭇하여서 아까부터 싱글벙글이다. 그는 슬금슬금 곱단이 앞으로 다가섰다. 이제는 비위가 늘어서 태도가 한결 은근하다.

"곱단아, 나하고 같이 가자. 너도 자동차 타고 싶으면 내가 태워 줄게."

"듣기 싫고 보기도 싫어. 추군추군하고 유들유들한 미치광이."

"뭐? 너, 너 그 말 진정이냐?"

"노려보면 어쩔래? 갈빗대에서 하모니카 소리가 나야 알겠어? 복숭아 나무 동편 가지로 복숭아 뼈를 후려 갈겨 줄까?"

하도 기승하게 덤비는 바람에 동그랑땡은 그 기세에 눌리어 슬금슬금 달아났다. 곱단이는 그 길로 읍내 안경 가게로 가서 색안경 하나를 사서 끼었다. 색안경이라 해서 서울서 온 여배우들이 쓴 것 같은 커다랗고 보기 좋은 것이 아니라, 어부들이 고기잡이 나갈 때 쓰는 조그맣고 초라한 물건이었다.

이것을 떠억 끼고 공장에 나갈 뿐 아니라, 부엌에서 밥을 짓거나 설거지를 할 때에도 몸에서 떼어 놓는 법이 없다. 그래서 여직공들은,

"곱단이가 아마 눈병이 났나 보지?"

"아니야, 눈에 쌍거풀 만드는 수술을 했대."

"설마. 어쨌든 잠을 잘 때는 저 안경을 벗어 놓을까?"

"천만에. 세수할 때 하고, 화장할 때만 빼놓고선 늘 끼고 있다더라."

이런 말이 자주 오락가락 했다. 노인네들은 또 노인네들대로,

"곱단이가 눈이 멀었다는구먼. 참 가엾지, 젊은 나이에."

"이제는 하는 수 없지. 점치는 법이나 배워 가지고 점쟁이로나 나설 밖에."

그러나 곱단이 본인에게는 그런 말들이 다 귀에 들어올 리가 없다. 미스 리라는 사람, 그 여자에게 지지 않아야 한다는 일편단심이 있을 뿐이다.

'나도 이만하면 인물만큼은 미스 리라는 계집애에게 질 까닭이 없는데.'

이쯤 자신이 있다.

'다만 모자라는 것이 있다면, 영화배우라는 딱지가 내게는 없다는 것뿐일 거다.'

곱단이는 곰곰 궁리한 끝에,

'옳아, 나도 영화 배우가 되어야겠다.'

이같은 결론을 얻어 가지고, 이번 서울서 온 일행 중에 끼어 있는 영화감독이라는 분을 찾아가 부탁해 보기로 결심하였다.

이날 따라 곱단이는 한결 더 열심히 화장을 하고 나서 안경을 깨끗이 닦아 끼었다. 그리고 거울 앞에 서서 이리저리 포즈를 잡아 보고는,

"이만하면 됐지 뭐야. 그까짓 미스 리 따위가 어쨌다는 거지?"

하고 혼잣말을 지껄이고는 배우 일행이 묵고 있는 여관을 찾아 집을 나섰다. 그날은 날씨가 맑지 않아서 일행은 할일

없이 여관방에서 뒹굴고들 있었다.
"최 감독 면회요."
하는 말을 듣고 최 감독이라는 털보가 벌떡 일어났다.
"누군데?"
"팬이라나봐요. 여자요."
"팬? 여자? 아무튼 들어오라지."
곱단이는 안내를 받아 여럿이 있는 방으로 들어갔다. 모두들 얼굴을 쳐다보므로 자연 낯이 화끈거린다.
"무슨 일로 오셨지요?"
머리에 베레 모자를 쓰고 얼굴은 수염 투성인 감독이 이렇게 묻자 곱단이는 대뜸,
"당신 같은 사람에게 볼 일이 있는 게 아니라, 나는 영화 감독 선생님을 만나러 왔어요."
하고 톡 쏘아붙이자 방 안에 앉았던 사람들이 와글와글 웃어댔다.
"내가 감독이오."
"왜들 웃는 거예요? 사람을 보고."
곱단이는 무안함에 약이 올라서 이제는 적잖이 배짱이 생긴 모양이다.
이 말에 사람들은 또 한 번 웃었다.
"참 내, 기가 맥혀서. 그런데 말이에요, 당신이 정말 감독이요?"

또 한 번 따지고 들었다.
"그렇다니까."
"헤에."
별일 다 있다는 듯이 위 아래를 훑어보고 나서 왼쪽 눈 하나를 찡끗 감아 보였다. 그러나 색안경 속에서 하는 것이라 알아볼 도리가 없다.
데굴데굴 누워 굴던 여자 배우, 화투장으로 재수를 떼어 보던 여자 배우들이 모두 다 하던 일을 걷어 치우고 곱단이를 응시한다.
이 시골 출신의 멋쟁이가 제법 되바라진 소리하는 것이 재미있어서다. 심심하던 터에 알맞은 소일거리가 생겼다는 듯 무릎 걸음으로 한 발씩 다가앉는 사람까지 있다.
"무슨 말인지 빨리 하시오."
감독이 재우쳐 묻는 말에 그래도 곱단이는 의아한 마음이 가라앉지 않은 모양이었다.
"나를 놀리는 건 아니죠? 이를테면 가짜는 아니겠죠?"
"하하하."
어이없다는 듯 감독도 웃었다.
"틀림없으니 말을 해 보라니까."
"그럼 믿어 드리겠어요."
생색스럽게 한마디 던지고 나서,
"허지만 사람이 많은 데서는 말할 수 없어요. 허니까 이 사람들을 모조리 몰아 내든지, 그렇지 않으면 나하고 단둘이서 다방에라도 같이 나가 주세요."
"다방이 있나? 이 섬에."
"다방은 없지만 호떡집이 있어요. 그 호떡집을 우리는 다방으로 쓰고 있어요."
"호떡집은 좀 곤란한데."
"그럼 나하고 산보를 가세요. 바닷가를 거니는 취미가 있으니까요."
감독도 심심풀이 삼아서 드디어 일어났다.
"그래, 가지."
털보 감독과 함께 거리로 나온 곱단이는 왠지 모르게 어깨가 으쓱거렸다.

수줍어서 그러오

 영화를 찍으려고 배우들이랑 감독이 이 마을에 온 다음부터 마을은 온통 들떠 있었다.
 우리들의 악돌이들도 누구 못지 않게 흥분한 것은 물론이다. 악돌이들은 악돌이들 대로 아주 큰 일을 해 낼 꿍꿍이로 한창 바빴다. 그러나 그 전에 잠시 이야기를 동그랑땡과 곱단이 누나에게 돌려야 하겠다.
 배우가 되겠다는 곱단이 누나와 그 곱단이 누나를 좋아하는 동그랑땡의 해괴망측한 이야기를 알아두어야만 우리 악돌이들의 영웅담이 더 빛나니 말이다.

그럼 잠시 악돌이들의 이야기는 뒤로 돌려 두고 영화 감독을 찾아간 곱단이 누나를 살펴보기로 하자.

곱단이가 털보 영화감독과 같이 있는 것을 본 마을 사람들은 놀란 눈길을 보냈다.

그러나 곱단이로서는 이것이 얼마나 떳떳하고 자랑스러운 일인지 모른다.

"저어, 오늘 제가 선생님을 좀 뵙자고 한 뜻은……."

곱단이는 밤새껏 연습한 대사의 첫머리를 끄집어 내었다.

그제사 감독은,

"어서 할 말부터 하슈."

하고 퉁명을 부린다.

"그럼 말하겠어요. 저, 배우가 되고 싶어요. 그래서 활동 사진에 나가고 싶어요."

말이 떨어지자마자 감독은 피우고 있던 담배 연기에 사레가 들더니, 한참이나 캑캑거렸다.

"뭐? 배, 배우가 되고 싶다고?"

"왜 놀라세요? 저같은 사람이 여배우 따위를 하겠다니까 반가운 모양이죠?"

"예, 반, 반갑소. 그런데, 더 반갑게 해주려거든 나를 한시 바삐 이 자리에서 돌려보내 주시오."

하고 곱단이가 미처 붙잡을 겨를도 주지 않고 횡하니 여관 쪽을 향해 달음박질을 쳐버린다. 곱단이는 어안이 벙벙

하여 뒤를 따라 나왔다.

"히히히, 곱단아."

곱단이 앞에 떡 마주 서는 것은 뜻밖에도 동그랑땡이었다.

"넌 또 뭐냐?"

"기다렸어, 철환이 있는 데로 데려다 주려고. 철환이는 지금 산에 있다."

"정말? 가보자."

곱단이는 동그랑땡을 따라서 산을 넘어 후미진 골짜기로 비스듬히 내려갔다.

"거짓말은 아니지?"

"거짓말? 왜 거짓말이야? 저걸 봐."

동그랑땡이 가리키는 쪽을 힐끗바라보니, 거기에는 젊은 남자와 여자가 비스듬한 언덕 위에 나란히 앉아서 무엇인지 다정스럽게 소근소근 이야기를 주고받는 것이었다.

"어, 어머나. 저, 저거 박선생님이 아니라고?"

곱단이는 어쩔 줄을 몰라 하고 있다.

"그리고 그 옆에 앉은 것이 서울서 내려온 영화 배우야."

동그랑땡은 약을 올리려는 모양인지, 유들유들하게 곱단이 비위를 건드리는 것이었다. 곱단이는 약이 올라서 죽으려고 한다.

"아이 분햇!"

정신이 아찔한지 비틀거리는 것을 잡아주려 하니까, 곱단이는 입술을 악물고 이렇게 톡 쏘며 동그랑땡을 떠다 밀었다. 그 서슬에 동그랑땡은 하마터면 넘어질 뻔하다가 이내 몸을 바로잡으면서,

"이게 사람을 쳐? 너 정말 나한테 맞아 볼래?"

땡은 정말로 골이 났다.

"때릴 테면 날 때리지 말고 박 선생을 때려 줘."

"정말이야? 곱단이가 시키는 일이라면 뭐든지 하겠다 저 까짓 철환이쯤 문제가 아니야."

하더니,

"너 이 자식 철환아, 나 좀 보자."

하면서 언덕을 뛰어 내려간다. 그 소리에 놀란 철환이도 벌떡 일어났다.

"……철환아, 덤빌 테냐? 덤빌 테면 해보자."

"하하하, 동그랑땡 아니야? 웬일이야, 여기까지."

"말하지 마라. 말로는 너를 당해낼 재주가 없으니 기운으로 하자."

하고는, 이유도 까닭도 말하지 않고 대뜸 몸을 날리어 철환이에게 부딪쳤다.

그러나 다음 순간, 쓰러진 것은 철환이가 아니라 동그랑땡이 나가 자빠져서 버둥거리는 것이 아닌가. 날쌔게 몸을 피한 철환이가 거의 반사적으로 휘두른 주먹이 동그랑땡의 턱

밑으로 날아들자 그는 맥없이 넘어지고 말았던 것이다.

"어머나."

이 말은 영화배우 미스 리와 곱단이가 동시에 지른 소리였다.

"미친 녀석!"

철환이는 이 짧은 한마디를 뱉었을 뿐이다.

그러다가 쓰러진 동그랑땡을 힐끔 보니 난데없는 곱단이가 나타나 금방 주먹을 먹은 턱을 쓰다듬고 어루만지고 하는 것이 아닌가.

"아팠지?"

동그랑땡은 이 말에 기운이 부쩍났다. 곱단이가 자기를 위하여 철환에게 항의하는 태도가 여간 대견한 것이 아니다.

"곱단아, 고마워."

고마운 것은 곱단이뿐이 아니었다. 자기를 때려 줘서 이렇게 다정한 간호를 받으며, 또 곱단이를 자기 편으로 만들어 준 철환이까지도 고마워지는 것을 어찌하랴. 그러나 이러고만 있을 수는 없다.

'내가 곱단이의 친절을 받았으면 그를 위하여서라도 한 번 더 해볼 도리밖에'

이렇게 마음먹은 동그랑땡은 어디서 기운이 뻗치는지 벌떡 일어나자 마자, 발길을 들어 철환이를 걷어차려 했다.

그러나 쇠망치 같은 그의 팔뚝에 곱단이가 매달린 것

이다.

"고, 고만 둬. 싸워 봐야 서로 손해니까."

제 팔뚝에 곱단이가 매달리면서까지 말리는 것을 보자 동그랑땡은 마음이 흐뭇해졌다.

어쨌거나, 이것으로 남자들의 싸움은 일단락이 되었다.

"곱단아, 우리 고만 가자."

"그래."

동그랑땡과 곱단이는 서로 몸을 의지하면서 온 길을 되돌아 산을 내려 온다. 힐끔 뒤를 돌아보니 철환이와 미스 리는 아무 일도 없었다는 듯이 아까 모양대로 나란히 앉아 있는 것이 아닌가. 곱단이는 마음이 아팠다. 가슴이 쓰라렸다. 눈물이 자꾸만 솟아난다. 그러나 동그랑땡은 콧노래를 부르고 싶도록 즐겁기만 했다. 입가장자리에 저절로 웃음이 피어오른다.

"곱단아, 너 나한테 시집 오지 않을래?"

이 말에 곱단이는 잡았던 손을 홱 뿌리쳤다.

"뭐가 어째?"

동그랑땡은 손을 놓쳐버린 것이 서운하였다.

"……잘 들어 둬. 난 말이다. 서울에 가서 영화 배우가 되겠다. 그래서 철환이에게 보복을 해야겠어."

곱단이가 서울로 가서 영화 배우가 된다고 한다. 생각하면 큰일이다. 이대로 더 두고 보기만 하다가는 아주 영영 놓쳐

버리게 될 것이 아닌가.

동그랑땡은 생각다 못하여,

"그럼 나는, 그 영화 배우의 왕초라는, 감독이라는 걸 한 번 해볼까?"

하고 엉뚱한 생각을 하게 되었다. 그러나 감독이 되려면 공부도 하고 재주도 있어야 한다는 말을 듣고는 아예 단념을 하였다.

'그러면 어떻게 한다?'

길은 하나밖에 없다. 곱단이를 붙잡아 두는 것이다. 하지만 붙잡는다고 해도 개나 고양이 모양으로 잡아 매어둘 수는 없는 노릇이 아닌가. 요컨대 저 스스로 가지 못하게 하는 길이 있을 뿐이다.

'다리라도 분질러서 아주 꼼짝을 못하도록 할까.'

이런 미욱한 생각도 해 보았으나 도시 되지도 않을 말이다.

'그럼 어떻게 하면 좋아.'

좋은 궁리가 떠오르지 않는다. 생각다 못하여 겨우 찾아낸 것이 대서소 주인 오영감이다.

'그래, 오 영감을 찾아가서 의논해 보자.'

이렇게 작정을 하니 한결 마음이 가벼워지는 것 같다.

동그랑땡은 그 길로 대서소로 찾아갔다.

그는 문을 열어 잡고 꽁무니를 뒤로 밀면서 말을 건네

었다.

"아저씨."

"왜 왔니?"

돋보기 안경 속으로 영감쟁이의 조그마한 눈이 반짝하고 매섭게 빛났다.

"왜 그래" 하기도 전에 '왜 왔니'부터 내세우는 품이 아무래도 반갑지가 아니하다.

"히히히."

"이 녀석아, 말을 않고 웃고만 있으면 알 수가 있니? 말을 해 봐."

"저어, 청이 하나 있어서 왔어요."

"또 편지를 쓰라는 거냐? 우라질 녀석."

"욕은 왜 자꾸 하세요? 남의 말 들어 보지도 않고서."

"들어보나마나야. 장가를 가고 싶어서 발광이지?"

"헤헤헤, 맞았어요."

"아따 이 녀석아, 웃긴 왜 웃어?"

"그럼 웃지 않으면 통곡을 하우?"

"울라는 소리는 아니다마는 왜 병신 모양 사람 보고는 씩씩 웃느냐 말이다."

"수줍어서 그러오."

"원 별놈의 수작 다 들어 보겠다. 네가 수줍은 때가 다 있니?"

"있다우. 말하기 어려운 걸 말하려면 누구나 수줍은 법이라오."

"무슨 말인지 좀 들어보자. 이리 들어오너라."

오영감은 담뱃대를 꺼내 들고 담배를 꾹꾹 눌러 담더니 불을 붙이면서 말했다.

"그럼 들어갑니다."

동그랑땡은 대서소 안으로 들어섰다.

"아저씨, 나 혼인 중신 들어 주어."

"뭐, 뭣이?"

오 영감이 온몸을 반쯤 일으켰다. 동그랑땡도 얼른 일어났다.

그러자 오 영감이 도로 주저앉더니,

"이리 가까이 와서 자세한 얘기를 좀 해봐라."

"가까이 불러 놓고서 때리려고?"

"아, 그 녀석 참 의심도. 예끼 이 녀석."

오영감이 지르는 고함 소리에 동그랑땡은 펄쩍 뛰었다.

"놀라긴, 병신 녀석. 그래, 곱단이에게 장가를 들고 싶다는 말이지?"

"그래유."

"좋다. 내가 나서 주마. 날 믿어라."

"믿겠소, 하늘처럼 믿겠소. 그 대신 내 오늘, 저녁을 사드릴 테니 따라 나오슈."

"허허허, 인삿성이 있고, 아주 제법인걸. 혼인 중신 잘 들면 술이 석잔이라더니, 그거 괜찮은 소리야."

이리하여 오 영감과 동그랑땡은 바로 앞에 있는 음식점엘 찾아가 제법 의젓하게 떡 마주 앉았다.

"자, 많이 먹어라."

"아저씨나 마음껏 잡수세요."

이럭저럭 시킨 저녁이 한상 가득 들어왔다. 오영감은 기분이 좋아서 많은 말을 지껄이기 시작하였다.

"나로 말하면 이래도 공부가 있지. 그래서 대서소를 할 수 있는 데다가 워낙이 마음씨가 좋은지라 인심도 무던히 얻었거든."

이야기가 대부분 제 자랑이었다. 동그랑땡이 듣기에는 매우 시큰둥하였으나 부탁을 하는 입장에서 볼 때, 그대로 맞장구를 치지 않을 수 없는 형편이었다.

"그렇고 말고요. 아저씨는 참 훌륭한 분이라고 모두들 그래요."

"암, 그럴 것이야. 자, 불고기 일인분만 더."

동그랑땡은 또 들어오는 불고기가 그대로 돈을 먹는 것 같아서 가슴이 아팠으나 이것도 참지 않으면 안 되었다.

첫눈이 내리는데

"……나로 말하면 지금은 혼자서 살아가는 신세지만 옛날에야 한다하는 집에서 떵떵거리며 살았었것다."

대서소 오영감은 제법 호기롭게 팔을 뽐내면서 으스댄다. 동그랑땡은 그의 비위를 맞추려고 아첨하는 웃음을 웃으면서,

"아저씨, 홀아비 살림이 쓸쓸하죠?"

"이제는 습관이 돼서 뭐, 괜찮아."

입으로는 이렇게 말하지만 남이 보기에는 아무래도 쓸쓸해 보이니 가엾은 일이다.

"난 괜찮지 않소. 혼자서 살기가 정말 못 견디겠소."
"그야 나도 그럴 때야 있지. 비 오시는 밤이라든지 눈 내리는 아침이라든지……."
동그랑땡은 그 말이 참 옳다고 생각되었다. 그는 참된 동지를 만난 것처럼 가슴 속이 후련하였다.
"그러니까 아저씨, 내 중신을 들어달라는 게 아니오?"
"좋아, 그보다도 내가 너한테 한 가지 부탁할 일이 있는데."
"그야 뭐든지 말씀만 하오. 내가 할 수 있는 일이라면 소하고 씨름이라도 하겠소."
"씨름이 아니야. 기운으로 하는 일이 아니고 꾀로 해야 하는 거야."
"허어, 그거 큰일 났소. 난 꾀라곤 약에 쓰려 해도 없는 사람인데."
"네 꾀가 아니라, 내 꾀를 가지고 네가 심부름만 하면 된다."
"까짓거 어렵겠소? 어서 말을 하래 두요. 내 곧 해보리다."
"그러면 됐어. 에취, 에취."
"기침만 하면 아오? 말을 해야지."
"말은 이제 할테다마는 부끄러워서 얼른 나오질 않는 거다."
"이건 처음 듣는 말인데요. 아저씨 염통을 가지고도 부끄럽다니 도무지 말도 아니 되오."

"염통?"

"심장말이요. 아저씨 심장은 튼튼하다고요."

"허허허. 이 일만큼은 심장이나 배짱으로 되는 게 아니야."

"아따 갑갑하구려. 그러니까 어서 말을 해 보라지 않소?"

"그럼 하마."

오 영감은 여태도 속으로 끙끙거리며 벼르기만 하다가 드디어 말을 끄집어 내었다.

"곱단이도 인물이 잘 났지만 곱단이 어멈도 그만하면 남에게 과히 빠지지 않는 인물이거든."

"곱단이 어머니는 내가 유심히 봐 두지 않아서 잘 모르오."

"이번에 만나거든 잘 봐 두라고, 인물이야 참 술술하지."

"그러니 그게 어쨌단 말이요?"

동그랑땡이 재우쳐 묻는 말에 오영감은 또 한참을 끙끙 앓은 끝에,

"빌어먹을 거, 내 말해 버려야지."

하고는, 중대한 결심을 한 사람 모양 허리춤을 끌어 올리는 것이었다.

"네가 곱단이에게 먹은 마음과 똑같은 마음을, 나는 곱단이 어머니에게 품고 있다."

"뭐요? 아니, 아저씨가 그러니까 곱단이 어머니에게 장가를 들고 싶다는 말씀이요?"

"빨리 말하면 그렇다."
"천천히 말하면 다른 말이 되우?"
"천천히 말해도 마찬가지다. 하하하."
"하하하."
"그래서 부탁이란 다름이 아니라……."
여기까지 말했을 때 호랑이도 제 말을 하면 온다고, 바로 화제의 주인공인 문제의 인물 곱단이 어멈이 손에 주전자를 들고 안으로 쑥 들어섰다.
"어?"
"아주머니."
오 영감과 동그랑땡의 입에서는 똑같이 놀라는 말소리가 튀어 나왔다. 그러나 곱단이 어머니는 그들을 무시하는 듯 본 체도 않고 술집 주인을 향해,
"여기 좋은 약주술 한 되 주시오."
하고 호기롭게 고함을 지르더니 혼자 애기처럼 입속말로,
"우리 철환이를 갖다 주려고."
그러면서 중얼거리는 것이었다.

세월은 누가 뭐라 하지 않아도 절로 흐르게 마련이다.
여름이 가고 가을도 갔다. 이제는 완전히 첫겨울로 접어든 것이다. K섬에도 첫눈은 내렸다. 여러 가지 일들이 섞갈리며, 오고간 사이에 계절의 영향으로 섬의 모습도 많이 달라

졌다. 낙엽 진 앙상한 나뭇가지 끝에 때로는 맵고 찬바람이 불어 닥치고, 흐려진 회색 하늘에 희끗희끗 눈발이 흩날리기 시작하면서부터는 어쩐지 주위가 스산하였다.

경호와 그의 동지들은 이와 같은 계절 감각에 여간 민감해지지 아니하였다. 그렇다고 김장 걱정을 한다거나, 겨우살이 근심을 하는 것은 아니다. 다만 그런 것들이 영절스럽게 기억될 뿐이다. 작년까지만 하더라도 모든 일에 무심할 수 있었던 그들이다. 언제 김장을 하는지 땔감은 얼마나 장만하는지 온통 관심이 없었는데, 금년은 그렇지가 않다. 그 사이 이만큼 철이 난 탓일까. 그것도 아니다. 그러면 무엇?

요컨대, 입학 시험을 앞두었기 때문이다. 겨우살이 준비를 할 무렵이면 그만큼 입학 시험 날짜가 가까워지는 것이다. 김장철이 되면 또 그만큼이나 그날이 앞으로 다가서는 줄을 알게 마련이기 때문이다. 생각만 하면 가슴이 덜컹 내려앉곤 하는 운명의 그날 12월 초하루는 무서운 속도로 달려오고 있다.

그러면 그 사이에 경호네들에게는 아무런 변화도 없었던가, 그렇지 아니하다. 철환에게 시험 공부를 지도 받는 동안 많은 실력이 붙은 것 또한 사실이다.

공부를 하란 말도, 하지 말란 말도 아니하는 철환은 마음이 태평인 채 좋은 지도를 해 주었다. 그러나 요사이는,

"내가 너희들에게 가르칠 만한 건 다 가르쳤다. 더는 가르

칠 게 없으니까 이제부터는 너희들 재주껏 해 봐라."
 할 뿐, 더 말을 않고 가을이 어떻고 첫눈이 어쩌고 하는 시를 끄적거리고 있는 게 고작이다.
 경호는 철환이가 진심으로 부러웠다. 자기들 앞에는 무수한 시험이 있지 아니하냐. 중학교, 고등학교, 대학교의 입학 시험은 물론이고, 그 사이사이에 또 얼마나 많은 시험들이 기다리고 있느냐 말이다. 허나 철환에게는 그런 것이 없다. 시험만 없다면 인생이 얼마나 보람차고 즐거운 것이 되랴.
 "아! 시험."
 그것 때문에 경호는 암흑의 밤길을 걷는 것 같았다. 대학까지를 졸업하려면 아직도 10년, 생각하면 까마득하다.
 "그 세월 동안 겨울잠을 자다가 10년만에 잠에서 깨어날 길은 없을까?"
 그는 이러한 맹랑스러운 공상을 하면서 그런 기적이 어디엔가 있다면 얼마나 좋을까 하는 생각을 한다.
 또 한 가지 못견디게 괴로운 것은 체능 검사를 위해 낮이나 밤이나 계속해야 하는 턱걸이 철봉 연습이다. 철봉대가 차가워서 손의 감각을 잃을 만큼 차가웠으나 그래도 이것만은 쉴 수가 없다.
 "하나……둘……셋."
 간신히 셋이 되기는 된다. 그러나 자신이 있는 것은 아니다. 그나마 찬바람이 부는 저녁 나절까지 학교 철봉대에는 수험생들이 몰려 들어 좀처럼 차례가 오지 않는다. 그래서 경호네 동지 일동은 어른들에게 졸라 마당에 철봉대 하나를 만들어 달라고 하였다. 거기에 철늦은 매미모양 매달려야 하는 고통.

이렇듯 못견딜 고행을 치른 끝에 드디어 지원 마감날을 맞이한 그들이다.

경호, 한기, 철수, 동식이는 전기교 K중학에 지원하기로 했다. 담임 선생님은,

"지원만 일류 학교에 하면 뭐 하니? 합격할 실력이 있어야 하는 거지."

하고 반대하셨으나 그들의 생각은 그것이 아니었다.

"이왕 노릴 바엔 큰 걸 노려야지. 떨어지면 후기교에 또 한 번 시험볼 셈 치고 한번 해 보는 것은 해 보는 거다."

이렇게 배짱 좋은 결심을 한 것이다. 사실 그들은 그들 자신의 실력을 모른다. 아니 실력을 모르는 것이 아니라 서울 학생들의 실력을 알지 못한다. 그래도 그들로서는 할 것을 다 하였다. 교과서에서는 모르는 것이 없게 되었다. 그러나 서울 학생들이 그 이상의 것을 안다면 어쩔 것이랴. 그들은 영락없이 경쟁에서 밀려나고 만다. 허지만 그것은 그때에 가서 볼 일이다.

어른들의 걱정은 경호네 같은 것이었다. 그래서 다른 학교에 지망하라고들 하시는 것을 철환이가 힘차게 우겨댔다.

"걱정마세요. 반드시 합격을 시켜 놓을 테니까요."
"자신이 있나?"
"있고말고요. 만일 낙제를 한다면 제가 책임을 지겠습니다."

하는 말에 어른들도 얼마간 안심이 되는지 그들을 K중학에 지원해 주도록 학교에 말해서 결국 지원하는 것은 성공을 한 셈이다.

동시에 한숙이는 K여중에 지원을 하였다. 이 일은 경호네로 하여금 큰 힘이 되었다.

"한숙이에게 진다면 큰일이다."
"한숙이에게 체면을 잃지 않기 위해서라도 꼭 합격해야 해."

하는 것이 가슴속에 도사리고 있는 그들의 마음이었다. 실상 시험 공부를 할 때에도 이것 때문에 더 열심히 했었다. 그래서 실력이 부쩍부쩍 늘어난 것도 사실이다.

'이제야말로 평소의 실력을 보일 때.'

이렇게 기운을 내어 보지만 역시 앞으로 10년 동안만 잠을 자다가 깨어났으면—하는 것이 그들의 일치된 공동 생각이다.

그러나 공상은 공상, 현실은 현실이다. 그들의 입학 시험을 보기 위해 서울로 떠나야 할 날은 오고 말았다. 경호의 아버지는 벌써 서울에 올라가 계시다.

입학 시험 철이 되면 서울에 여관을 얻기가 어려워서 친척 집도 없는 학생은 추운 하숙방에서 고생을 무진하게 된다는 말을 들으시고, 집 한 채를 전세로 얻고 살림 마련을 장만하기 위해서였다.

서울서 연락이 오자 그들은 곱단이 어머니와 함께 서울로 떠나게 되어 있었는데, 철환이가 일행에 가담하게 된다는 말을 듣고부터는 곱단이가 며칠 밤을 울면서 따라간다고 졸라서 큰 골치를 앓게 되었다. 철환이가 같이 가기로 한 것은 시험 날까지 며칠 동안만이라도 더 가르치고 또 격려를 하기 위해서였는데, 곱단이는 그렇게 생각지 않고 영화배우 미스 리 때문에 가는 것이라고 단정한 모양이다. 곱단이 어머니는 딸을 붙잡고 여러 말로 달래었다.

"애 곱단아, 내가 서울 가는 게 호강하러 가는 줄 아니? 학상들 밥짓구, 빨래하구, 시중 들러 가는 거다."

"나도 알아요. 그 일을 내가 하면 되잖우?"

"그런 고생을 네게 시킬 수는 없어. 이제부터는 날씨가 더 추워질 텐데, 네가 어떻게 그 일을 한단 말이냐?"

"괜찮다니까요. 나두 서울 가서 야학교에라두 다니면서 글을 좀 배워야겠어요."

"네가 공부를 하겠다는 말이냐?"

"왜 못해요. 나는 못 하나요? 기술을 배우려면 얼마든지 할 수 있대요."

"그것두 초등학교는 나왔어야지."
"그 정도는 철환 씨에게 배우면 되지 않아요?"
그 말에 어멈은,
"그래라, 맘대루 해라."
하고 곧 수그러져 가지고 꾀병을 하여 눕는 바람에 곱단이가 대신 떠나게 되었다. 이 소문을 듣고는 동그랑땡이 또한 가만 있을 리 없다.
'곱단이가 가는 곳이라면 어디까지나.'
하는 마음으로 대서소 오 영감에게 집을 맡기고 길 떠날 채비를 부지런히 하였다.
―경호네가 배를 타고 섬 부두를 떠날 때, 선창에는 곱단이 어머니와 오 영감이 나란히 손을 휘젓고 있었다. 배 위에는 철환이와, 곱단이, 그리고 동그랑땡이 같이 있었을 것은 물론이다.
그들은 다시 기차를 탔다. 이 기차가 다다르는 곳이 서울역이 될 것이다. 좌석을 잡을 때, 철환이가 일부러 철수 옆자리로 옮겨 앉아서 동그랑땡과 곱단이가 나란히 앉게 되었다. 동그랑땡이 좋아하는 것은 말도 못한다. 동그랑땡뿐 아니라 다른 애들도 기분이 좋았다. 그도 그럴 것이 일행 중에 한숙이가 끼어 있으니 말이다.
땡은 곱단이를 웃겨 보려고 무진 애를 쓰는 모양이었다.
그 중의 한두 가지를 소개하면, 먼저 땡은 경호의 모자를 빌려다가 도시락 묶었던 노끈으로 둘레를 감은 후, 담배갑에서 나온 은종이를 펴서 차장의 모표처럼 오려 붙이고는 그 모자를 머리에 썼다.

그러고는 정거장마다 차가 한 번 섰다가 떠날 적이면 가장 엄숙하게 거수 경례를 한다. 플랫폼에 섰던 역원들이 당황해서 답례를 하다가 화가 난 얼굴로 발을 구르기도 한다.

이런 장난을 할 적마다 곱단이는 자지러지게 웃었다. 곱단이가 웃는 뜻은 책읽기에 열중한 철환이의 주의를 자기에게 끌어 볼 양으로 소리를 내기 위해서였건만, 땡은 제가 하는 짓거리에 재미가 나서 웃는 줄만 알고 신이 나서 별의 별 장난을 다 한다.

플랫폼을 오락가락하면서 구성진 음성으로,

"전주…… 전주……."

하고 외치며 다닌다. 아무 데서나 제 머릿속에 들어 있는 정거장 이름을 함부로 지껄이고 다니는 것이다.

급기야 이것이 문제가 되어서 차장에게 야단을 맞는 판에 철환이가 나서서 대신 사과를 하고야 용서를 받아서 간신히 좀 얌전해졌다. 이것이 또 곱단이가 보기에 대견스러웠던지, 철수가 화장실에 다녀오려고 잠깐 자리를 비운 틈에 곱단이가 그리로 냉큼 와서 앉아 버렸다.

동그랑땡은 심통이 났으나 하는 수가 없었다.

이렇듯 복잡한 감정의 나그네를 싣고 기차는 한강 철교

위를 달리고 있다. 이제 얼마 있지 않아서 서울의 위대한 모습이 그들 앞에 보이고 희망의 날개를 펴서 맞아 줄 것이다.
 그들의 가슴은 제 나름대로 기쁨을 안은 채 고무 풍선처럼 부풀어 올랐다.

얄개·꼬마전

인사말씀

여러분, 처음 뵙겠다. 그래서 내가 누구인지를 먼저 소개하련다.

여러분은 먼저 내 이름부터 알아야 하겠지. 그래야 앞으로 사귈 테니까. 내 이름은 '요한'이다.

이것은 별명이 아니고 호적에 들어 있는 진짜 이름이다. 그럼 성경에도 있지 않은가, 요한복음이라고. 바로 그 요한이다.

서양 사람이냐고?

천만의 말씀, 대한민국의 순 국산품이다. 그러기에 김이라는 성이 있는 것이 아닌가. 하기야 서양에도 김씨 성이 있기는 하니, '킴 노박'이라는 유명한 영화배우가 미국에 살고 있는 것을 여러분은 모르는가.

내 이름은 영어로는 '존'이라고 한다나? 어쩐지 강아지 이름 같아서 싫지만 '존'이란 이름이 어찌 강아지뿐이랴. 미국의 유명한 전 대통령 '존 에프 케네디'도 이름이 '존'이고 '어네스트 존'이라는 로켓포도 그렇지 아니한가.

그러나 나의 '존'은, '존'은 '존'이라도 '존'이 좀 다르다. 강아지도, 대통령도, 대포 이름도 아닌, 열한 살 먹은 한국 소년 미스터 존이다. 유럽식으로 불러서 요한, 한국식으로는 김요한.

장차 내가 어른이 되면 하고 싶은 직업의 이름을, 내 이름의 아래 위에 붙여서 불러보아도 그리 어색하지 않아서 마음에 든다.

김요한 선수, 김요한 박사, 김요한 장관에다가……밴드마스터 김요한 씨, 신랑 김요한 군……. 다 부드럽고 듣는 맛 괜찮다. 그런 것도 미리 다 계산에 넣어서 아버지가 내 이름을 지어 주셨나보다.

그렇다고 나에게 별명이 없는 것은 아니다. 당신에게만 살짝 말해 주지만, 무엇을 감추랴. 나의 별명은 '꼬마'다. 주일학교에서는 '사도 요한' 그냥 학교에서는 '꼬마 김'으로 통한다. 춘향전에 나오는 '사또'가 아니라 '사도바울 선생'이라는 그 사도다.

이름 설명이 너무 길어졌으니 다음으로 넘어가자.

다음은 우리 집 식구 소개인데, 내게 형제는 없고 누나만 둘 있다. 누나들 이름도 야릇한 편이다. 큰 누나가 '마리아', 작은 누나 이름은 '에스터'다. 그러기에 어머니가

"마리아, 에스터, 요한!"

하고 우리 이름을 부르실 때, 눈을 감고 있으면 미국 라디오를 듣고 있는 것 같다.

어머니는 다른 집 어머니와 다를 것이 없지만, 아버지는 다른 점이 한두 가지가 아니다.

첫째로 다른 것은 남의 집 아버지들이 열심히 일하는 일주일 동안을, 거의 하는 일 없이 편히 쉬시다가 남들이 다 노는 날인 일요일에야 열심히 일을 하시는 점을 들 수가 있다. 이제 짐작이 가는가. 그래도 아직 모르겠는가. 그러면 내가 말하지. 우리 아버지는 신학 박사이고, 교회의 목사님이다.

술도 담배도 아니하는 대신, 사람만 붙잡으면 설교를 몹시 하신다. 이러니 내가 견딜 수 있겠는가. 나를 붙들고 야단치시는 것이 아버지의 직업이라면 매일 그 야단을 맞아야 하는 것은 나의 장사다.

하마터면 빠뜨릴 뻔하였다. 끝으로 가장 소중한 것이 나

의 생일이다.

내 생일은 12월 25일이다. 내가 만일 1970년 전에 이 세상에 태어났다면 예수 대신에 탄생하였을지도 모른다. 밤이나 낮이나 아버지가 꼼짝을 못하시는 예수가 될 뻔한 나를 가지고 야단을 치시다니 될 뻔이나 한 일이냐.

해마다 내 생일 아침에 눈을 떠 보면 귀에 들려오는 거룩한 노래가 있다.

"기쁘다 구주 오셨네

만백성 맞으라……."

이렇게 되면 나는 금시에 구주가 된 것 같은 착각에 사로잡히기 일쑤다.

침대에서 일어나 현관에 나가보면.

"축 성탄"

"성탄절을 축하합니다."

하는 편지나 카드가 수두룩히 떨어져 있다.

'암, 그렇고말고. 오늘이 거룩한 생일날이고말고.'

지구 위에 사는 모든 사람들이 내 생일을 축하해 주니 흐뭇할 밖에.

그러나 내 생일이 크리스마스이기 때문에 손해 보는 일도 세 가지나 있다.

첫째가 선물 문제이다. 내 생일이 다른 날 같으면 크리스마스 선물과 생일 선물을 따로 받을 것인데, 그날이 그날이고 보니, 선물 한 가지로 두 가지 의미를 포함시켜서 한꺼번에 때워 버리니 가슴이 쓰라리다.

둘째는, 옷에 관계가 있다. 나는 어릴 때부터, 생일 때때옷을 입어본 일이 없다. 아침부터 양복을 입고 예배당에 나가야 하니 말이다.

누나들은 해마다 선물도 때때옷도 이중으로 얻어 가지니까 나는 또 한 번 속이 아파야 한다.

셋째로는, 가장 중요한 문제가 남아 있다. 내 친구들은 일요일이면 산으로 들로 놀러 다닌다. 낚시질도 하고 수영도 다니고.

그런데 나는 진종일을 교회에 꼭 붙잡혀 있어야 하다니, 정말 못 참을 노릇이다.

나도 인간이니까 때로는 낚시질도 가고 싶지 않겠는가. 안타까운 이 마음은 하느님만이 알아주실 것이다.

일 년에 쉰두 날, 일요일마다가 그런데, 해마다 꼭 한 번인 생일도 크리스마스인 까닭에 나는 모든 종류의 자유를 잃어야만 한다. 아! 이 무슨 운명의 장난이냐.

내가 이 담에 늙어서 죽은 뒤에도 세계의 온 인류가 나의 생일을 기억하고 축하해 줄 것은 고맙고 대견하지만 당장 살아서가 이 고생이니 어찌하면 좋으랴.

오늘이 바로 그날이다. 무시당한 내 생일인 크리스마스가 오늘.

아버지는 벌써 재판하러 가는 판사 모양 검은 '가운'을 입고 어머니와 함께 예배당으로 가셨고, 목사관인 이 드넓은 양옥집에는 식모 할멈과 두 누나, 그리고 나, 이렇게만이 남았다. 나는 클클하고 따분하고 갑갑하고 초조하여 무엇인가에 몸부림을 쳐보고 싶은 마음이다. 바로 이때였다.

"할멈, 목욕물 따뜻해요?"

하는 마리아 누나의 음성이 들려왔다.

"예, 지금이 똑 알맞아요."

하는 할멈의 대답.

이때 내 눈에 뜨인 것이, 크리스마스트리를 만들다가 둔 풀그릇이다.

"옳지!"

내 머리를 스치고 간 번개같은 아이디어.

나는 풀이 담긴 냄비를 들고 목욕실로 뛰어갔다. 후끈 하는 더운 기운과 안개같이 서리는 김을 헤치고, 통 속에 풀한 덩어리를 풀어 넣었다.

여러분은 모르겠지만, 이렇게 풀을 풀어 넣으면 육안으로 보아서는 알지 못하고, 목욕을 할 때에는 별로 불편을 느끼지 않지만, 다 씻고 나와서 수건으로 물기를 닦을 때에 비로소 문제가 생기는 것이다. 끈적거리고 꺼분대는 것이 여간 기분이 언짢은 게 아니다.

나는 얼른 나와서 시침을 뚝 떼고 하회를 기다리고 있노라니까 한 시간쯤 지났을 때, 목욕실에서 비명 비슷한 메아리가 들려 나왔다.

"할멈, 목욕물이 왜 이렇게 끈적거리우?"

"글쎄요, 그럴 리가 없는데요."

끝까지 잠자코 있었으면 별일이 없었을 것이지만 나는 원체가 거짓말을 싫어하는 정직한 사람이다. 그래서 큰 소리로,

"세례 요한이가 세례를 주었다."

하고 외쳤다.

옛날 세례는, 사람을 물 속에 집어 넣었다 하고, 침례교라는 교파에서는 아직도 그와 같은 의식을 거행한다고 들었다.

옛날 요단강에서 교인에게 세례를 주던 '세례 요한'이의 말이,

"나는 물로써 세례를 주지만, 내 뒤에 오시는 분은 피로써 세례를 주시리라."

고 했다거니와 뒤에 오신 나 요한이는 물도 피도 아닌, 풀로써 마리아에게 세례를 준 것이다. 물질의 내용이 좀 다를 뿐 세례는 마찬가지 세례가 아니겠는가.

피라는 말에서 연상이 되어, 나는 또 한 가지 장난할 것을 궁리해 내었다. 이번에는 에스터 누나 차례. 두 누나에게 꼭 같이 은혜를 베풀지 않으면 불공평하니까.

나는 불공평을 싫어하는 사람이다.
"요한아, 네가 장난했구나."
"누나, 그대로 바짝 말렸다가 기름에 튀겨내면 좋겠어. 밀가루 풀이면 튀김이 되고, 찹쌀 풀이면 고급 튀각이야."
고급으로 만드는 다시마 튀각은 찹쌀풀을 칠해서 말려 두었다가 튀겨 낸다는 말을 들어 왔던 것이 어렴풋이 생각나서 이렇게 비꼬아 주는 데에 한 번 써먹은 것이다.
"요한아, 어디 보자. 이따 죽어 너."
큰 누나는 말을 함부로 하는 것이 큰 결점이다. 생일날, 더구나 거룩한 크리스마스에, 하나밖에 없는 사내 동생을 죽이겠다니 세상에 이런 참혹한 말이 또 있는가.
'당장이라 아니하고 이따라고 하는 뜻은?'
벌거벗었으니까 제가 당장에는 못 나오겠지, 마리아 중에서도 잔인한 마리아 다 보겠다.
목욕실 문을 여닫는 소리가 났다. 나오는 소리가 아니라 들어가는 소리다. 나는 듣기만 하여도 다 안다.
이윽고 수돗물 트는 소리가 들려온다. 몸에 묻은 풀 기운을 찬물에 씻어낼 모양이다. 이 추운 날씨에 저러고 있으면 어쩔 것이랴. 아니나 다를까. 목욕실 안에서는,
"엑취, 엑취."
하는 재채기 소리가 나온다.
'어, 안됐군, 드디어 감기에 걸렸나봐.'

나는 눈을 감고 귀도 막아 버렸다. 인정 있고 자비심이 많은 나는, 저런 처참한 일은 차마 보지도 듣지도 못하는 까닭이다.

몸에 열이 난 큰누나는 침대에 누운 채 예배당에도 못 가고, 물론 나를 '죽이지'도 못한다.

'내가 너무 심했나보다'

하는 양심의 가책 때문에, 나는 예배당에 가서 회개하는 기도를 올렸다. 그러나 다시 생각해 보면, 큰 누나의 희생이 크면 클수록에 작은 누나도 혼을 주어야 공평하지 않을까.

에스터 누나를 위하여서도 크리스마스트리를 만들던 재료를 이용하기로 결심하였다. 이왕에 버릴 물건이니 잘 쓰기만 하면 패물 이용도 된다.

그것은 즉 빨간 물감이었다. 우리집 화장실은 수세식이라, 변소에 물탱크가 있다. 그 탱크 속에 빨간 물감을 넣었다.

잠시 후, 에스터 누나의 소리가 났다. 그리고 조금 더 있다가는 화장실에서 아버지의 고함소리가 나왔다.

"요한아, 너 이리 좀 온."

설교로 닥달이 된 음성은 산울림처럼 우렁차기만 한데 지금 그 목소리는 더 크니 이게 웬일인가.

"왜 그러셔요? 아버지."

"너 화장실에 무슨 장난을 했지?"

"아차!"

'작은 누나 걸리라고 한 것에 왜 아버지가 걸려드셨담.'
이것은 마치 쥐 잡으려고 놓은 덫에 고양이가 치인 격이다.
"……."
"이리 와."
아버지는 나를 붙드시더니, 별안간 등 뒤에 감추고 계시던 채찍으로 내 어깨를 치신다.
"잘못 했으면 벌을 받아야 한다."
이것은 벌이 아니라 보복이다. 아버지는 술을 안 잡수시는데도 치질이라는 병이 있다. 물탱크에 달린 핸들을 돌렸을 때, 쏟아져 나온 빨간 물, 아마 치질이 재발한 줄로 아시고 몹시 놀라셨는지, 그 보복을 이렇게 채찍으로 하다니.
그나마 정정당당하게 때리지 못하고 채찍을 등 뒤에 감추고 오시다니.
그것은 거짓말이다. 비겁하다. 원수까지도 사랑해야 한다는 목사님이 하나밖에 없는 귀여운 아들에게, 생일날에, 크리스마스에 매질을 해야 하나.
"아버지, 오늘은 제 생일입니다. 그리고 크리스마스입니다."
"그러기에 참았다. 마리아를 감기 들게 한 것도 너라며?"
'앗! 그것도 알구 계셨구나.'
"참으려면 끝까지 참으셔야죠. 그리고 용서해 주셔야죠."
"용서 못한다. 에잇."

"아얏."
"에잇."
나도 더는 참을 수 없었다. 그래서 소리를 쳤다.
"김 목사 사람 친다."
아버지는 매를 멈추고 나를 그윽히 굽어보신다. 그 눈에 눈물이 맺힌 것을 나는 보았다.

석 석사

우리 집에는 중이 안 온다. 친구네 집에 가서 놀 때에는 머리에 고깔 쓰고 등에 바랑을 맨 중이 와서 목탁을 두드리며,

"관세음보살……나무아미타불……."

하고 구성진 음성으로 축수를 하면 쌀이나 곡식을 내다 주는 법인데, 이 때 중은 몇 번이고 절을 하며 고맙다고 한다. 이 얼마나 아름답고 인정있는 광경이냐.

나는 중들이, 흐느끼듯 하는 염불 소리를 듣기를 좋아한다. 그 소리를 들으면 어쩐지 눈물이 나려 하고 당장 죽어

버리고 싶은 충동이 일어난다.
'내가 죽으면 모두들 울겠지.'
그 때 가서 우는 소리를 내가 지금 듣고 있는 것 같은 착각이 든다.
내 생일인 크리스마스에는 모두 웃고, 나 죽은 뒤에는 울어주기 위해서 사람들은 세상에 살고 있는 것 같다. 그런 때에는 추도하는 예배보다 향불 연기 그윽한 속에서 휘우뚱거리는 염불 소리를 듣는 것이 더 어울릴 것이다.
"며칠 후 며칠 후
요단강 건너가 만나리……."
보다
"관세음보살……나무아미타불……."
편이 얼마나 근사하냐 말이다.
또 아침 저녁으로 절에서 들려오는 은은한 쇠북(종)소리, 가슴 속을 쿵 울려주는 그 소리가, 일요일 아침마다 예배당에서 내고 있는 차임벨의 찬송가보다 얼마나 은은하고 조용하고 뭉클하더냐.
이런 점에서 나는 중을 좋아하건만 아버지는 원수 취급을 하시니 별일이다. 하기야 중 편에서도 우리를 원수처럼 알기에 모처럼 우리 동네까지 왔다가도 목사관만 쏙 빼놓고 옆집으로 가는 것이 아닐까.
몇 천 년 전에 예수 그리스도와 석가여래가 큰 싸움을 했는지 몰라도, 지금까지 그럴 거야 뭐가 있겠는가. 사람들이 옹졸해서 큰 일이다. 그 옹졸박이 중에서도 우리 아버지가 그 대표적이다.

　나는 일찍이 학교에서 소풍을 갈 때도 목적지가 절이라면 결석을 해야 했다.

"우상이 있는 곳에 뭐가 볼 게 있느냐"

　하는 것이 아버지의 주장이다. 그림 엽서도 불국사니 화엄사니 하는 것은 못 보게 되어 있다. 어찌 그림 엽서뿐이겠는가. 텔레비전을 보다가도, 무슨 위령제 같은 불교식 행사 광경이 비치면 다이얼을 곧 다른 채널로 돌려야 한다.

　텔레비전뿐이 아니다. 언젠가는 라디오에서 이런 노래가 나왔다.

　　중 중 때때중
　　바랑 메고 어디 갔나.
　　중 중 때때중
　　밀떡 찰떡 날 좀 다오
　　강강 강 건너
　　열두 대문 김정승네
　　무얼 무얼 동냥 주든
　　대추 열둘 밤알 스물……

퍽 재미있는 노래라고 생각했는데, 아버지는 화가 난 사람처럼 채널을 기독교 방송 쪽으로 돌려 버리셨다.

나는 아버지의 이런 외고집이 싫어서 이담에 어른이 되어 중이 되어 버릴까 하고 생각해 본 적도 있다.

그렇게 되면 이름을 바꿔야 하지 않을까.

'요한 스님.'

어쩐지 어색하다.

'요한 대사.'

아무래도 쑥스럽다.

아무튼 이것은 먼 훗날의 일이고, 당장에 중하고 친척이 되는 길은 없을까. 있다. 마리아 누나가 중한테 시집을 가면 그만이 아니냐.

그러나 이것도 되지 않을 일인 줄을 나는 곧 깨달았다. 왜냐하면 마리아 누나가 요사이 몰래 만나고 있는 남자가 중이 아닌 줄을 나는 알고 있기 때문이다. 그 분은 석 석사라는 사람이다. 석사가 이름이 아니라 학위(學位)라고 한다. 학사와 박사의 중간인 얼치기라고 들었다.

석 석사는 의학 중에서도 치과를 전공한 사람인데, 지금은 제가 졸업한 학교의 강사로 나가면서 박사 코스를 밟고 있다는 인물이다.

명칭에 남유달리 신경질인 나는 이 석사라는 이름부터가 마땅치 않다.

아무리 마땅치 않아도 성이 석가니까, 그렇게 부를 수밖에 없겠지만 어서 박사가 되어서,

'석 박사.'

이렇게 되어야 조금은 의젓하지 석 석사가 뭐냐 석 석사가.

성이 돌 석(石)자가 돼서 그런지, 석 석사는 돌대가리다. 그렇지 않고서야 하필이면 누나와 만나는 장소로 절간을 택할 이유가 없지 않겠는가.

처음에 마리아 누나가 석 석사를 알게 된 것은 그가 나가는 대학병원에 이 치료를 받으러 다니면서부터라고 알지만, 그러고 보면 누나도 얼마나 매옥한 사람이냐.

나는 의사 중에서도 치과 의사를 제일 싫어한다. 기계로 이를 갈아댈 때는 전신의 마디마디가 몽땅 저려서 죽을 고역이라, 두 번 다시는 만나지 않으려고 그야말로 이를 가는 터인데, 글쎄 어쩌자고 그런 사람과 자주 만나느냐 말이다.

어떻게 그렇게 자세히 아느냐고?

그것은 간단하다. 누나의 일기 책을 좀 본 것과 전화하는 소리를 들었기 때문이다. 전화를 엿듣는 것은 좋은 일이 아니다. 그러나 저절로 들려온 것까지 책임져야 할 이유는 없다. 내가 현장에 없는 줄 알고 마음 놓고 통화를 한 것은 전혀 누나의 자유다.

"……저어, 석 석사님이세요?……나예요. 마리아……음……

아이 몰라?……그래요? ……아이 좋아라. 그럼 그 절로 갈게요. ……네, 그럼 이따가……. 끊어요."
'절?'
내 귀는 번쩍 뜨이었다.
'절에는 왜 갈까.'
목사님의 딸이 중이 되려나?
이건 이만저만한 문제가 아니다.
'내가 따라가 볼 밖에.'
소년 탐정이라도 된 듯이 내 마음이 울렁거리고 가슴은 뛰었다.
모든 준비를 다 마치고 기다리고 있는데, 누나는 나타나지 않는다. 죽었는지, 살았는지, 제 방에 쳐박혀서 끽 소리가 없다가 목욕탕으로 가더니, 골백번도 더 이를 닦는다.
'옳지. 치과 의사를 만나서 진찰이나 치료를 받으려나 보다.'
그러고는 입술을 정성껏 가다듬더니, 드디어 외출이다. 나도 몰래 누나의 뒤를 따라 나섰다.
버스를 타더니, 동대문 밖으로 마냥 나간다. 나도 물론 다른 문으로 올라타 가지고, 숨을 죽이면서 몸을 감추었다.
K사라는 절에 도착했다. 나무들이 빽빽하게 섰는 숲속길로 꼬불꼬불 들어가니까, 커다란 못이 나오고 그 주위에는 바윗돌이 있다. 마치 공원이라도 온 것처럼 경치가 좋다.

"미스 김, 나 여기요."

마치 숨바꼭질이라도 하듯이 부르는 소리가 나더니, 코미디언처럼 뚱뚱하고 익살스럽게 생긴 청년 하나가 헐레벌떡 달려오는 것이 보이자 누나도,

"닥터 석……."

하면서 뛰어가 서로 악수를 한다.

'흠, 저 사람이 석 석사로구나.'

"자, 앉읍시다."

"네."

두 사람은 내가 있는 줄도 모른만치 얘기에 열중한다.

잠시 후, 이 진찰이 시작되었다. 그런데 진찰하는 법이 병원에서 하는 거하고는 매우 다르다. 병원에서는 의자에 앉아서 입을 딱 벌리고 거울이 달린 쇠꼬챙이를 볼따구니를 떠밀면서 들여다보는 법인데, 석 석사는 마리아 누나 목덜미에 팔을 감고 입을 물끄러미 들여다본다.

'아마, 여기는 병원이 아니니까 기구가 없어서 그러는 거겠지'

하는 너그러운 마음으로 지켜보고 있노라니까, 이번에는 석 석사가 제 입을 누나 입에 갖다 댄다.

'어럽쇼, 이상한 진찰법도 다 보겠네.'

그러나 다음 순간, 나는 더 놀라지 않을 수 없었다. 석 석사가 누나의 입을 물어뜯는 것을 보았던 것이다.

'앗! 누나의 위기……'
참을 수가 없다. 누나를 구해내야…….
나는 한달음에 뛰어 나가며 큰소리로 외쳤다.
"우주인, 달 세계 착륙! 도킹 성공!"
두 사람은 깜짝 놀란 모양이다. 벌떡 일어나는 서슬에 석 석사가 그 육중한 몸으로 나를 떠밀어서 나는 본의 아니게도 못 속으로 첨벙 빠지는 신세가 되었다.
"어머나!"
"아, 저런!"
어렴풋이 이런 소리를 들었을 뿐, 나는 정신이 없다.
'살아야 한다.'
하는 마음만이 나의 전부다.
개천에 빠진 심 봉사꼴이 된 것이다.
"사, 사람 살려."
나는 두 팔로 물을 치면서 몸을 솟구치려 무진 애를 썼으나, 잘 되지 않았다. 뜻 밖에도 못은 깊고 나는 헤엄을 칠 줄 모른다. 두어 번 물을 꼴깍꼴깍 마신 뒤의 일은 내 기억에 없다.
간신히 정신이 든 때는, 더럽고 좁은 방에 내가 누워 있었다. 누나는 울고 있고, 석 석사는 떨고 있다. 무서워서가 아니라 나를 건져내기 위해서 물에 들어갔다가 나온 탓인가 싶다.

"요한아!"

이렇게 부르는 누나의 표정과 음성은 복잡하였다.

나는 이제 아무렇지도 않지만 눈을 뜨고 있으면 야단을 맞을까봐서 도로 스르르 감았다.

"아니, 애가 또 의식이 흐려지나 봐요."

누나가 애원하듯 하는 말을 받아서 석 석사라는 자가,

"이젠 괜찮을 겁니다. 어디 한번 볼까요."

하면서 내 심장 위에 손을 얹는다. 간지러워서 나는 몸을 흠칫했다. 다음 순간, 석 석사의 손은 겨드랑 쪽을 향해 슬금슬금 이동한다. 이제는 정말 못 참겠다.

"으ㅎㅎㅎ……."

하고, 웃으며 벌떡 일어나 앉았다.

"괜찮니?"

하는 누나 말에 나는 고개만 끄덕였다.

"……이 분께 인사해라. 네 생명을 구해 주신 은인이다."

"나 이 사람 알아. 석 석사지?"

"어머, 너 어떻게 아니?"

"왜 몰라. 이름도 사람도 괴상하니까 한 번 듣거나 보면 곧 기억이 돼!"

"어머나"

이 때 석 석사가 나섰다.

"요한이라지?"

"그렇소."

"하마터면 큰일 날 뻔했어, 내가 없었다면 물에 빠져 죽는 거였어."

"석 석사가 없었으면 숫제 물에 빠지지도 않았겠지."

"하하하."

이제 보니 석 석사란 사람은 우습지도 않은 일에 웃는 버릇이 있다.

"……그건 오해다. 마치 나 때문에 물에 빠진 걸로 아는 모양인데, 그렇지가 않아."

"밀어 넣었으니까 들어갔죠."

"하하하, 우주인이라고 했지?"

"그래요. 공중에 뜨기는 달 위에서나 지구 위에서나 마찬가지니까요."

"하하하. 착수 훈련이 잘 안돼서 우주인이 죽을 뻔했다는 말이다. 수영을 배워야겠어."

"걱정 마세요."

마리아 누나가 갑자기 화가 난 사람 모양.

"그나저나 우리가 여기에 온 걸 어떻게 알았니?"

"몰랐어."

"모르고 어떻게 따라왔지?"

"따라온 게 아니라 우연히 만난 거야."

"거짓말."

"정말이야."

"집에 가도 너 절에서 날 만났다고 하지 마라. 절에 왔다면 너도 야단맞을 거니까."

"내가 누나를 구해주러 왔다면 괜찮을 거야."

"구해 주러?"

"그렇찮구. 석 석사가 막 물어뜯으려는 걸 내가……."

"어머!"

―내 옷이 마르기를 기다려서 우리는 석 석사와 작별하고 집으로 돌아왔다.

돌아오는 택시 안에서부터 나는 전신의 기운이 쑥 빠지면서 열이 나기 시작하더니, 집에 와서는 아주 환자처럼 되어서 침대에 누웠다.

아버지와 어머니, 그리고 두 누나가 내 옆에 붙어 앉아서 근심스러운 눈으로 지켜본다. 나는 눈을 반쯤 뜨고 입 안 말로,

"나, 무, 아, 미, 타, 불……."

했다. 아버지는 몹시 놀라서,

"요한아, 너 그게 무슨 말이니?"

마리아 누나는 어쩔 줄을 몰라 쩔쩔매고, 에스터 누나는 이 세상에서도 가장 슬픈 사람의 표정을 하더니,

"요한이가 물에 빠졌다더니 마귀가 붙었나 봐요."

나는 또 한 번,

"관, 세, 음, 보, 살……."

하였다.

아버지는 심각한 얼굴로

"아무래도 의사를 불러야겠다."

이 말씀에는 내가 놀라지 않을 수 없었다. 의사가 오면 주사를 놓을 것이 아닌가. 내게는 주사를 몹시 싫어하는 성질이 있다. 그래서,

"나는 물에 빠진 것이 아니라, 세례를 받았다."

하고 변명삼아 중얼거렸다.

"그래야 할까 봐요. 헛소리를 자꾸만 하는 걸 보면."

이 때 마리아 누나가 얼른

"아버지, 내가 아는 훌륭한 의사 선생님이 한 분 계셔요. 친구의 오빤데, 여간 권위가 있지 않대요."

"그래? 그럼 그분에게 연락해서 오시라고 하자."

"예, 그럴게요."

큰 누나가 응접실에 다녀오더니,

"전화했어요. 곧 오신댔어요."

"잘 됐다. 이제는 안심이야."

30분도 안됐을 때, 식모 할멈의 안내를 받아서 내 방으로 의사 선생님이 들어왔다. 눈을 떠 보니까,

"어?"

놀라운 일이다. 석 석사가 아니냐. 나는 이가 아픈 사람이

아니다. 그런데 치과 의사가 무슨 소용이냐. 그래도 석 석사는 통통한 손으로 내 배꼽 언저리를 쓰다듬는다.

'이러다가 또 간지럼을 태우는 것이 아닐까.'

나는 그것을 예방하기 위해 노래를 부르기 시작했다. 마리아 누나와 석 석사에게 내가 놓아 주는 따끔침이다.

마리아 마리아 사랑하는 마리아
마리아 마리아 사랑하는 마리아
그대를 보내고 나서 꽃을 심었네
새로운 마음에 꽃을 심었네……

아니나 다를까.

석 석사의 손이 흠칫 물러나고 마리아 누나의 입술이 파랗게 질렸다.

사흘을 누웠자니, 진력이 난다. 그동안 석 석사는 매일 왕진을 왔다. 와서는 다른 의사들처럼 얼른 돌아가는 것이 아니라, 마리아 누나와 함께 내 병에 대해서 두 시간 이상이나 토론을 하고야 돌아간다.

그러나 이제는 석 석사가 우리 집을 공식 방문할 구실이 없어졌다. 내 병이 말끔히 나았기 때문이다.

이제부터는 마리아 누나가 석 석사에게로 왕진을 가나 보다.

나는 이 때에 마리아 누나가 정말 얌체인 것을 발견하였다. 남들은 외출을 할 때면 옷장에서 옷을 꺼내 입는데, 큰 누나는 냉장고 속에서 옷을 꺼내 입는다. 왜 그렇게 할까, 내의를 싸늘하게 식히기 위해서다. 음식을 넣어두는 냉장고 안에 내의를 넣어 두다니…… 얄밉기 이를 데 없다. 그래서 나는 연구한 끝에 누나에게 호의를 베풀 방법을 생각해냈다. 즉 짧은 시간에 냉각 효과를 내어주기로 결심한 것이다.

그 방법이란, 냉장고에 넣어두는 것만으로 그치지 말고, 그 옷으로 얼음을 싸두는 방법이다.

나는 얼음 그릇을 툭툭 털어서 알얼음을 누나 내의로 싸 가지고 차곡차곡 개어서 넣어 두었다. 이 옷을 누나가 꺼내었을 때,

"어머어머, 이게 웬 얼음이야."
"너무 차서 얼었나부지."

나의 대답이다.

"얼은 게 다 뭐야. 녹아서 옷이 젖었는데."

나는 혼잣말로 천천히 말했다.

"나무아미타불……."

벼락부자

개학이 되었다.

모두들 얼굴이 새까맣게 되어서 학교에 모였다.

"야, 어디가 앞이고 어느 쪽이 뒤냐. 안팎이 새까매서 앞뒤를 구별할 수 없구나."

내가 경식이를 이렇게 놀렸더니, 사람 좋은 그는,

"약올리지 마라."

하고 씨익 웃는다.

"옳지, 지금 말이 나온 쪽이 앞이구나. 난 또 뒤통수에 이가 달렸나 했지."

"하하하."

얼굴이 까매지니까, 눈의 흰자위와 이가 유난히도 하얗게 보인다.

"미남자 꼴이 아닌데, 마치 월남 소년같다."

"까만 건 건강색이지 뭐니. 바탕은 희다는 증거가 여기에 있다."

하면서 경식이는 셔츠를 걷어 올리고 잔등을 돌려댄다. 거기에는 배 그림이 있고, 해수욕 기념이란 다섯 글자가 하얗게 드러나 보인다.

"야, 근사하다. 어떻게 하면 그렇게 되니?"

"페인트로 글자나 그림을 그리고 나서 볕에 태우면 이렇게 된다. 허니까 그 흰 부분이 나의 원 피부색이야."

"흠."

나는 부러웠다.

'적어도 겨울까지는 저 그림이 남겠지'

정말 부럽다. 경식이는 여름 방학 동안에 해수욕을 다녀왔지만, 나는 가지 않았다. 못 간 것이 아니라 안 갔다. 나는 헤엄을 치지 못하기 때문에 바다를 좋아하지 않는다. 게다가 K사의 못에 빠진 이후로는 물이라면 콧물도 겁이 난다. 그래서 식구들이 모두 해수욕을 떠날 때 나는 빠졌다.

"요한이도 수영을 배워두는 것이 좋을 텐데."

하는 아버지 말씀에 나는 사양하였다.

"물이 싫은 걸 어떻게 배워요."

"아버지가 가르쳐주면 되지 않니?"

"그래도 싫은걸요. 그 대신 집을 지키면서 얌전히 공부나 하고 있을 테니까 용돈이나 넉넉히 주시고 편히들 다녀오세요."

"쓸 만큼 주면 되지, 돈을 많이 가져선 무얼 하니."

"내가 따라가면 그만큼 비용이 더 들 거 아니에요? 그 절약되는 돈을 내게 달라는 거예요. 그리고 못가는 슬프고 딱한 사정을 위로하는 뜻에서 좀 더 주시고요."

"그래라. 허지만 무한정 줄 수는 없으니까 삼천 원만 주고 갈테니까 사 갖고 싶은 것이 있으면 사도록 하여라."

에이, 쩨쩨하다. 삼천 원을 가지고 사고 싶은 물건을 어떻게 사란 말인가.

"정말은 카메라가 갖고 싶은데 삼천 원 가지고 어떻게 사요?"

"그럼 카메라는 따로 하나 사 주고 가마."

"야, 신난다."

"그게 무슨 말이냐?"

"왜요? 신이 나니까 난댔는데요."

"고운 말, 바른 말, 착한 말을 골라 써야지, 그런 불량 소년들이 쓰는 말 같은 걸 쓰면 못써."

자, 보라. 또 한 번 야단을 맞은 것이다.

그러기에 내가 해수욕을 같이 가기를 포기한 것이다. 모처럼의 여름 방학을 해수욕장까지 가서 부모님의 감독과 누나들의 감시를 받기보다는 집에서 자유롭게 지내기가 소원이었던 것이다.

"앞으로 다시 그런 말 쓰면 안 된다."

"예."

내게도 할 말은 있으나 참았다. 사 준다고 약속하신 카메라가 날아날까 봐서다.

그런데 나하고 행동을 같이 하겠다는 유지가 나타났다. 즉 마리아 누나가,

"아버지, 나도 해수욕 그만두겠어요."

하고 나선 것이다.

"어째서?"

"집에서 독서나 좀 하려고요."

"독서?"

"예. 신약 27권, 구약 39권을 독파하려고요."

"오, 그건 참 좋은 생각이다."

이 때 에스터 누나가,

"아니래요. 언니는 살이 탈까봐 안가는 거래요."

하고, 까불었다.

"앤, 그게 아니야"

마리아 누나가 얼굴을 붉히면서 변명하려 할 때, 어머니

가 말을 가로막아서,

"과년한 것이 수영복 차림으로 남의 앞에 나서기가 쑥스럽겠지. 부모 앞에 보이기도 그렇고. 그래, 그럼 너도 집에 있거라."

하고 가장 이해가 깊다는 듯이 말했을 때, 마리아는 가장 감격스러운 표정으로,

"고마워요."

아버지는 마리아 누나에게 만원 뭉치를 내주면서,

"이걸로 용돈 쓰고 살림에도 써라. 요한이 반찬에 유의해서 영양 실조가 안되게 하고."

"예."

적어도 열흘이나 집을 비운다면서 돈 만원으로 어떻게 영양 실조가 안되게 하라는지, 아버지는 분명코 기적을 강요하신다.

나는 잔소리꾼 큰누나와 같이 살게 될 일이 한심스러웠으나, 카메라가 생긴다는 바람에 잠자코 있었다.

다음날 아침, 아버지는 카메라를 사다 주시고 오후에 어머니와 에스터 누나를 데리고 해수욕을 떠나셨다.

카메라는 고급품은 아니었으나, 사진은 제법 잘 나온다.

"누나, 사진 찍어 줄까?"

"싫다. 목이 없는 사진, 찍으면 뭘 해"

내가 처음에 누나를 찍었을 적에 앵글을 잘못 잡아서, 목

은 없고 몸뚱이만 찍힌 사진이 나왔다. 누나는 그걸 말하는 것이다.

"처음이니까 한 번 실수는 하는 수 없잖아?"

"아무튼 싫어. 이 더운데 옷을 차려 입으려고."

"싫으면 고만둬……할멈, 할멈, 사진 찍어 줄게 마당으로 나와."

"그러우."

할멈은 사진이라면 여간 좋아하지 않는다. 하루에 몇 번이라도, 찌는 듯이 더운 날에 털배자까지 걸쳐 입고 카메라 앞에 나서 주는 단골 모델이다. 이렇게 해서 찍은 사진을 만들어다 주느라고 나는 용돈 삼천 원의 절반 이상을 소비했다.

여기서 잠깐 마리아 누나의 행적을 살펴보자.

그는 신·구약 성서를 독파하기는커녕, 석 석사를 집으로 오래 가지고는 소근소근 무슨 토론을 그렇게 열심히 하는지 모른다. 하나밖에 없는 선풍기를 진종일 독점하고, 냉장고는 아이스크림을 만든다고 열어보지도 못하게 한다. 하나밖에 없는 나더러는 데어서 죽으란 말인가. 때로는 에어컨도 없는 응접실 문을 꼭꼭 닫고 죽은 듯이 들어앉았기도 하는데, 몸집이 뚱뚱한 석 석사는 얼마나 고생이 될까.

낮에는 문을 닫고 저녁 무렵에야 열어 놓고는 고기를 굽는데, 저희만 먹었지 내 입에는 한 점도 떨어지지 않는다.

이것이 동생의 영양 관리를 맡은 누나의 행실인가.

이래서 나는 조금도 타지 않고 영양 실조로 얼굴은 핼쑥하다. 이것이 나를 벼락 부자로 만들어줄 줄이야 누가 알았으랴.

누나는 석 석사와 함께 외출을 하는 모양인데, 그 때마다 돈을 낭비했는지 나에게 구걸을 한다.

"요한아, 너 용돈 좀 있지?"

"있어."

"그걸 좀 빌려줘. 아버지 돌아오심 타내서 갑절로 갚아줄게."

"싫어."

"그러지 말고 어서."

"안 된대도."

내가 이렇게 갑자기 부자가 될 줄 알았으면 빌려주는 건데, 사람의 앞일을 누가 알랴.

그래서 나하고 누나는 이틀씩이나 냉전을 하느라고 절교 상태가 계속되었다.

용돈이 없는 탓인지, 석 석사와 누나는 집에만 있다. 창문까지 닫은 방에서 너무나 조용하기에, 무슨 일을 하는가 싶어서 유리창 너머로 엿보았더니,

"앗!"

또 이 치료하는 연습을 한다. K사에서 볼 때처럼 석 석사

는 그 야릇한 진찰 방법으로 누나의 입술을 물어뜯고 있다. 이 순간을 놓치지 않고 나는 카메라를 들이대었다.

"찰칵!"

"앗, 요한아."

나는 도망쳐서 카메라 가게에 필름을 맡겼다.

그날 저녁, 불고기가 상에 오르고 누나는 유난스럽게 상냥하고 친절해졌다.

"요한아, 너 용돈 없지?"

"또 빌려 달랠려고?"

"아니야, 내가 좀 줄려고 그래."

"없다면서?"

"좀 생겼어. 줄까?"

"준다면 받지."

"그 대신 나 카메라 좀 빌려 줄래?"

"빌려 줘두 좋아."

"그럼 빌린다."

"가져가."

누나에게서 오백 원짜리 한 장을 받고 카메라를 빌려 주었다.

"어머, 필름은 어쨌니?"

"필름까지 빌려줄 줄 알아?"

"그렇지만 여기 있던 거……."

"한 장 남은 거 마저 찍어가지고 카메라점에 맡겼어."
"그, 그래? 사진 찾거든 보여줘. 잘됐나 구경 좀 하게."
"그래도 좋아."
 사진을 찾아다가 누나 앞에 공개하면서도 문제의 이 치료 장면의 스냅 사진은 일부러 빼어 놓았다.
"이것들 말고 또 한 장 있어. 누나하고 석 석사가 같이 찍은 거."
"그, 그걸 내게 팔아라."
"그건 예술 사진이 돼서 안 팔 테야."
"팔아. 오, 오백 원 줄게."
"좋아. 그럼 팔았다."
 오백 원을 받고 그것을 팔면서 나는 또 한 마디 했다.
"누나, 원판은 안 사?"
"원판이라니?"
"필름 말이야. 그것만 있으면 얼마든지 복사해 낼 수 있으니까."
"그, 그것두 사자."
"이천 원 내."
"천 원만 하자."
"모르겠다. 천 원 내놔."
 흥정이 성립되고 나는 심심치 않게 장사가 되었다. 그 뒤부터 누나는 석 석사와 토론이나 치료를 할 때 창문에 레이스 커튼을 치는 버릇이 생겼다.

내가 갑자기 벼락 부자가 되었다는 것은 이런 작은 돈이 아니다. 30만 원이라는 큰 돈이 한꺼번에 굴러 들어온 것이다.

개학날 아침 조회를 할 때, 이상한 사람들이 강당에 들어와서 우리들 하나하나의 얼굴을 살피며 돌아갔다.

그 사람들은 넥타이 안 매는 셔츠를 입었거나, 점퍼를 걸쳤거나, 아니면 머리에 베레 모자라는 것을 쓴 사람들이었다.

나중에 안 일이지만 그 사람들은 영화사에서 나온 감독, 조감독 그런 사람들이라고 한다.

조회가 끝나자, 교무실에 불려가서 담임 선생님 입회하에 그 사람들과 만났다. 그런데 이 자리에는 경식이도 불려와 있었다.

"너희들, 영화에 출연할 마음 없니."

"영화요? 출연시켜주면 나가죠."

감독 아저씨가 묻는 말에 나는 활발하게 대답했다. 이 때 경식이는,

"자신 없어요."

하고 우물쭈물 대답했다.

"너희들, 사진 몇 장 찍자."

우리는 마당으로 나가 카메라 앞에 섰다.

―이날 저녁 집에 돌아오니, 아까 학교에서 만났던 영화사 사람들과 아버지가 응접실에서 의논을 하며 나를 기다리신 모양이다. 나는 살금 살금 응접실 앞에 다가서서 방 안의 대화를 엿들었다.
 "아역(어린이 역)으로 30만 원이면 적은 개런티가 아닙니다."
 영화 감독의 음성이다.
 "출연료야 상관이 있습니까마는, 아직 나이가 어린 공부하는 아이에게 직업을 갖게 한다는 것이 나로서는 애처롭고 또 아시다시피 나는 교직자입니다. 목사의 아들이 영화에 출연한대서야 어디……."
 "그건 그렇지 않습니다. 이 영화는 불량 소년의 선도와 교화를 목적으로 하는, 이른바 교육 영화이기 때문에 출연을 허락하시는 것 자체가 사회 사업에 이바지하는 것이 됩니다."
 "글쎄요, 어쨌든 당자의 의견도 들어봐야 하니까 애가 돌아올 때까지 잠시 더 기다려 보겠습니까."
 "그렇게 하겠습니다."
 이 때, 나는 안으로 썩 들어서며
 "아버지, 학교에 다녀왔습니다."
 하면서 영화사 사람들에게도 인사를 했다.

"오, 요한이냐. 너 학교서 이 분들 만났다며?"
"예."
"너를 영화에 출연시킨다고들 오셨는데, 네 의향은 어떠냐?"
"아버지가 허락하고 학교에서도 좋다면 해보는 거죠. 30만 원이면 돈이 적어요?"
"뭐? 너 다 들었구나?"
"네, 들었어요."
영화사 사람들은
"왔어!"
라는 둥,
"먹었어."
라는 따위, 아버지가 싫어하는 말을 마구 지껄이면서,
"그럼 여기 계약서와 승인서가 있으니 도장을 찍어 주십시오."
하며 오백 원짜리로 백장씩 묶은 돈뭉치 여섯개를 테이블 위에 내놓는다.
"요한아, 그 돈 받아 놓고 너 안에 가서 도장 가져온."
"네."
아버지는 마치 돈같은 것은 더러워서 손도 대고 싶지 않다는 표정이시다.
나는 돈을 받아 한쪽에 밀어 놓으면서 영화 감독에게 물었다.

"경식이는 어떻게 됐어요?"

"아까 그 애 말이니?"

"예."

"얼굴도 키도 다 괜찮은데, 몸집이 뚱뚱하고 얼굴이 너무 새까매서 고만두고 너를 택했다."

"그래요?"

나는 속으로 생각했다.

'얼굴은 나보다 경식이가 더 잘생겼는데, 그 애가 떨어지고 내가 뽑힌 건 해수욕을 안간 것과 또 마리아 누나에게 잘 얻어 먹지를 못해서 영양 실조가 된 덕분이다.'

영화사 사람들이 돌아가자, 식구들이 응접실로 몰려왔다.

"요한아, 너 출연 계약했다며?"

마리아 누나가 먼저 흥분하더니, 에스터 누나도,

"야 저 돈. 요한아, 부탁한다. 앞으로 잘 봐줘."

하며 콧등에 주름을 잡고 아첨하는 웃음을 웃는다. 아버지는 엄숙한 얼굴로,

"에스터야, 사람이 돈 앞에 비굴해서는 못쓴다."

"예……."

"그 돈 이리 가져온."

다시는 거들떠보지도 않을 것 같던 아버지가 돈을 가져오라고 하자 어머니가 말했다.

"앗! 그 돈은 내가 보관하겠어요. 맡아뒀다가 이담에 요한이가 대학갈 적에……."

나는 가만 있었으나 가족끼리 열띤 토론이 꽤 오락가락한 끝에 결국 그 돈은 내 이름으로 1년간 은행에 정기 예금을 하게 되었다. 가만 두어도 그 이자가 꽤 불어날 것이라나.

나는 당장 스타가 된 기분이었다.

며칠이 지나서 시나리오라는 프린트한 두툼한 책이 내 손에 들어왔다. 감독의 말이, 내 상대역도 초등학교에서 뽑은 아름다운 소녀라고 한다.

'누구일까, 어떻게 생겼을까. 빨리 만나봤으면……'

나는 기대에 부푼 가슴이 벅차서 잠도 제대로 잘 수 없는 형편이었다. 그런데 문제가 생겼다. 그것은 시나리오의 내용이 아버지 마음에 들지 않기 때문이다.

꼬마 스타

　제목부터 말하자.
　내가 출연하기로 된 그 영화는 〈울어라 쇠북〉이라는 것인데, 쇠북은 절간에 매달린 종을 말한다. 하필이면 절간이고 같은 값이면 어째서 쇠북이냐. 그건 그래도 좀 괜찮다.
　내가 맡은 역이 원심(圓心)이라는 아이 중〔童僧〕이다. 원심이는 불량 소년으로 일찍이 어머니가 세상 떠나자, 혼자 사시는 아버지 손에서 자라난다. 외로운 김에 좋지 않은 친구들을 사귀게 되고, 또 직장에 다니는 아버지의 감독도 충분치가 않아서 불량 소년이 된다.

이리하여 차츰 언짢은 일에 물들고, 그래서 사고를 낼 적마다 아버지는 잔소리, 원심이는 반항하고······.

이럴 때마다 아버지는 아프고 괴로운 마음을 술로 달랜다. 술주정뱅이가 된 아버지는 직장에서 밀려나고 원심은 절간으로 쫓겨와서 마음을 잡고 몸을 가다듬으면서 절 공부, 즉 유명한 스님이 되려는 수련을 쌓고 있는 것이다. 이럴 때 미숙이가 소복을 입은 과부 어머니와 함께 아버지의 불공을 드리려고 절간으로 찾아온다. 호젓한 절간, 외로운 경내.

여기서 원심과 미숙은 가까운 사이가 된다. 이렇게 해서 원심 아빠와 미숙 엄마가 알게 되고 그런 인연으로 두 분이 결혼해서 원심과 미숙은 남매가 된다는 줄거리다.

―이 시나리오를 보시자, 아버지가 먼저 질겁을 하셨다.

"무, 무엇이? 네가 동승이 된다고?"

"내가 되는 게 아니라, 영화에서만 그런 겁니다."

"물론이야. 그렇더라도 안 된다. 절간에 가서 촬영도 해야 할 게 아니냐."

"절간이 아니라, 세트장에서 사진을 찍는다고 합니다."

"그래도 안 돼. 네가 중이라니, 당치도 않다. 내가 절대로 허락하지 않아서 못하겠다고 영화사 사무실로 찾아가서 그렇게 말하고 오너라."

"그렇지만 출연료를 30만원씩이나 받지 않았습니까?"

"그런 돈은 돌려주면 돼."

"1년간 정기 예금을 했는데, 어떻게 돌려주죠?"
"앗 참, 그렇고나……허지만 그 돈은 내가 어떻게 해서든지 마련해 줄게. 우선은 가서 거절만 하고 오너라."
"아버지는 영화사 아저씨들하고, 서류에 도장을 찍으셨습니다. 그리고 이제 와서 허락하지 않으신다면 말도 안 됩니다. 아버지 마음대로 그렇게는 잘 안 될걸요."
"다른 말 말고 시키는 대로 해라. 지금 당장 찾아가."
"예……."
"그 시나리오도 돌려주고."
"갔다 오겠습니다."
나는 감독 아저씨가 놓고 간 명함을 들고 집을 나섰다. 사무실에 들어서자, 감독 아저씨는 나를 보더니,
"오, 너 마침 잘 왔다. 너하고 같이 출연할 상대역이 사무실에 와 있다. 소개해 줄게 서로 인사해라."
하는 데에 기가 질려서 내가 하려던 말은 그만 쑥 들어가 버리고 말았다.
'어떻게 하나?'
소파에 앉아서 생각에 잠겨 있을 때, 감독 아저씨가 소녀 하나를 데리고 다시 내 앞에 나타났다.
"장 영아라는 게 애 이름이야. 이 쪽은 김 요한이고."
나는 낯이 화끈 달아올랐다. 영아라는 애가 너무나 예쁘게 보였기 때문이다. 영아는 나처럼 수줍어하지 않고,

"나 영아야, 잘 부탁한다."

하면서 손까지 불쑥 내민다. 악수를 청하는 것이다. 다음 순간, 영아의 손을 잡은 내 손이 떨렸다.

'이 애하고 영화를 같이 찍는다면?'

물론 좋다. 대환영이다. 그러나 나의 운명은 이미 작정이 되었다.

"이왕 한자리에 만났으니까 책을 읽어 보기로 하자."

나는 싫다고 할 수가 없어서 시나리오를 펼쳐 들었다. 영아는 어른처럼 의자 뒤에 등을 대고 다리를 꼬고 앉아서 라디오의 성우들 모양, 웃는 대목이 나오면 깔깔거리며 웃어대고, 우는 장면에서는 금세 눈물이라도 흘릴 듯이 잘도 울어댄다.

허나 나는 그렇지가 못하다. 시나리오를 움켜쥐고 끙끙거리면서 진땀을 흘린다. 그럴 적마다 영아는 방글방글 웃으며, 눈을 치켜뜬 채 나를 동정이나 하듯이 똑바로 바라본다. 기분이 나쁘다.

"왜 봐?"

하는 말이 입 안에까지 올라갔으나, 나는 이내 집어삼키는 대신,

"에헴!"

하고 기침을 했다.

"호호호."

꼬마 스타 257

이번에는 소리까지 내어서 웃는다. 이것은 분명 나를 모욕하는 태도다. 나는 발딱 일어났다. 감독 아저씨가,
"너 어디 가니?"
"화장실에요."
사무실을 나오자, 나는 그냥 집으로 돌아와 버렸다.
"다녀왔습니다."
기다리고 계시던 아버지가,
"영화사 사람들 만나봤니?"
"예."
"분명히 거절했지?"
"예, 그랬어요."
"잘했다. 뭐라든?"
"아무 말도 않대요."
"그래?"

그날 밤, 침대에 누워서의 일이다. 나는 지금까지 경험하지 못한 야릇한 기분에 사로잡혔다.

분하고 약이 오른 걸로는 당연히 영아가 미워져야 할 텐데, 그렇지가 않고 자꾸만 서운한 생각이 드니 별일 아닌가.

'아까운 일을 했다. 한 번만 더 만나봤으면…… 이번에 만나면 당당히 대해줄 자신이 있는데.'

이런 생각을 되풀이 하느라고 잠을 못드는 내 눈앞에 생글거리는 영아의 얼굴이 오락가락하여서 안타깝기만 하다.

이담에 내가 결혼을 하게 된다면 영아 같은 사람이 적당할 것이다. 그러나 그러한 인연이 이제는 끊어졌다. 그러니 어째서 조바심인들 안 나겠는가. 아버지가 야속하시다. 영화에서야 중보다 더한 역이라도 맡을 수 있다. 거기 소년이나 구두닦이라도 분장하게 되는 것이 영화가 가지는 매력이고 재미다.

나는 한숨이 저절로 나왔다. 영아와 다시는 영영 못 만나게 될 일이 무엇보다도 조마조마했다. 눈을 말끔히 뜨고 아침까지 밤을 밝히다가 쓰레기 치라는 오르골 소리에 잠을 깨었다. 〈소녀의 기도〉라는 명곡이다.

'소녀는 무어라고 기도를 올리고 있을까?'

나를 다시 만나게 해달라는 영아의 뜨거운 기도라면 좋겠다.

'자, 보라. 한국이 얼마나 예술의 나라이냐.'

쓰레기 치는 데까지 세계의 명곡이 등장한다. 이렇게 나가다가는 변소 쳐가는 데 차이코프스키가 동원되지 말란 법도 없는 것 같다. 귀가 어두운 식모 할멈까지도 라디오에서 〈소녀의 기도〉의 멜로디가 흘러나오면, 쓰레기통을 들고 대문 밖을 갈팡질팡할 만큼이나 우리 국민은 예술을 이해하고 사랑한다. 이렇게 되니, 〈소녀의 기도〉가 한국에서 명곡 행세하기는 다 글렀지만, 아무튼 그 곡이 우리나라에 서양 음악을 보급시키는데 크게 성공한 희생자임에도 틀림이 없다.

 이러한 나라의 이러한 국민이면서 우리 아버지만이 어째서 예술을 무시하실까.

 나는 집을 뛰쳐나갈까 하고 생각해 보았다. 그렇게 한대도 식구들에게 좀 미안해서 그렇지, 자신은 있다. 돈 수입이 그만이나 하면, 먹고 입고 사는 문제는 거뜬히 해결되지 않겠는가. 허나 그럴 수는 없지 않은가. 이러지도 못하고 저럴 수도 없고……그러면 앞으로 어찌한다? 그 대답은,

 '알 수가 없다'

 는 것이다.

 이런 심각한 고민에 잠겨 있을 때 〈소녀의 기도〉가 다가온다. 나는 짜증이 나서 유리창 밖 행길 쪽을 굽어 보았다.

 "어럽쇼!"

 현관 앞에 자동차 한 대가 와서 서더니 문제의 감독 아저씨가 차에서 내린다. 이윽고 초인종의 차임벨이,

 "띵동"

 하고 울린다. 할머니가 현관으로 나가는 소리.

 시간이 꽤 된 모양이다. 시계를 보니, 지금쯤 아버지가 응접실에서 기도를 올리고 계실 시간이다.

 나는 이내 양치질만 하고 옷을 갈아입은 뒤, 응접실로 달려가 안의 대화를 엿들었다.

 "……이제 와서 그렇게 하시면 어떡합니까."

감독 아저씨의 음성이다.

"그러나 시나리오를 읽고 나서 본인이 싫다는 걸 어찌 합니까."

아버지의 목소리다.

나는 깜짝 놀랐다. 내가 언제 싫다고 하였는가.

"어쨌든 약속을 했으니까 이번 한 번만이라도 그것은 지켜 주셔야겠습니다."

"어떤 일이 있어도 안 됩니다. 당자가 싫어할 뿐 아니라 나도 반대이니까요."

거짓말이다. 나는 조금도, 그리고 단 한 번도 싫다고 한 적이 없다. 나는 이 점을 밝히기 위해 문을 열고 안으로 들어갔다.

"안녕하세요?"

"오, 요한아. 어제는 어떻게 된 거야? 밤새도록 기다렸다."

"잠도 안 자고요?"

"하하하, 잠이야 잤지만, 무슨 사고가 생겼나 하고 걱정스러워서 새벽같이 달려왔다. 그런데 아버지 말씀이 네가 싫다고 했다며?"

"그래요, 싫어요."

"어째서?"

"영아가 까부니까요. 저만 잘하는 체하고."

나는 아버지의 거짓말을 책임지고 나서기 위해 속에도 없는 말을 했다.

"그래서 그만두겠다고?"

"예, 시나리오도 맘에 안들고요."

"좋아. 그렇다면 그건 경식이하고 바꾸어도 돼."

"네에?"

나는 또 한 번 놀랐다. 그럼 이제부터는 경식이가 원심이 역을 맡아서 영아와 출현을 하게 된다는 말인가. 이것은 정말 못견딜 노릇이다.

"그 대신……이건 박사님도 들으십시오. 출연료로 드린 30만원을 갑절로 쳐서 돌려주시거나, 아니면 요한 군이 다른 영화에 출연할 걸 약속해 줘야겠습니다."

이 말에 아버지는 얼른 깊이 생각해 보시지도 않은 채

"그, 그것도 본인이 하고 싶다는 대로 들어줄 길밖에 없습니다."

하시므로 나는 이 기회를 놓칠 수가 없어서,

"다른 영화라면 출연해도 좋습니다."

하고 분명히 말했다.

감독 아저씨는 더 주장하지 않고 만족한 듯이 돌아갔다.

아마 내 짐작으로는 감독이 별로 화를 내지 않고 돌아간 것은, 어제 영아 앞에서 시나리오를 읽을 때 벌벌 떨며 서투르게 했기 때문에 소질이 없다고 생각하고 오히려 다행으로 여긴 탓인지 모르겠다. 아무튼 분하다. 경식이에게 출세의 길을 빼앗긴 것 같아서다.

감독이 돌아간 뒤에도 아버지의 표정은 심각하기만 하다. 식구들까지 다 응접실에 모인 자리에서 아버지는,

"30만 원의 갑절이면 60만 원……."

하면서 1학년 학생처럼 산수를 하신다. 얼굴이 굳어진 것으로 보아서 박사답지 못하게 셈이 어려운가 보다. 아버지뿐이 아니다. 어머니까지도 계산이 퍽 까다로운 모양.

"60만 원이면 30만 원의 갑절이 틀림없군요."

알고 보니 영화사에 돌려줄 돈에 대해서 의논을 하시는 것이었다.

"30만 원은 정기예금을 해두었으니까 손해가 아니지만, 나머지 30만 원이 문제군. 그나마 쉽지는 않겠는걸."

"글쎄나 말이에요. 갑자기 60만 원 돈을 어디서 만들지요? 그날 당신이 경솔했어요. 자세히 알아보지 않고 그런 돈을 왜 받으시죠?"

"누가 이렇게 될 줄 알고 받았나?"

자칫하면 다투기라도 할 것 같은 기세다. 이 때 에스터 누나가,

"누구를 원망할 일 아니에요. 책임은 요한에게 있어요……."

나는 눈을 둥그렇게 떴다. 내게 무슨 책임이 있다는 말이냐. 다른 때 같으면 따지고 들 것이지만 이 엄숙한 자리에서는 가만 있는 것이 제일이라고 생각하고 있을 때 에스터는

말을 계속하였다.

"……뭐니 뭐니 해도 요한이가 너무 잘생겨서 문제가 생겼거든요."

그건 옳은 말이라고 생각하였다.

'잘생겼고말고. 그래 나는 미남이야.'

이렇게 입속 말로 쫑알거렸을 때, 큰누나 마리아가 가장 마음에 드는 발언을 하였다.

"그렇게들 고민하실 거 없이 요한이를 영화에 내보내면 되잖아요?"

나는 맘 속으로 무릎을 탁 쳤다. 가장 현명한 판단이라고 생각했기 때문이다.

"그건 마리아 말이 옳다마는……."

"다른 영화라니까 중이 되는 것도 아니잖아요?"

"그렇지만 요한이가 애처로워서 그런다. 내가 알아보니까, 영화에 나가려면 추운 때나 더운 때나 밤샘을 해야 하고 학교에 자주 빠지게 돼서 공부나 건강에 여간 지장이 아니라는 거야."

"그야 저 할 탓이죠. 고학을 하는 우등생도 있으니까요."

"바로 그거다. 30만 원에 요한이를 팔아먹는 것 같아서 마음이 언짢아. 저걸 고학시킬 수야 없잖겠니?"

"고학이 왜 고학이요? 요한이는 예술가가 되는 건데요."

올바른 견해다. 나는 정말 큰누나가 이렇게 이해심이 많고 좋은 사람인 줄을 처음 알았다. 석 석사와의 일로 해서 골탕먹여 준 일들이 이내 후회가 난다. 드디어 아버지가 결론을 내렸다.

"알았다. 무리를 하지 않으려면 아무래도 그렇게 하는 길밖에 없을 것 같았다. 요한아, 어디를 가서 무슨 일을 하더라도 정신 바짝 차리고 그리스도 안에서 살아야 한다."

"알았습니다."

이렇게 해서 결국 나는 영화에 나가는 몸이 되었다.

─경식이는 원심이 역을 맡았으나 나는 딴 역할이다. 다른 영화에 나가는 것은 나중 일이고, 우선은 〈울어라 쇠북〉에서 다른 역할을 맡게 되었다. 경식이는 제가 주연이라고 까불지만, 나는 마음이 든든하다. 내가 거절한 역인 줄은 영아도 잘 알고 있기 때문이다. 그러나 배가 아프지 않은 것도 아니다. 경식이는 미숙이역을 맡은 영아와(비록 영화에서일망정) 여간 다정한 것이 아니다.

'저것이 원래는 내가 할 건데.'

그러나 운명은 역시 나에게 가혹하지 않았다. 〈신인 꼬마스타〉라는 제목으로 영화 잡지와 그 밖의 월간 잡지에 우리 셋의 얼굴이 나란히 났을 적에, 경식이보다 내 사진이 더 예쁘게 나왔다.

하루는 촬영 현장으로 텔레비전 방송국 사람들이 나를

만나려고 찾아왔다.

"너 텔레비전에 나오지 않을래?"

"텔레비전이요?"

"음. 이번 새로 방송하게 된 '어린이 극장'에 주역감을 찾고 있었는데, 너로 결정했어."

연출가라는 그 분은 경식 따위는 거들떠보지도 않고 나만 붙들고 조른다.

"그거, 내가 아니라 경식이 아니에요? 나를 경식이로 잘못 안 것 아니에요?"

"아니다. 너다. 김요한이가 너 아니니?"

"맞아요. 요한이는 나예요."

"그러니까 틀림없대도. 영아도 같이 쓰기로 했다."

"영아도요?"

"그렇다니까."

"나가겠어요. 해보겠어요."

이야기는 간단히 끝났다. 영아와 나는 다음 주일부터 텔레비전 어린이 극장에 출연하였다. 시청하는 어린 친구들한테서 격려하는 편지를 받는 것도 신이 나지만, 또 아이들로는 생각할 수도 없는 많은 돈이 텔레비전 방송국에서 나오는 재미도 싫지 않았다.

경식이는 아기 중 역할을 하느라고 머리를 빡빡 깎았지만, 나는 곱게 갈라 붙여 머리가 그대로 남아 있다. 텔레비전 방송국이 나를 택한 것도 이 머리카락 덕분일 거다. 그리고 본다면, 인생이란 무엇이 복이 될지 뭐가 화가 될지 알 수 없게 생겨먹은 것인가 보다.

장편소설

꼬마전

어른들의 싸움

나는 장이라는 성을 별로 좋아하지 않았다. 특별히 싫어할 이유도 없지만 어쩐지 촌스럽고 중국 냄새가 나는 것같아서다.

그러나 지금은 다르다.

영아를 알고부터는 그 성이 여간 좋아진 게 아니다.

장영아……

얼마나 멋이 있는가. 부르기 쉽고, 외기 쉽고, 게다가 글자 모양이 아름답기도.

"장영아."

입술을 다물지 않고도 발음이 된다.

"석 석사…… 장영아……."

문제도 비교도 안 된다. '석 석사'하려면 이로 혀 끝을 깨물 것같고 헛김이 나가는 데다가 턱뼈가 과격한 운동을 강요당하게 마련이다.

"박 박사."

이것도 못쓴다.

"장영아."

고만이다. 텔레비전의 어린이 극장에서 배역 소개를 할 때 내 이름과 나란히 나오는 것을 보면, 그만큼 나하고 가까워진 것 같아서 정말 기분이 좋다. 실상 가깝지 않은 것도 아니다. 영화에 같이 나가고 텔레비전에 함께 출연하고…… 이러는 동안에 우리는 말도 못하게 친해졌다.

빵가게에도 같이 다니고, 시간을 기다려야 할 때에는 나란히 걸어서 산보도 한다. 그렇다고 한 번도 안 싸운 건 아니다. 그러나 우리의 싸움은 어른들의 그것과는 다르다. 싸웠다 하면 이내 화해를 해버리니, 문제는 간단하다.

한 번은 이런 일이 있었다.

영화 촬영 도중에 목이 말랐다. 목구멍 속이 말라 붙을 것처럼 바짝바짝 타는 것 같았다. 강한 조명을 받는 탓인지 모른다. 아무튼 물을 먹으려고 주전자를 찾았다. 찾기는 찾았는데 주전자 속은 텅텅 비어 있었다.

안타깝게 주위를 둘러보는 내 눈에 뜨인 것이, 빨간 칠을 한 보온병이다. 나는 주인이 누군지 알아볼 겨를 없이 마개를 빼자마자, 병 주둥이에 입을 대고 몇모금 들이켰다. 그것은 알맞게 식은 커피였다. 맛나게 마시고 있을 때, 옆에서 보온병을 잡아당기는 손이 있었다. 힐끗 돌아다보니까 영아다.

"왜 먹어?"

"네 거니?"

"내 거니까 말하지."

"미안하다. 목이 말라서 그랬다."

"먹은 걸 가지고 말하는 게 아니야. 왜 병에 입을 대고 먹느냐 말이야."

"대지 않고 먹으면 엎질러지니까."

"컵에 따라 먹으면 좋지 않아, 더럽게."

"괜찮다."

"뭐가 괜찮아?"

"너 지금 병이 더럽다고 하지 않았니?"

"누가 병이 더럽댔나? 입이 더럽댔지."

"뭐?"

"……."

영아는 더 대꾸하지 않고 보온병 속의 커피를 빈 주전자에 뚝뚝 쏟아 버린다.

"내 입이 왜 더럽대?"

"그럼 깨끗해?"

"깨끗하지 않고. 매일 아침 칫솔루 양치질을 하는데."

"고양이도 양치질만 시키면 깨끗하겠네."

"내가 고양이야?"

"나한테 물어보지 않으면 몰라? 거울을 봐."

"말 다 했지. 너……."

이 때 감독 아저씨가 고함을 질렀다.

"왜들 떠들어? 조용하지 못 해?"

우리는 입을 다물었으나 속으로만 이렇게 외쳤다.

'이따가 보자. 가만 두나.'

잔뜩 벼르면서 슈팅 차례를 기다리는데 잠시라도 흥분했던 탓인지 또 목이 마르다. 보통 정도가 아니라 아주 죽을 지경이다. 참다가 참다가 끝내 하는 수없이 주전자 꼭지에 입을 대고 다시 한 모금 마셨다. 영아가 버린 커피를 말이다. 영아는 경멸하듯이 먼발치서 나를 쏘아본다.

그런데 잠시 후 이상한 현상이 나타났다. 현상이랄 거까지는 없지만, 어쨌든 내가 입을 대고 마신 주전자에 영아도 입을 대더니, 남은 커피를 두어 모금 마셨다.
"넌 왜 입으로 먹니?"
"입으로 안먹으면 발로 먹나?"
"왜 컵을 안쓰느냐 말이지."
"바쁜데 언제 컵을 찾아."
"옳은 말이야, 나도 그래서 아까……."
"호호호."
"후후훗."

내가 또 한 번 먹었다. 그 뒤를 이어서 영아도 한 모금 마신다.

―그 뒤부터 우리는, 사이다나 콜라 같은 것을, 마개만 뽑고 서로 교대로 입을 병에 대고 마시는 버릇이 생겼다.

웬일인지 우리는 서로가 더럽다고 생각하지 않게 된 것이다.

영화건 텔레비전이건 나는 집안식구들에게 환영을 받지 못하지만, 영아는 그렇지가 않다. 영아가 가는 곳마다 어머니가 꼭 붙어서 따라다니는데, 그냥 오는 것이 아니라 먹을 것을 한 보따리씩 싸들고 쫓아다닌다. 나는 노상 얻어먹기가 민망해서 작은 누나 에스터에게 그 말을 했더니,

"그런 걸 스테이지 마마라고 한다. 노인네가 주책이지 뭐니?"

"영아 엄마는 노인네가 아니야."

"젊은 사람이 그렇다면 더 주책이고."

"그러기에 누가 뭐라고 해? 누나보고 와 달라는 것도 아니고."

"구경은 한 번 가겠다."

"올 거 없어. 소용없단 말이야."

"그래도 갈래."

이런 말이 있은 뒤에 에스터 누나는 정말 텔레비전 방송에 나타났다. 스튜디오에서 리허설(연습)을 하고 있는데 그림자처럼 들어선 것이다.

그런데 이상한 것은 누나의 시선이 나를 향하는 것이 아니라 우리를 지도하는 연출자 윤 선생님을 뚫어져라, 유심히 바라보고 있는 점이다.

'왜 저렇게 관심이 있을까. 누나도 연출을 배우려나.'

그날은 이 정도로 생각했는데, 그것이 아니었다. 더 이상한 양상은 그 뒤에 더 뚜렷이 나타났다.

"요한아, 다음 연습 언제니?"

"왜?"

"글쎄."

"왜냐 말야?"

"구경 가려고 그래."

"한 번 했으면 됐지 뭘. 누나도 연출가가 되고 싶어?"

"음?…… 음……. 그, 그래."

"아무나 되는 게 아니야. 소질이 있어야 하지."
"그 윤 선생이란 분한테 지도를 받으면 될 것도 같아."
"지도를 받아? 얼마나 무섭다고."
"나한테는 그렇지 않을 거야. 하여간, 그것도 있지만 오기가 나서 이제부터는 너를 꼭 따라다닐란다."
"무슨 오기?"
"생각해보렴. 다른 애들은 다 부모나 언니 누나들이 따라다니는데 넌 언제 봐도 혼자가 아니니?"
"하는 수 없지 뭐. 아버지가 그런 거 안 좋아하시니까."
"안심해. 이제부턴 내가 꼭 같이 다녀 줄게."

"그럴 거 없는데."

"사양하지 마."

작은 누나는 연습이 있는 날마다 텔런트보다도 더 열심히 연습실에 출입을 하게 되었다.

누나는 내 소개로 윤 선생하고 인사를 나누었는데, 올 때마다 시골 할머니처럼 삶은 계란을 싸서 들고 나타난다.

"수고하세요. 윤 선생님. 시장하실 텐데 이것 좀 드시죠."

하면서 소금을 싸 갖고 온 종이까지 끌러 놓는다.

"난 괜찮습니다. 요한이나 주십쇼."

"요한이는 삶은 계란 안 먹어요. 어서 드세요."

사실 나는 계란을 안 좋아한다. 정유생이라 닭띠여서 그런지 닭고기는 물론이고 계란까지도 좋아하지 않는다. 그런 줄을 뻔히 아는 누나가 일부러 계란은 왜 삶아들고 다닐까. 윤 선생에게 드리기 위한 것임이 뻔하다.

'연출 공부를 지도 받으려고 '교제'를 하는구나.'

나는 어렵지 않게 누나의 속셈을 꿰뚫어 볼 수가 있었다.

"누나, 윤 선생에게 계란 대접하는 건 좋아. 하지만 나 먹을 것도 좀 갖고 다니면 어때……."

"얜."

누나의 얼굴이 혓바닥과 빛깔을 구별할 수 없을 만큼 새빨개졌다. 왜 그런지 모르겠다.

"그런다고 가르쳐 줄 것 같아?"

"그럼. 가르쳐 주지 않고."

"아마 어려울 거야."

"두고 봐."

나는 누나가 의심스러워졌다. 어쩌면 윤 선생님을 좋아하는 것이 아닌가 하고.

나는 근거 없이 남을 의심할 줄 모르는 사람이다. 누나를 의심하는 데는 충분한 증거가 있다. 그것은 다름 아니라, 텔레비전에 나갈 때만 누나가 나타나고 영화 촬영 때는 얼씬도 하지 않는 것을 보아 분명하고, 또 보온병에 넣어가지고 오는 커피를, 나하고 영아의 경우처럼 직접 병에 입을 대고 윤 선생과 교대로 나누어 마시는 것으로 보아 자신 있게 말할 수 있다.

그러던 어느 날, 나는 누나와 윤 선생이 같은 택시를 타고 어디론가 가버리는 장면을 목격하였다.

'옳지, 연출 공부를 개인 지도 받기로 됐구나.'

나는 누나의 성공을 맘 속으로 축복하였다.

그러나 이 사실이, 어머니와 아버지의 싸움으로 발전하게 될 줄은 정말 몰랐다. 물론 그것이 싸우시는 원인의 전부는 아니었다. 나의 일이 중대한 이유의 하나이기도 하다.

내가 또 다른 영화에 출연하게 된 것이 바로 그것이다. 이번에는 '울어라 쇠북' 같은 동승은 아니지만, 맡은 역할이 역시 아버지 마음에 들지 않은 것이다.

 제목은 '홍콩의 애꾸눈'이라는 것인데, 나는 큰 카바레의 보이다. 하얀 와이셔츠에 까만 보 타이를 매고 음식 접시를 나르고 손님 안내도 하는 것이다. 간첩 영화 '홍콩의 애꾸눈'에서, 어른들이 번번이 실패하는 것을 보이인 내가 활약 끝에 스파이를 일망타진한다는 이야기다.

 내용은 좋으나 내 직업이 아버지 마음에 안 든다는 것이었다.

 "목사의 아들이 술집 보이 노릇을 하다니……"

어른들의 싸움

이 말씀에 어머니가 반기를 들었다.
"또 그러시네요. 우리 요한이가 왜 술집 보입니까. 영화에서만 그런 거지."
"영화는 생활을 그린 거요. 연기자는 맡은 역의 생활을 완전히 마스터해서 그 속에 젖어 버려야 된단 말이야. 우리 요한이에게 그런 생활이 젖는다면 큰일 아니오?"
"젖긴 왜 젖어요?"
"어째 안 젖어? 어른도 그렇지만 특히 아이들은 받아들이는 힘이 강해서 삽시간에 닮기가 쉽단 말이요."

이쯤 되면 벌써 싸우는 모습이다. 여기서 말해 두거니와 우리 아버지와 어머니도 가끔 다툴 때가 있다. 소위 부부싸움이다.

우리 부모님은 다른 집의 부부와는 달라서 싸움을 시작했다 하면 목소리가 작아지는 것이 특색이다. 얼굴 표정은 서로 무시무시하게 되어서 남의 집과 별로 다를 것이 없지만 음성만은 귓속말을 하듯이 소곤소곤, 여간 조용하지가 않다. 목사라는 특수 직업 때문에 싸움을 한 번도 공개적으로 해 보지 못하는 분들이다.

무더운 여름날도 문을 꼭꼭 닫고 서서 삿대질만 화려하게 하신다.

유리창 너머로 가만히 엿보느라면 판토마임(무언극)을 구경하는 것같다. 좀 더 싸움이 고조되면 두 분이 이불을 쓰고 땀을 뻘뻘 흘려가며 말다툼을 하신다.

그래도 해결이 안 날 때에는 필담(글로 써서 보임으로써 대화를 주고 받는 것)으로 옥신각신하시는데, 이런 때는 문제가 상당히 심각한 경우다.

따라서 한 번 싸우시려면 크게 고생을 해야 하니까, 한 가지 일을 가지고 한 번씩은 싸우지 않고, 몰아가다가 여러 가지 문제를 한데 모아 가지고 종합적이고 입체적인 전투를 하시는 편이다.

오늘 싸움도 필담으로까지 발전하였으니, 여러 가지 문제와 상당히 심각한 것을 가지고 의견 교환을 하시나보다. 내용이 무엇인가를 알고 싶으나 도저히 알아낼 길이 없다.

그러던 것을 나중에 가서 우연히 알게 된 것은, 필담하신 종이 쪽지를 쓰레기통에서 집어낸 때였다. 그 몇 토막을 여기에 소개해 보자.

―석 석사가 어쨌다고 마리아와의 결혼을 반대하시죠?
―그 사람, 인물이 좀 변변치 않아서 그래. 알고 보니, 술도 담배도 먹는 사람이더군.
―당신같은 목사님이 아니고야 요즘 세상에 술, 담배 안 먹는 사람이 어디 쉬워요?
―쉽지는 않지만 없지도 않아.
―두고두고 찾아보세요. 마리아가 결혼을 안 하니까 에스

터도 앞길이 막혀서 탈선하기 쉬워요.
　—에스터의 타락은 요한이 때문이야. 요한이가 텔레비전에 나가고부터 에스터가 거길 다니기 시작했거든.
　—그게 왜 내 책임이에요?
　—책임이지 않고?
　—왜요 왜요 왜요…….
　—왜 박박 덤벼
　—왜 못 덤벼요?
　—이걸 그저.
'이 자리에 주먹 한 개가 그려져 있다. 필담은 계속된다.'
　—주먹을 쥐문 어쩔 테예요? 내게도 무기는 있어요.
'여기에 날카로운 손톱 그림이 어머니 솜씨로 나타났다.'
　—손톱을 펴면 어쩌겠어?
　—할퀴려고요. 그것 뿐 아니에요. 이걸 좀 봐요.
'이번에는 이빨 그림이다.'
　—이빨로 물 테야?
　—물겠어요. 앙, 앙, 갉작갉작.
　—아야아야. 아이구 아퍼…… 철썩.
　—왜 때려 왜 때려!
　—얄밉게 구니까 때리지.
'여기서 발길로 찬다'
　—왜 차요. 왜 차요…….

다 옮겨 쓰자면 한이 없겠다. 아무튼 필담 싸움이란 이런 것이다.

나 자신의 문제에 대해서는 어떻게 싸웠는지, 필담 종이가 없어서 알 수 없으나, 결국 어머니 편이 승리를 거둔 모양이어서 그 뒤에는 별로 말썽 없이 촬영 진행에 참가할 수 있었다.

영화 촬영이 진행됨에 따라 내 가슴이 희망에 부풀 일이 생겼다. 무지개처럼 아롱진 오색의 꿈이다.

그것이 무엇이냐고? 물론 나는 비밀을 싫어하는 성미니까 여기에 공개하련다.

겨울 방학을 이용하여 영아와 함께 외국여행을 떠나게 된 것이다. 즉 '홍콩의 애꾸눈'의 현지 로케(출장 촬영)를 위해서 홍콩을 다녀오게 되었다.

말로만 들은 홍콩.

꿈에만 본 홍콩……

이 소문이 한 번 퍼지자 누나들은 물론, 학교 선생님까지 부탁이 여간 많은 게 아니다. 마리아 누나는,

"요한아, 내 부탁 잊어버리면 안 된다. 핸드백 말이다. 멋이 있는 걸로 하나 사와야 해."

하는가 하면, 에스터 누나도,

"옷감이다 옷감. 멋쟁이 양장복지 꼭 한 감 끊어와야 해."
담임 선생님은,
"라이터가 있으면 하나 부탁한다."
모두들 말하지만, 내 생각은 좀 다르다. 같이 가게 된 영아에게 훌륭한 선물을 하나 사서 현지에서 선물할 작정이다.

출발을 앞두고

기다리던 겨울 방학이다.

다른 애들은 모두 춥다고 야단이지만 내 마음속은 따뜻하기만 하다. 아마 머지않아서 몸도 따뜻하게 될 것이다. 따뜻한 남쪽 나라 홍콩으로 곧 떠나게 될 터이니까.

우리 반에서 용철이네가 제일 부자다. 학교에 다니는 것도 자동차지만 점심시간이 되면 운전수 아저씨가 구절판이라는 칸을 막은 찬합에 반찬을 담아서 보온병과 함께 자가용차로 가지고 온다. 혼자서는 그 많은 것을 다 먹을 수 없으니까 친구들과 둘러앉아서 나누어 먹는다. 그러니까 잔치판이 벌어지는 것이다. 물론 그 파티 자리에는 용철이와 친하게 지내는 애들만이 참석할 수 있다.

나는 한 번도 용철이 반찬을 얻어먹은 적이 없다. 오라도 않지만 가지도 않는다. 좋든 나쁘든 제 것을 먹지 학교에 와서 거지처럼 남의 음식을 얻어먹을 필요가 없다고 생각하기 때문이다.

구절판뿐만 아니라 어떤 때는 과일이나 케이크가 올 때도 있다. 이런 것도 얻어먹은 일이 나는 한 번도 없다. 몇 번씩이나 먹어온 애들은 단골 손님이 되고 단골 손님은 모조리 용철이의 부하가 된다. 용철이는 부하를 만들고 싶은 애가 있으면 파티에 초대한다. 단골 손님들은

"내일은 뭐가 올까, 기대가 크다."

이런 말로 알랑거리기도 하지만 나는 언제나 대범하다. 김치 깍두기나 두부구이면 그만이지, 남이 가져오는 고기 반찬에 왜 기대를 건다는 말인가. 꼭 한 번 나에게 초대가 왔다. 전기 구이 닭이 세 마리나 왔을 때다.

"요한아, 너도 이리와. 닭고기다."

"난 닭고기 좋아하지 않아서 먹을줄 모른다."

출발을 앞두고 285

"뭐? 먹을줄 몰라?"
"음. 좋아하지 않으니까."
"좋아하지 않아서 먹을 줄 모르는 게 아니라 없어서 못먹으니까 그렇게 된 거 아니니?"
"어쨌든 난 안 먹는다."
"네 점심 반찬 뭐냐? 구경 좀 하자"
"자 봐, 두부 구이다."
"두부 구운 건 먹을 줄 알면서 닭고기를 못 먹어?"
"그렇다니까."
"두부구이란, 빛깔이 꼭 똥색같구나. 구역질이 안 나니?"
"하하하."

아이들이 모두 웃는다. 나는 발끈했으나 참았다. 덤벼봐야 용철이 부하들에게 얻어맞을 것이 뻔하기 때문이다.

"두부만 먹으니까 키가 자라지 않아서 꼬마고, 살도 두부살이다. 팔씨름 한번 해볼까?"
"싫다."
"느네 아버진 목사니까 신자들한테서 얻어 먹는 게 직업이 아니니? 그런데 넌 왜 내걸 안 먹어?"

이 말을 듣고는 더 참을 수가 없다. 그러나 아버지가 노상,
"요한아, 싸움 하지 마라. 남하고 싸우면 꼭같이 나쁜 애가 된다."

하시던 말씀이 얼른 생각나서 나는 또 한 번 참기로 결

심했다. 그런데 다음 순간, 더는 참지 못할 사태가 발생했다. 용철이가 핥고 있던 닭다리 뼈가 날아와서 내 이마에 명중한 것이다.

"앗."

"하하하."

모두 웃는 소리에 나는 정신이 희미해졌다.

"이 자식이."

"뭐?"

나는 벌떡 일어났다.

용철이도 일어난다.

"덤빌 거냐?"

그 말이 떨어지기 전에 나는 점심밥 그릇을 들어서 용철이를 향해 기운껏 던지었다. 그 결과는 효과적이었다. 밥풀이 잔뜩 달라붙어서 얼굴 전부가 엉망이 되었다. 그 꼴이 우스웠지만 이번에는 아이들이 웃지 않는다. 나는 달려가서 용철이의 뺨을 두석 대 때려 주었다.

"오, 너 까불었지?"

용철이는 비틀거리면서 내 멱살을 움켜쥐었다. 나는 이 싸움을 하고 나서 죽어도 좋다고 마음먹었다. 무릎팍을 들어 용철이의 사타구니를 힘껏 차올렸을 때,

"아이구."

용철이는 기운없이 퍽 쓰러졌다. 더 때려주려 했을 때 경

식이가 둘 사이에 뛰어 들었다.
"요한아, 그만해 둬."
"방해하지 마."
이 때, 거울을 보았으면 내 얼굴은 아마 새파랬을 것이다. 용철이는 죽은 듯이 누워 있다가 그의 부하들이 일으켜 주어서 간신히 일어났다. 싸움은 이것으로 끝이 났으나 나는 일약 영웅이 되었다.
"꼬마라고 얕잡아볼 것이 아닌데."
"정말이야. 어디서 기운이 나지?"
"두부만 먹어도 여간이 아니야."
모두들 내 칭찬이지만 조금도 기쁠 것이 없다.
다음 날은 학교에 가기도 싫었다. 용철이를 보기가 끔직해서다. 복수가 무서울 것은 없지만 어쩐지 마음이 불안하다. 겨우 지각이 안될 만한 시간에 학교로 왔더니 용철이는 결석을 했다. 이번에는 새 걱정이 생겼다.
'죽은 것이 아닌가. 앓고 있는지도 모른다.'
진종일을 언짢은 기분으로 지냈는데 다음 날은 용철이도 학교에 나왔다. 보복이 있을 거라고 짐작했으나, 그의 보복은 다른 모양으로 나타났다. 미리 촬영기를 학교에 갖고 와서 아이들을 찍어 주고는 현상을 하여 저희 집에서 돌린다고 하는데, 나만 쏙 빼놓는다. 아마 부러우라고 그러는 모양이다. 하지만 내가 꼬마 스타가 되어 영화나 텔레비전의 출연을 하게 된 뒤부터는 16밀리 촬영기가 자취를 감추게 되었다.

그 뒤에 들려오는 말이 용철이가 당수 도장에 다닌다고 한다. 나에게 보복을 하기 위한 것이란다. 이것도 기분 좋은 일이 아니다.

방학하던 날, 용철이는 애들을 모아놓고 신이 나서 떠들어 대고 있었다.

"나 대관령으로 스키를 배우러 가게 됐다. 누구든지 나하고 같이 갈 사람은 말해라. 데리고 가 주겠다."

"춥지 않을까?"

"춥긴. 든든히 입고 가면 되지."

"가는 것도 고생일걸."

"그렇게 생각하기 쉽지만 그게 아니야, 우리 집 자가용으루 곧장 갈 거니까."

아이들이 모두 부러워서 침을 흘리고 있을 때 경식이가 말했다.

"대관령같은 데가 뭐가 대단하니. 요한이는 홍콩엘 간다."

"홍콩?"

"음, 비행기를 타고 영화 촬영하러 가."

"야, 근사하구나!"

아이들은 내게로 와서 저마다 한마디씩 묻는다.

"홍콩엘 간다고?"

"응."
"비행기로 간다지?"
"그래."
"비행기를 타면 어떨까 기분이?"
"모르지. 아직은 안타봤으니까"
"홍콩에만 가니?"
"돌아올 때 대만을 거쳐서 일본에도 들를 예정이라고 하더라."
"그거 괜찮은데. 금년 겨울을 너는 추위 모르고 지내겠구나."
"아마 그럴 것 같아."
"그럼 장영아란 애도 같이 가는 거니?"
"음, 그렇게 돼."
"정말 근사한데."
인기가 나에게로 몰리자, 용철이는 분해서 못견디는 사람 모양 입술을 악물더니,
"요한아, 너 이따가 나 좀 보자."
"왜?"
"할 말이 있어서 그런다."
"할 말이 있으면 지금 여기서 해도 되지 않니?"
"그렇게는 안 돼. 이따가 따로 좀 만나서 얘기하자."
"좋다. 얼마든지 만나주마."

입으로는 큰소리를 했지만, 속으로는 조금 걱정이 된다. 당수 도장에 다니며 보복할 준비를 했다는 용철이가 이번 학기 마지막 날인 방학날 따로 좀 만나자면 보통 일이 아니다. 하물며 그의 기분이 몹시 나쁜 지금이랴.

나는 별 생각이 다 들었다.

'어디가 부러지기라도 해서 홍콩에도 못 가게 되면 어떡하나'

그러나 꼼짝없이 당해야 할 운명이다.

'달아나 버릴까?'

남자로서 할 일이 아니다.

'오냐, 싸우자. 그때처럼 급소라도 공격해서 반드시 이겨야 한다. 이기는 것만이 살 길이다.'

나는 단단히 결심하면서 용철이를 만났는데, 그런데 내 짐작은 보기 좋게 어긋났다.

"요한아!"

부르는 말소리부터가 부드럽다.

"왜 그러니?"

"너 홍콩으로 떠날 때 비행장까지 배웅을 하겠다. 괜찮지?"

"괜찮기야 하지만 넌 방학이 되면 스키를 타러 대관령으로 간다며?"

"응. 하지만 괜찮아. 네가 떠날 때까지는 안 가도 좋아."

"사양하고 싶다. 그렇게까지 할 건 없어."
"미안해서 그러니?"
"그렇다."
"미안하다고 생각하면 나를 위해서 한 가지 해줄 일이 있다."
"뭔데?"
"장영아 말야, 그 애를 내게 소개해줄 수는 없겠니?"
"소개하는 건 어렵지 않지만 그런 애를 알아서는 뭘 하게?"
"영화나 텔레비전에서 가끔 보지만 난 그 애가 여간 마음에 들지 않는다."
"그런 거라면 싫다."
"싫어?"
"싫지 않고."
"너도 그 애를 좋아하는구나?"
"대답하지 않겠다."
"다른 의미가 있는 건 아니야. 다만 팬으로서 스타를 좋아하는 것뿐이지."
"어쨌든 나는 싫다."

기다리던 날이 왔다. 오늘 나는 홍콩으로 떠난다. 비행장에는 우리 집 식구는 물론이고 윤 선생님까지 모두 나왔다.

아마 그렇게 해야 선물이 하나씩 돌아갈 줄 아는 모양이다. 아버지는,

"요한아, 잘 다녀오너라."

눈물까지 글썽해지며 벌써 몇 번째 하시는 말씀인지 모른다. 나는 새삼, 내 존재가 가치가 있음을 깨달았다. 하나밖에 없는 아들. 그 아들을 멀리 떠나보내기가 무척 걱정이 되시나보다. 그러나 에스터 누나는 나보다는 윤 선생이 더 소중한 눈치다. 둘이서 공항 식당에 들어가 나올 줄을 모른다. 이렇게 되면 누구의 눈에도 이상하게 보일 것이다. 아니나 다를까, 아버지가,

"에스터는 어딜 갔니? 마리아야, 너 가서 찾아보아라."

하셔서 하는 수 없이 불려 나왔다. 윤 선생을 텔레비전 방송국의 연출자라고만 아버지께 소개했지, 계란을 삶아서 주고 콜라나 사이다를 입을 대고 나눠 먹은 사이라는 것은 말하지 않았기 때문이다. 아버지의 심각해진 표정으로 보아 에스터 누나는 집에 돌아가자 야단을 맞을 것이 뻔하다.

그런데 나는 어떤가.

영아와 콜라를 교대로 마시는 사이면서도 우리는 먼 곳으로 같이 떠나지 않는가. 세상에 이런 좋을 데가 또 어디 있겠는가.

갑자기 내 눈앞에 용철이가 나타났다. 그의 손에는 두 개의 꽃다발이 들려 있었다.

"정말 나왔구나."

"정말이지 않고."

"꽃다발은 뭘 다 갖고 나왔니."

"축하하는 선물이다."

"고맙다. 그런데 왜 하나는 크고 하나는 작지?"

"영아에게 줄 것과 너한테 줄 걸 구별해야 하니까."

나는 속으로, 큰 꽃다발이 내게 올 것이라고 생각했다. 그런데 결과는 그렇지가 않았다. 작은 편을 내게 주고 큰 꽃다발은 남겨둔다.

"요한아, 너 정말로 영아를 인사시켜 주지 않겠니?"

"그렇게 않는다고 했잖아?"

"그럴 거 없지 않니? 너는 같이 여행을 가면서 나는 소개만 해달라는데 싫을 게 뭐야."

이 때 마침 영아가 내게로 달려왔다.

"어머, 꽃다발을 받았구나."

그러자 용철이가 썩 나서면서,

"영아한테도 꽃다발이 있어 이거 받아."

하면서 꽃다발을 불쑥 내미는 것이었다. 이 때 영아가 내 옆으로 붙어서며

"이 애 누구야?"

한 것은 통쾌한 일이었다.

"내 친군데 네 팬이야. 받아도 좋아."

"그래 그럼."

내 허락이 내리니까 영아가 꽃다발을 받은 것도 나를 기쁘게 만들었다. 용철이는 얼굴이 빨개지면서도 배짱좋게 추군거린다. 눈을 자꾸 꿈쩍거리는 것은 빨리 소개하라는 신호인 게다. 그래도 나는 모른 체했다. 안달이 난 용철이가 이번에는 제 입으로 제 소개를 하기 시작했다.

"내 이름, 강용철이다. 영화나 텔레비에서 너를 많이 봤기 때문에 처음 만나는 사람같지가 않다."

"그래?"

귀찮은 듯이 간단히 한 마디 대답한 것도 좋았다.

"나는 강가고 너는 장가니까 우린 사촌간쯤 된다."

"무슨 뜻이지?"

"강하고 장은 점 하나 차이 아니니? 발음도 비슷하게 나고."

"호호호, 그래서 사촌인가?"

"음. 그리고 너희들이 돌아올 때 전보만 한 장 쳐주면 내가 또 마중하러 나오겠다. 우리집 자가용 차로 안내해서 환영 파티를 열어 주겠다."

"글쎄."

용철이가 저희 집이 부자라는 것을 선전하는 말임이 분명하다. 여기에 대해서도 영아는,

"글쎄."

하는 한 마디로 받아 넘기는 것이었다.
"너희들이 홍콩 있을 때 난 아마 대관령에서 스키를 타고 있을 거다. 하지만 너희가 온다면 곧 달려올게."
"고마워."
쌀쌀한 한 마디었다.
"이게 우리 집 주소다. 전화를 해도 돼."
하면서 용철이는 어른들처럼 주소와 전화 번호가 들어 있는 명함 한 장을 내어주는데 영아는 받지 않고
"요한에게 주면 되지 않아?"
한 것도 유쾌했다. 용철이는 얼른 주머니에서 미니 카메라를 꺼내 들었다.
"기념 사진 한 장 찍자. 그대로 서 있어 요한아, 넌 좀 비켜라."
이 때 영아가 한 말은 나를 최고로 기쁘게 했다.
"요한이하고 나란히 같이 서서 찍는다면 모를까, 혼자서는 싫어."
"그, 그럼 같이 서라."
"난 기권하겠다."
"왜?"
"글쎄."
작은 꽃다발을 들고 영아와 나란히 서기가 싫어서였다. 이 기분을 얼른 알아차린 영아가,

"꽃다발이 작아서 그러는구나. 그럼 바꾸면 되잖아."
하고 제가 받은 것과 내 것을 얼른 바꾸어준다.
"찍을려면 빨리 찍어. 우린 바쁘니까."
"음……."
용철이가 카메라 앞에 한 번 포즈를 취한 영아가 서터 소리를 듣자,
"실례한다."
감독 아저씨에게로 달려가더니
'강용철'이라고 써 붙인 종이 쪽지를 뜯어 버리고 그대로 감독 아저씨에게 꽃다발을 바치는 것이었다. 나도 영아를 본받아서 꼭같이 했다. 이 때 영아는 나를 보고 속삭였다.
"요한아, 용철이라는 애 눈병신이 아니니?"
"왜?"
"아까 꽃다발을 줄 때 자꾸만 눈을 끔쩍거리던데."
"하하하, 설마."
"호호호."
우리가 웃는 것을 보고 용철이는 자기를 비웃는 줄 알았던지 공항 밖으로 나가 자동차에 몸을 싣는 것이었다.

핼쓱해지는 얼굴

　우리 일행은 비행기를 탔다. 프로펠러가 달린 4발기다. 승객이 트랩을 다 오르자 문이 닫히고 비행기는 요란한 소리를 내면서 활주로를 어물어물 옮겨가더니, 본격적으로 기운을 쓰면서 한참 달리다가 드디어 이륙을 하였다. 전송객들이 조그맣게 보인다. 아마 아버지는 눈을 감고 서서 기도를 올리고 계시겠지.
　그것을 생각하는 것도 잠시였다. 어쩐지 나는 마음이 불안하다. 이 세상에 태어나서 10여 년을 살았지만 난생 처음 외국으로 떠난다. 손꼽아 기다리고 맘졸이며 기대해 온 오늘이 아니냐. 그런데 웬일일까. 막상 떠나고 보니 앞으로 부모님을 떠나서 얼마 동안 살아갈 일이 허전하고 한심스럽다.
　'어서 돌아왔으면, 안 갈걸 그랬나.'
　이런 부질없는 생각까지도 든다. 그리고 겁도 난다. 걸상에 달린 벨트로 동여맨 아랫배를 쓰다듬어 보았다.
　'만일 비행기가 떨어지기라도 한다면.'
　이 몸이 가루가 될 것이다. 그렇게 되면 부모님하고도 고향 산천하고도 영원한 이별이 아닌가.
　'비행기는 뜰 때와 내릴 때가 제일 위험하다던데.'
　나는 마음이 조마조마해서 숨도 크게 쉴 수가 없었다.

힐끗 영아 쪽을 보니, 철이 없다 할까 대담하다 할까. 색안경을 꺼내 끼고 창 밖을 바라보며 껌을 잘근잘근 씹으면서 재깔거린다.

나는 마을 속으로 기도를 올렸다.

"하느님, 무사히 뜨게 하여 주십시오, 무사히 다녀 오게 하여 주시옵소서."

이 기도도 지금까지 경험하지 못한 진실한 것이었다. 내 기도의 보람인지 비행기는 이륙에 성공하였다. 벨트를 끌러도 좋다는 아나운서와 동시에 전등표시가 꺼지자 영아는 쇠사슬을 끊은 강아지 모양 내 옆으로 깡충 뛰어 왔다.

"요한아, 너 얼굴이 핼쑥하구나."

"음."

"멀미가 나니?"

"아니."

"그런데 왜 그래?"

"그저."

"호호호, 엄마 젖생각이 나는구나."

"설마."

"그럼 무섭니?"

"좀."

"호호호, 바보 같이 떨어지면 죽을까봐?"

"그건 아니야? 죽더라도 영아하고 같이 죽는담 분할 것도 없을 것 같아."

"호호호. 그거 무슨 대사냐?"

"정말 그래."

솔직한 심정을 털어 놓았지만 영아는 잘 믿으려 하지 않는다. 그러면서도 기분은 언짢지 않은 모양이다.

"그렇다면서 안색이 왜 창백하지? 종잇장 같아."

"심각하게 생각하는 일이 있어서 그렇다."

"뭘."

"내 발이 지구 덩어리에서 아무 연결도 없이 뚝 떨어져 본 것이 지금이 처음이다."

"빌딩에 올라간 때도 떨어진 거지."

"그거하고는 달라. 빌딩이 땅에 닿았으니까."

"철봉에 매달렸을 때."

"그것도 철봉대가 땅에 닿아 있잖아."

"하긴 그렇고나. 하지만 높은 데서 뛰어 내리거나 점프를 했을 때는 지구에서 완전히 떨어진 거지."

"그건 잠시야. 이렇게 여러 시간 땅에서 멀리 떨어진 경험이 지금까지 네게 있니?"

"없어."

"그러니까 역시 처음 경험이야."

"그건 그래, 하지만 그런 걸 생각하고 있으면 얼굴이 핼쑥해지는 법인가."

"그런 법은 없지만 그게 내 체질이다."
"체질 좋아하네."
"좋아하면 또 어쩔래?"
"호호호, 어쩔 건 없어도 뭘 한 번 생각할 적마다 핼쓱해지는 체질, 처음 봐서 그래."
"처음이면 신기할 테니, 나를 많이 봐 둬라."
"어머어머."
"어이쿠."

에어 포켓이었다. 비행기가 기류 관계로 공중에서 뚝 떨어진 것이다. 말로만 듣던 에어 포켓, 그것을 경험했다. 나는 또 안색이 창백해진 모양이다.

"호호호, 그 얼굴."
"또 핼쓱하니? 그랬을 거다. 비행기가 에어 포켓에 부딪쳤을 때 나는 또 한 번 심각한 문제를 생각했으니까."
"뭔지는 몰라도 좀 무시무시한데."
"마음 약한 여자로는 그랬을 거다. 에어 포켓이란, 타고 있는 사람은 조금 떨어지는 것 같아도 정말은 굉장히 많이 내려오는 거라니까."
"연구 많이 했구나."
"음, 비행기를 타기 전에 책에서 많이 읽어 뒀다."
"나도 몇 가지는 봤어. 어떤 사람들은 에어 포켓을 만나면 고사를 지낸다며?"

"고사까지는 몰라도 하늘 신을 위로하기 위해 공중에 꽃다발을 던지는 풍속은 있다더라."
"아주 비행기 박사구나."
"박사는 아니라도 학자쯤은 되지."
"호호호. 참, 꽃다발 말이 났으니 말인데, 아까 그 애 말이다."
"아까 그 애라니?"
"점 하나 차이로 나하고 사촌이 된다던……."
"오, 용철이?"
"이름은 몰라."
"강용철이다."
"아무튼 그 애 좀 돌지 않았니?"
"왜."
"자식이 꽤 싱겁고 희떱던데."
"네 신랑감으론 꼭 어울릴 거다."
"뭐?"
"하하하. 농담이다."
"그런 농담이 어디 있니."
"그럼 진짜면 좋겠어?"
"까불 거야? 때린다."
"요동하면 비행기에 좋지 않아."
"넌 거짓말쟁이야, 나하고 같이 떨어져 죽는데 분할 거 없다지 않았어?"

"그건 정말이지만 너도 같은 마음이니?"

"그래."

나는 너무나 좋아서 어쩔 줄을 몰랐다. 문을 열고 공중으로 뛰어 나가고 싶은 마음이다. 그래도 일부러 한 번 빈정거려 주고 싶은 충동이 일어난다.

"용철이네는 부자다. 자가용 차도 있고."

"그까짓 거 자가용 차나 있으면 뭘해. 나도 잘하면 가질 수 있단 말이야."

"동감이야. 차 같은 건 문제도 아니지."

"내가 차를 가진다면 새빨간 걸 갖고 싶어."

"난 하늘색, 새파랑."

"우리가 운전까지 하고 다닐 수 있게 된다면 얼마나 좋을까."

"누가 아니래. 난 이번에 서울가면 운전을 배울 테야."

"어려울걸, 나이가 어려서."

"어리다고 못 배우나?"

"배울 수는 있어두 면허를 안 줘."

"배워만 두는 거지."

이렇게 농담처럼 주고받은 꿈같은 이야기가 머지않아 우리 앞에 현실로 나타날 줄은 정말 몰랐다.

그건 아직 나중의 일이거니와 당장은 우리가 탄 비행기가 바다로 나갔다. 해안에 서서 바다를 바라본 일은 있어도 공중에서 바다를 굽어보기는 이것도 처음이다.

8천 피트 상공을 날고 있지만 그래도 발아래 육지가 보일 때는 다소 침착할 수가 있었는데, 육지는 안 보이고 망망한 바다만이 시야 전체에 깔려 있는 것은 사람의 마음을 무한한 불안 속으로 몰아가고 있다. 파란 바닷물 위에 우리가 탄 비행기의 조그마한 그림자만이 흘러가지 않는가.

육지에 떨어져도 살지 못한다. 그러나 바다에 떨어지면 꼭 죽을 것 같다.

"요한아, 왜 또 얼굴이 핼쓱하니, 바다를 보니까 무섭니."

"넌 다른 건 안 보고 내 얼굴만 쳐다보고 앉았니? 핼쓱해진 거 어쩌면 그렇게 잘도 알지?"

"호호호, 귀여워서 그런다."

"까불어."

─홍콩 비행장에 내렸다. 정말 따뜻하다.

'한국은 그렇게도 추운데……'

그래도 순간, 나는 한국이 그리웠다. 아침에 먹고 떠난 김치 깍두기와 된장찌개가 당장에 생각난다.

'나는 조국을 떠나서는 못 살아갈 사람.'

체질부터가 그런 것 같다. 그러나 며칠을 지나면서 색다른 외국 풍물을 구경하고 촬영을 하느라 부지런히 돌아다니는 동안에 조금씩 이 곳 음식이 익숙해지고 호텔에 묵고 있는 나그네 살림에도 재미가 들었다.

'사람이란 이렇게 간사한 것인가?'

이제는 집 생각도 별로 나지 않는다. 그러한 나를 고향 생각 때문에 몹시 괴롭힌 날이 크리스마스였다. 이날은 내 생일이기 때문이다. 홍콩의 크리스마스는 한국보다 더 화려하다. 마치 나의 생일을 축하해 주려는 듯이. 그래도 나는 쓸쓸하였다.

'집에 있으면 크리스마스 선물과 생일 축하를 겸한 선물을 받게 될 텐데.'

이 서운한 마음도 역시 간사한 것인지 영아의 선물을 받고는 곧 해소되었다. 내가 영아에게 주려고 마련한 선물과 마주 바꾸어 들었을 때 내 마음은 울렁거렸다. 내가 준비한 선물은 상아로 예쁘게 조각한 날개 달린 천사다.

"끌러 봐도 좋니?"

영아는 웃으며 말했다.

"물론이다. 우리 나라 사람들은 선물을 받으면 못 본 체하다가 혼자 됐을 때 허둥지둥 풀어보는 성질이 있지만, 그건 솔직하지 않아서 못써."

"정말 그래. 보내는 편에서는 '변변치 않은 물건입니다' 하는 게 인사고 받은 쪽에서도 별로 마음에 안 들면서도 '훌륭한 물건을 주셔서 감사합니다' 하는 것이 예의로 돼 있지."

"그럼 뭐 '이거 대단히 좋은 물건입니다. 아깝지만 드립니다' 하고, 받는 편에서도 '모처럼 주시긴 했지만 아무 짝에도 소용이 없는 물건입니다' 해야 하나?"

"호호호, 그게 솔직해서 좋지 뭐야. 나 그럼 풀어 본다."

"그러라니까."

영아는 노끈을 풀고 포장지를 편다. 속에서 나온 천사의 조각 미술품.

"어머."

"마음에 들었어?"

"음, 어쩌면."

"그리고 굉장히 좋은 물건이다. 값도 무척 비싼 거야."

"호호호."

"하하하 다음은 내 차례."

나는 영아의 선물을 끌렀다. 공교롭게 이것도 상아 제품이었다.

"음?"

나는 정말로 얼굴이 핼쑥해졌다.

"왜 또 안색이 창백해지니? 뭘 심각한 걸 생각하고 있니?"

"아니."

"그럼?"

"이 이거 도무지 마음에 안 든다."

"왜?"

"내게 소용이 되지 않는 거니까."

"소용이 안 됨 버려 버리렴."

영아는 샐쭉했다. 나는 기가 막혔다. 그도 그럴 것이 영아의 선물은 마도로스 파이프라고 하는 상아로 곱게 깎은 골통 담뱃대였기 때문이다.

"내가 담배를 피우는 것도 아니고."

"지금은 안 피지만 이 담에도 안 피워? 어른이 되면 꼭 피울 거니까 그 때를 생각해서 난 준 거야."

"그렇지만 이건 너무."

"황송하니?"

"그게 아니라 우리 집안엔 들여 놓지도 못하는 물건이다."

"꽁꽁 싸뒀다가 이담에 쓰면 되지 않아? 당장 눈앞에 소용되는 걸 선물하는 것처럼 준비성 없는 건 못써."

"그렇더라도 이건, 갓난아이에게 돋보기 안경 선물하는 셈이다."

"싫으면 고만두라니까."

"싫지는 않아."

"싫은 거 반대는 좋은 거 아니니."

"그, 그건 그래, 화 났어?"

"아니. 괜히 그래본 거다. 호호호."

"가만 있어봐 이건 웃을 일이 아니야."

"그럼 통곡을 할 일이냐?"

"음 약간은 눈물을 흘릴 가치가 있다."

"어째서?"

"키 작은 사람을 뭐라고 하니?"

"꼬마라고 하지."

"꼬, 꼬마를, 대통막대만 하다고 비유한단 말이야. 넌 날 놀래 주려고 일부러 이런 걸."

"지레짐작 매꾸러기래. 난 무심코 한 일인데."

"그렇다면 좋아. 나도 참겠어."

"호호호, 선물 한 번 주고받는데 꽤나 복잡하구나."

―영아의 이 선물이 한국에 돌아온 뒤에 더 복잡한 바람을 불러일으킬 줄은 까맣게 모르면서 나는 문제의 파이프를 트렁크 속에 깊이 간수하였다.

홍콩의 정월 초하루는 쓸쓸하였다. 여기서는 아직도 구정을 지킨다고 한다. 가장 유행에 앞장서는 국제 항구도시 홍콩이 음력 설을 지킨다는 건 우스운 일이다. 그러나 아편 전쟁 이전의 중국 땅일 때부터의 전통이 이렇게도 무서운가를 새삼 느꼈다.

홍콩 촬영을 마치고 대만에 들렀을 때도 마찬가지였다. 설 기분이 전혀 나지 않는다. 일본만이 그렇지가 않았다. 집집마다 문 앞에 소나무와 대나무를 장식하고 거리는 철시(가게문을 닫는 것)하고 사람들은 즐거운 새해를 맞는다.

홍콩과 대만에서는 아직 열한 살, 일본에서는 내 나이 열두 살이다.

아무튼 나는 무사히 집으로 돌아왔다. 부모들과 누나들을 만나는 것이 무척이나 반가웠지만 그 사이 여행하는 동안에 영아와 더욱 친하게 된 것이 나는 더 기뻤다.

사가지고 온 선물들을 가족에게 고루 나누어 주었을 때 그 기뻐하는 표정도 보기가 좋았다.

겨울 방학이 아직도 남았으니 얼마나 좋으냐. 그보다 나를 더 기쁘게 만든 것은 영화사의 선물이다. 나와 영아의 출연 계약을 연장시킬 목적에서 무엇이건 원하는 것을 말하라고 했을 때 나하고 영아는 여행 중에 말했듯이 자동차를 말했다. 새빨간 것과 하늘색을,

그것이 왔다. 소형 새차다. 우리 아이들이 타기에 꼭 알맞는 깨끗하고도 아담한 자가용 차, 이제는 용철이네 자동차가 부러울 것도 없다.

날씨가 풀려 따뜻해지면 영아와 나란히 드라이브를 즐기고 학교에도 자동차로 다니게 될 것이다.

기쁨은 또 그것뿐만이 아니었다. 각 영화사 텔레비전 방송국에서 출연 교섭이 오는데 개런티(사례금)를 전보다 몇 갑절 더 올려서 주겠다고 한다. 이렇게 가다가는 나는 머지 않아 큰 부자가 될 것이다.

자가용을 가진 갑부, 이 얼마나 멋지냐, 오죽이나 세상 살아갈 맛이 있을 것이냐!

'나는 잘났다. 나는 어른이다. 나는 훌륭하다.'

거리에 나가 다녀도 어깨가 으쓱거리고 팔다리가 저절로 으스대진다.
 이러한 기분으로 새학기를 맞이하게 되었다.

인기

우리 집안에서의 인기는 내가 최고다. 아니 학교에서도 그러했다. 아니 아니, 세상에서도 내 인기는 대단하다. 거리에 나가면 나를 보는 어른들이,

"저 애 김요한 아니야? 깨끗하고 귀엽게 생겼는데."

이렇게 쑤군거리는 말이 곧잘 내 귀에 들린다. 여학생들까지,

"얘얘, 저 애 좀 봐. 텔레비전에 나오는 꼬마야."

"정말, 어쩌면. 우리 사인해 달랠까?"

"앤. 사인을 받으면 뭘하니. 난 쟤 사진 갖고 있다."

"어머, 너 거 어디서 났니."

"스틸 사진을 한 장 얻었어."

"나두 한 장 얻었으면."

스틸이란 영화 선전을 하기 위해서 만드는 장면 사진이다.

이런 말을 들을 적마다 나는 어깨가 으쓱해진다. 친구들이 꼬마라고 부르면 발끈 골을 내건만, 여학생들이 애칭 삼아서 이렇게 불러 주는데는 조금도 기분이 언짢지 않으니 별일 아닌가. 실상 영화 잡지나 주간 신문 같은 데서도 나를 '꼬마'니 '존'이니 하는 이름으로 부른다.

아무튼 집안에서 인기 있는 이야기부터 적기로 하자. 우선 내게는 부하가 있다. 부하라도 조무라기가 아니다. 어엿

한 어른, 나에게서 다달이 월급을 받는 어른이다. 누구? 그것은 운전수 아저씨다. 영화사에게 선물받은 하늘색 자동차에 나는 홍콩 여행을 기념하기 위해 '홍콩호'라는 이름을 붙였다. 영아도 내 흉내를 내어서 빨간 자가용을 '대만호'라고 명명했다. 나의 홍콩호를 운전하기 위하여 채용된 사람, 이씨 아저씨는 아버지 교회에 나오는 독실한 신자인데, 나를 꼭 공대해서 말한다.

"데련님, 점심 잡수셔야죠."

하는 따위다. 그러니 말씨는 공손하지만 어떤 의미로는 나의 감독자요, 감시원이기도 하다.

"사탕 많이 먹으면 이에 좋지 않습니다. 위장에도 해로우니 건강에 언짢아요."

하고, 충고 아닌 교육을 하려고 든다.

'운전수 따위가 주제넘게, 자기가 뭐야.'

하는 생각이 들기도 하였으나 이씨가 절대로 얕잡아 볼 수 없는 인물임을 깨달을 날이 왔다. 한번은 무슨 까다로운 계산을 하느라고 손가락으로 공중에 연신 글씨를 써 가며 끙끙거리는데 이씨가,

"데련님 뭘 그러세요?"

하길래 계산 때문에 그런다고 말했더니,

"어디 말해 봐요."

하고는 운전을 하면서 암산으로 대뜸 답을 내는데, 나중

에 필산으로 해보니까 여간 정확한 것이 아니었다.
'머리가 좋은 사람인데.'
 감탄을 했지만 어느 날인가 나는 이씨 아저씨 때문에 또 한 번 놀랄 일에 부닥치고 말았다. 텔레비전 방송국에서 리허설(연습)을 마치고 밖에 나와 보니까, 차 안에서 나를 기다리고 앉았던 운전수 아저씨가 정신없이 책을 읽고 있었다. 소설이나 오락잡지 따위가 아니라, 잘디잔 활자가 꽉 들어찬 묵직한 양서다. 양서라지만 영어라면 나도 글자쯤은 짐작을 한다. 그런데 그것이 아니다. 영어가 아닌 야릇하게 생긴 글자가 더러 섞여 있다.
"음?"
 그것이 독일어인 줄을 안 것은 훨씬 뒤의 일이다. 그날부터 나는 이씨 아저씨를 존경하였다. 무엇을 물어봐도 척척 박사인 이씨, 그는 정말 만물 박사다. 이렇게 되니 자연 나의 가정교사처럼 되어 가는데, 그럴 것이 당연하다. 이것도 훨씬 나중에 안 일이지만, 이씨는 의과대학에 재학중인 고학생이라는 것이다.
'옳지, 그래서 그랬구나.'
 나는 마음에 짚이는 일이 있었다. 즉 아버지는 내가 학교에 가거나 돌아올 때는 절대로 차를 타지 못하게 하신다.
"버스 편을 이용해라."
"버스는 붐벼요."

"그럼 걸어서 다니거라."

"학교가 먼 걸요."

"공부는 고생을 하면서 해야 돼. 이군을 봐라. 고학을 하니까 수재야."

"고학을 해야만 수재예요?"

"그런 건 아니지만, 애써서 배운 거라야 잊어버리지를 않는다."

"그렇지만 아버지, 버스를 타기는 너무 고생스러워요, 다른 애들은 집의 차를 타고 학교엘 다니는데, 나는 내 차를 갖고 있으면서 왜 못 타요?"

"글쎄 안 된다면 안 되는 거야. 젊어서 고생은 금을 주고도 못 산댔어. 젊은 날의 고생이 그만큼 값어치가 있다는 거다."

이래서 낮에는 할 일이 없으니까, 이씨가 집에 없다가 남들이 퇴근할 무렵에야 출근을 하는데, 아버지가 왜 그러시는지 몰랐던 것을 이제야 알았다. 아저씨가 학교에 다닐 시간을 주기 위해서다. 그러나 어머니의 해석도 그것은 아니었다. 약속이나 한듯이 아버지의 의견과 꼭 같으시다.

나는 이 점이 불만이었으나 꾹 참기로 했다. 얼마 안 되는 월급을 학비에 보태 쓰려고 고학하는 이씨도 있는데, 나는 출연 한 번에 이씨가 1년을 벌어야 할 만큼씩이나 수입이 되니 미안하지 뭔가. 그 일을 생각하면 참을 만도 하다.

그러한 이씨 아저씨가 내 말이면 절대 복종이다. 누나들이 아무리 졸라도 내 허락 없이는 조금도 움직이지 않는다.

"이씨, 나 급히 좀 볼일이 있는데, 동대문까지만 데려다 줘요."

할라치면,

"데련님께 말씀하세요."

하는 것이 이씨의 대답이다. 이렇게 되면 누나들은 차 한 번 얻어 타려고 나한테 알랑방귀를 뀐다.

"요한아. 차 잠깐 빌려 주련? 그대신 내 돌아올 때 케이크를 사다 줄게."

이럴 때, 나는 거절도 하고 기분이 내키면 빌려 주기도 하는데, 나는 원래가 마음씨 곱고 착한 사람이라 대개는 다 들어 준다. 그러나 마리아 누나의 경우만은 좀 다르다. 지난 일요일만 해도 나는 완강히 거절했다. 교회 예배가 끝나자 마리아 누나는,

"요한아, 너 오늘 아무 스케줄도 없지?"

"음, 오늘은 놀아."

"아주 잘 됐다. 나 오늘 친구를 만나는데, 네 차를 타고 가서 좀 뻐기고 오련다."

"그래. 한데 친구는 누구야?"

"너한테만 말이지만 석 석사야."

"뭐? 그건 안 돼."

"어머! 왜?"

"뻔하지 뭐야. 그런 무거운 사람을 태우면 차가 어떻게 되지? 망가진단 말이야."

"호호호. 애도. 누가 코끼리를 태운다니? 사람이 타는데."

"석 석사는 애기 코끼리만큼은 무거울 거야."

"그래도 차가 4인승인데, 이씨까지 셋이서 타는 데야 뭐가 어쩔라고. 응? 빌려 줘."

"그럼 오늘 하루뿐이다."

"그래 좋아."

그런데 공교롭게도 이날 차가 펑크가 났다고 한다. 물론 석 석사의 몸무게 탓은 아니겠지만 나는 자꾸 그런 생각이 들어서 견딜 수가 없었다.

집안에서의 나의 인기는 자동차 탓이 많지만 학교에서는 또 어떠한가.

최근 용철이가 영아의 사진을 갖고 다닌다고 경식이가 내게 귀뜸을 해 주었다.

"용철이 말인데, 패스포트 속에 영아의 사진을 넣어 갖고 다니더라."

"영아의 사진을? 그럴 리가 없는데."

"정말이다. 나만 본 게 아니야. 다들 봤어."

"스틸이나 그런 거 말고?"

"아니, 카메라 사진이야."

"독사진?"

"음. 제가 찍었대."

"이상하다. 영아가 용철이에게 줬을 리도 없고."

"그래도 자랑이 여간이 아니던데. 영아가 저희 집에 놀러 왔다고도 하던걸."

"그래?"

나는 따져볼 마음이 들어서 영아를 만났을 때 물어보았다.

"영아야. 너 용철이한테 사진 줬니?"

"용철이가 누구냐?"

"시침 떼지 마. 홍콩갈 때 비행장에 나왔던 우리 반 애 몰라?"

"애 봐라. 너 돌았니? 내가 그 애한테 사진은 왜 주니? 만나보지도 못했는데."

"거짓말 마. 너 그 애네 집에 놀러도 갔다며?"

"기가 막혀, 누가 그런 말을 하든?"

"제 입으로 그러더래."

"가자. 당장 가서 그 자식 창피를 줘야지."

영아가 새파랗게 독이 올라서 팔팔 뛰는 것이 내게는 대견하기만 하였다.

"아니면 됐어, 그걸로 그만 아니야?"

"천만에. 그만이 왜 그만이야, 그런 자식은 톡톡히 혼을 내 줘야 다시는 안 그런다. 가재도."
"그럼 말이다. 그 사진 내가 찾아다 주고 또 사과를 시킬게, 그렇게 하면 될 게 아냐?"
"……."
영아는 입을 오므리었다.
"그래도 안 되니?"
"네가 그렇게까지 하면 내가 미안하지 않아?"
"괜찮다. 내 꼭 찾아갖고 올 테야."
"뺏어다 줘."
"그래."
큰소리로 장담은 했으나 정작 용철이에게 그 말을 하려니까 마음이 찜찜하다. 그래도 용기를 내어서 그를 만났다.
"용철아!"
"왜 그러니?"
"너 영아의 사진 갖고 있다지?"
"그런 거 없다."
"고집 쓰지 마. 안 내놓으면 영아가 학교로 와서 선생님에게 말해서 찾아가겠다고 하더라."
"그 애가 어떻게 아니?"
"갖고 있긴 갖고 있구나."
"네가 말했지?"
"음."

"어떻게 알고."
"다들 그러더라. 어서 내놔라."
"찾고 싶으면 제가 직접 오라고 해라."
"그렇게 되면 일이 커진다. 아주 화가 나 있으니까."
"그렇다면 좋다. 자, 이거."
용철이는 별로 말썽 없이 패스포트에서 영아의 사진을 꺼내 준다. 그것을 본 나는 어이가 없었다. 그리고 슬그머니 부아가 났다. 왜냐하면 그 사진이란 것이 비행장에서 나하고 영아가 나란히 서서 박힌 것인데, 나만을 가위로 베어 내고 영아의 얼굴만 도려낸 것이기 때문이다.
"아. 이거."
"하하하. 왜 놀라니? 그건 돌려준다마는 내게 필름이 있으니까 얼마든지 또 만들 수 있어."
"만들겠으면 만들렴."
"그래 가지고는 네 사진에 눈이 건 코건 바늘로 꼭꼭 찔러 버리겠다. 그러고 나선 가위로 쌍둥쌍둥 자른단 말이다."
나는 기분이 언짢았으나 참았다. 그리고 영아를 만나서는,
"사진 찾아왔다. 그리고 다시는 안 그런다고 싹싹 빌더라."
"쌤통이지 뭐니. 한 번 더 그래만 보래, 이번엔 정말로 가만 안 둘 테야."
영아는 이것으로 화가 풀린 모양이지마는 나는 그렇지가 못하다. 용철이가 내 사진을 바늘로 찌르고 가위로 썰면 얼

마나 재수가 없을까.

'설마 그러지야 않겠지'

하는 마음이 들었으나, 용철이가 무슨 사진인지는 몰라도 가위로 벤 사진 조각을 내 눈앞에 뿌렸을 때는 또 한 번 격투를 신청할까도 했다.

그런데 보기 좋게 보복해 줄 일이 내 앞에 생겨났다. 그것은 다름 아니라 영아와 내가 같이 찍은 사진 브로마이드가 팔리게 된 일이다. 엽서만 한 크기의 브로마이드, 그것은 영아와 내가 각각 제 자동차 앞에 서서 마주보며 정답게 웃고 있는 장면이었다. 이것이 전국 각지의 백화점이나 가게에서 팔리게 되었다.

이제는 용철이도 어쩔 수 없을 것이다. 그것을 다 사다가 가위로 오리거나 썰지 못할 것이 아닌가.

나는 기뻤다. 자기가 백번 죽었다 살아나는 재주가 있고 돈이 아무리 많더라도 용철이로는 한평생 브로마이드가 될 수 없는 노릇이다. 나는 가까운 친구들에게 사인한 브로마이드를 한 장씩 나누어 주었다.

아연 학교 안에 내 인기는 드높아져서 누구든 나에게 친절하고 고맙게만 군다.

그럼 바깥 세상의 인기는 또 어떠한가, 벌써 귀가 따갑도록 말했지만 우리 아버지는 신학박사요, 목사님이시다. 사회적으로도 이름이 널리 나서 강연이나 원고 청탁을 하기 위해 손님이 자주 찾아온다. 그리고 편지도 꽤 많이 온다. 그 편지를 읽고 정리하고 회답을 하는 것도 여간 큰일이 아니다. 그래서 마리아 누나가 아버지를 도와 드리는 형편인데, 내게 오는 편지는 아버지의 유도 아니게 많이 날아든다. 다 읽자면 시간이 없고, 일일이 회답을 하려면 한이 없다. 그래서 운전수 이씨 아저씨가 읽고 회답하는 일을 대신해 주고 있다. 그러니까 말하자면 아저씨가 나의 비서이기도 하다. 정말 비서라고밖에 할 수 없는 것이 영화나 방송에 출연하는 스케줄을 짜는 것도 아저씨이기 때문이다. 내게 오는 편지를 직접 회답하지 않고 아저씨가 대신 하는 데는 이유가 있다. 공부나 출연에 방해가 돼서도 그렇지만, 대부분의 편지는 팬레터라서 보내는 편에서는 나를 알지 몰라도 나는 전혀 모르는 상대이기 때문에, 그렇게 해도 괜찮겠다고 믿는 탓이다.

그런데 하루는 운전석에 앉아서 팬레터를 읽고 있던 이씨 아저씨가 눈물이 글썽해 있는 것을 나는 보았다.

"아저씨 왜 그래요?"

"데련님, 이걸 좀 보시오."

"편지 아니야?"

"그래요. 팬에게서 온 겁니다."

"어디."

나는 편지를 받아 보았다. 정말 눈물 없이는 읽을 수 없는 사연이었다.

아들을 잃고 병들어 누운 아저씨가 내 브로마이드를 안고서 죽은 아들을 생각하며 치료비가 없어서 죽을 날만 기다리고 있다는 내용이었다.

 —요한군과 죽은 내 아들이 어찌 그렇게도 얼굴이 닮았는지, 내가 세상 떠나기 전에 꼭 한 번 만나서 손목이라도 잡아보기가 소원이야…….

나는 가슴이 뭉클하였다.
'내가 죽으면 우리 아버지도 나를 저렇게 그리워해 주실까?'
물론 그럴 것이라는 생각이 들자, 그 아저씨가 우리 아버지같은 생각이 들어서 여간 불쌍한 것이 아니었다. 그래서 나는 이씨를 불렀다.
"아저씨, 우리 이 분이 사는 집을 찾아가 봅시다."
"정말이요? 데련님."
"정말이지 않고. 영화사에 들러서 돈 좀 마련해가지고 우리 같이 가봐요."
"그럽시다."
나는 과일과 돈을 봉투에 넣어 가지고 병든 아저씨의 집을 찾았다. 집이라기보다 그것은 움막이었다. 방안에 아무

것도 없고 있다면 열대여섯 살이나 되었을까 한 여학생 같은 아이가 하나 있을 뿐이었다. 이름을 현정이라고 하는데, 나에게 보낸 팬레터도 현정이가 대신 썼을 만큼 아저씨는 쇠약해 있었다.

아저씨는 내 손목을 잡고 기운 없이 눈물을 흘릴 뿐인데, 현정이가 대신 하는 말이 이것이었다.

"정말, 내 동생하고 꼭 닮았어. 그래서 아버지는 네가 나오는 영화라면 3류 극장에 오기를 기다려서 괴로운 몸으로도 꼭꼭 가보시곤 했지. 그렇게 하신 때문에 기침이 나고 열도 더 나시곤 했어. 그래서 말리지만 듣지 않으시거든."

이렇게 말하고 동생의 사진이라면서 보여준 소년의 얼굴이 정말 나하고 비슷한 것 같았다. 현정이는 학교도 그만두었다고 한다. 나는 갖고 간 돈과 과일을 놓아두고 일어섰다. 돌아오는 길에 이씨 아저씨더러,

"우리 자주 찾아옵시다. 그리고 도웁시다. 하지만 이건 결대 비밀이야. 아저씨하고 나만이 알아야 해."

"그럽시다."

운전수 아저씨는 빙긋 웃었다.

비밀

내 생일 날. 그러니까 작년 크리스마스에, 영아가 홍콩에서 선물한 상아로 만든 마도로스 파이프를 나는 가끔 애용한다. 쇠로 잠그는 서랍 속에 깊숙이 감추어 두었다가 영아가 보고 싶을 때면 가끔 꺼내서 보고 닦아 보고 품에 안아도 본다. 코 언저리에 문질러서 기름을 발라 가지고 부드러운 헝겊으로 닦으면 반짝반짝 윤이 나는 게 여간 예쁘지가 않다. 마치 영아의 얼굴 피부를 만지는 것같은 느낌이다.

이것만으로 애용이랄 수는 없다. 나는 실제로 파이프를 사용한다. 물론 담배를 피우는 것은 아니다. 그러면 어떻게 이용하는가? 먼저 약방에 들러서 박하하고 탈지면을 조금 사 온다. 박하를 대통에 넣고 탈지면으로 다져서 빨아 보니 맛이 훌륭하다. 여간 시원하지가 않다.

그 날도 그 짓을 하고 있는데 쟁반에 과일을 받쳐 든 어머니가,

"요한아, 과일 먹어라?"

하시면서 불쑥 방 안으로 들어서시다가,

"앗! 너 그, 그게 무어냐?"

얼른 감추려 하였으나 이미 늦었다.

"아! 아무 것도 아니에요."

"아무 것도 아니라니, 너 그거 담배 아니냐?"

"아니라니까요."
"이리 내라."
"자요, 빨아 보셔요. 시원해요."
 파이프를 받아 든 어머니의 표정이 험악해져 간다.
"큰일 났구나. 너 타락했어."
 우리 집 부모님은 야단을 치실 때마다 '타락했구나'가 아니면 '시험에 들었다는' 말씀을 하시는 버릇이 있다. 그러니까 이 말은 야단맞을 전주곡이요, 예고편이다.
"담배가 아니라니까."
"아니긴 이게 담뱃대가 아니야?"
"그건 맞지만 담배를 피우는 데 쓰지 않으면 그만 아녀요? 같은 풀이라도 뱀이 먹으면 독이 되고 소가 먹으면 젖이 되는 거예요."
 나는 아버지가 즐겨 쓰시는 말을 여기에 인용했지만 소용이 없었다.
"그렇지 않아. 담배를 피우는 건 죄악이다."
"담배가 아니래도요. 빨아 보셔요. 그건 박하고, 파이프는 새 거니까요."
"아무리 새 거라도 요강을 죽그릇으로 쓰는 거 봤니? 이건 담배를 피우기 위해서 만든 물건이다. 악마의 도구야."
 이렇게 되면 말 다했지 뭐가.
"잘못 했어요. 다시는 안 그럴게요."

일을 무사히 하는 데는 이것이 제일 빠른 길이다. 덮어 놓고 죄악, 악마하는데 무어라 하랴. 그래도 효과는 없었다.
"너 이거 어디서 났니?"
"생일 선물로 받았어요."
"거짓말 하는 건 더 나빠. 누가 아이들에게 이런 걸 선물한단 말이냐?"
"정말이에요. 박하를 담아서 쓰라고 준 거예요."
"아무리 박하라도 담뱃대에 담아서 빨면 담배다."
"그런 말이 어디 있어요? 어머니 말대로, 요강을 죽 그릇으로 쓰면 국물이 오줌이 되나요?"
"다물어라. 어미 앞에서 그게 무슨 말버릇이냐. 너 역시 시험에 들었다."
나는 정말 입을 다물어 버렸다. 더 변명을 해야 소용이 없겠기 때문이다.
"너 이거 누가 주든?"
"……"
"왜 대답이 없어? 어른이 묻는 말에 반항하기냐?"
다물라고 하셔서 다물었더니, 이번에는 또 왜 열지 않느냐고 꾸중이시다. 퉁명스럽게,
"영아가 주었어요."
"영아가?"
"예, 이 담에 어른이 되면 피우라고요."

"무엇이? 너 어른이 되면 담배를 피울 셈이냐?"

"그건 몰라요, 어른이 된 뒤라야 알지."

"넌 마귀 시험에 빠졌다."

"그럼 뭐 어떻게 알아요? 난 아버지처럼 목사가 될 건 아니니까요."

"저 말버릇, 그럼 뭐가 되겠니?"

"영화 배우가 될지 몰라요."

"영화 배우는 지금도 배우가 아니냐?"

"어른 스타 말이에요."

"아무튼 다시는 이런 짓하면 안 된다. 이 담뱃대는 엄마가 가져간다."

"아, 그건······. 주셔요."

"안 된다."

어머니는 나가셨다. 나는 영아를 빼앗긴 것처럼 마음이 서운했다.

'이럴 줄 알았으면 그 파이프, 현정이 아버지나 갖다 드릴걸.'

하는 생각이 들었다.

참, 현정이네 말인데, 그 애 아버지가 이제는 많이 나았다. 그 사이도 내가 몇 차례 찾아가서 쌀을 팔아 주고 약값도 보태 주었다. 그 효과인지는 몰라도 이제는 조금씩 바깥 출입을 하면서 일자리를 알아본다고 나가 다니기도 한다고 들

었다. 운전수 이씨 아저씨의 말을 빌리면,

"현정이 아버지가 기동하게 된 건, 전혀 데련님 덕분입니다. 병에다 영양 실조까지 겹쳐서 하마터면 죽을 뻔한 사람이에요. 그런 걸 살려냈으니 현정이 부녀에게는 데련님이 은인이지 뭡니까."

이 일이 또 문제가 될 줄은 몰랐다. 나의 개런티 수입은 어머니가 관리하신다. 따라서 어머니는 나의 경리 과장 셈이다. 그런데 한 번은 경리 과장이…… 아니, 어머니가 나를 부르신다기에 가 보았더니, 어머니는 나를 보시자 대뜸,

"요한아, 너 마귀 시험에 빠졌다."

하시므로 나는 또 한 번 가슴이 철렁하였다.

'또 영아 얘기를 하시려나.'

싶어서다. 영아가 정녕 마귀라면 그 애가 늙으면 마귀 할멈이 될 게 아닌가! 그래도 나는 그 마귀 할멈 후보생이 좋아서, 좋아서 못 견디겠으니 어쩌면 좋아.

그러나 어머님의 말씀은 그것이 아니었다.

"너 어디다 돈을 쓰는 데가 있지?"

"네?"

"바른 대로 말해라. 영화사에서 여러 차례 가불을 했다며?"

"숨기면 좋지 않다. 뭣에다 그 많은 돈을 썼는지 솔직히 말하라니까."

그러나 나는 말할 수가 없었다. 쓴 것이야 떳떳하지만 이 것만은 비밀히 하기로 이씨 아저씨와 약속하지 않았는가.

어머니 말씀대로 이럭저럭 가불한 액수가 적지 않았다. 그러나 그 돈은 현정이네 쌀값, 약값 그리고 내의 한 벌을 사주는 데 나간 것이다. 한 푼이라도 허술히 썼거나 낭비한 것이 없건만 나는 입을 봉하고 말을 안 했다.

"끝내 이렇게 감추면 아버지께 말씀드려야겠다. 어서 말해 보래도."

"말 못 해요."

"말 못 해? 어째서."

"비밀이니까요."

"비밀? 그것은 더 나빠. 어머니 앞에 비밀은 다 무슨 비밀이냐. 툭 털어놓고 말해야 한다."

"싫어요."

이번에는 어머니가 입을 봉하셨다. 그리고 눈에는 눈물이 핑 고였다.

마음속에 좀 안됐다는 생각이 들었지만, 역시 말하지 않는 것이 좋겠다고 판단했다.

바로 그날 밤이었다. 자다가 일어나서 화장실에 가려고 어머니 방 앞을 지나칠 때, 아버지와 두 분이서 두런두런 얘기하는 말소리가 복도까지 들려왔다.

식구들의 잠을 방해하지 않기 위해서 이런 때 나는 조용

히 걸어다니는 버릇이다. 처음에는 다투시나 했다. 그런데 어머니 음성으로,

"이제는 내 힘만으론 요한이를 교육하고 감독할 수가 없겠어요."

하는 말을 듣고는,

'내 이야기구나.'

깨달았다. 어른들의 대화를 몰래 엿듣는 것이 언짢은 일인 줄 알면서도 내가 화제에 오른 이상, 안 들을 수가 없어서 가만히 귀를 기울였다.

"왜 그러오?"

아버지의 굵은 음성이다.

"점점 나쁜 물이 들어가고 있어요."

"나쁜 물이라니."

"아직 어린 것을 영화 판에 내보내 놓고는 그냥 버려두니 그럴 수밖에요."

"뭘 가지고 그러는지 말을 해야 알 게 아니오?"

"당신은 못 느끼세요? 그 애 말씨 좀 보세요. 여간 거칠어지지가 않았거든요."

"흠."

"그나 그 뿐인 줄 아세요? 어디서 났는지, 샀는지 골방 담뱃대를 가지고 담배 피우는 흉내를 내고 있어요."

"영화나 텔레비전 같은 데서 혹시 그런 장면이 있어 가지

고 연기 연습을 하는지도 모르지 않우?"

나는 맘 속으로 만세를 불렀다.

'아버지는 역시 내 편이구나.'

생각이 여기까지 미치자, 갑자기 눈시울이 뜨거워 오며 울먹해졌다.

"영화나 텔레비에서라고 담배를 피우면 돼요? 당신이 물렁물렁해서 이 지경이 됐어요……."

나는, 어떤 지경이 됐는지를 알지 못 한다. 그러나 어머니의 설명은 계속된다.

"……당신도 차츰 끌려 들어가고 있단 말예요."

"처음엔 반대했지만 시켜 놓고 보니, 재롱스럽고 기특하고 대견하고……."

"그게 틀렸단 말예요. 처음에 딱 끊는 건데 우물쭈물하다가 하나밖에 없는 아들을 버려놓게 됐으니, 글쎄 이 일을 어쩌면 좋아요."

"도무지 알 수 없는걸. 나쁜 물이 든다느니, 버려놨다느니……."

"그럼 아니에요? 당신도 생각 좀 해 보세요. 요한이가 요새 공부하는 거 보신 적이 있으세요? 담배 피는 연습이나 하고. 그건 또 그래도 좋아요. 나도 모르게 영화사에 가서 가불해 온 돈이 얼만지 몰라요. 그 돈을 다 뭐에 쓰지요?"

"난 알아."

"아신다고요?"

"아니, 모, 몰라."

"거짓말 마세요. 목사님도 거짓말 하시나?"

"알긴 알지만 그건 비밀이요."

"잘들 노시네요. 부자분이 꼭 같은 말을 하시는군요."

"미안하우."

"요새 거리엔 좋지 않은 애들이 많아요. 그 애들 꼬임 수에 빠진다거나, 또 깡패같은 애들의 위협에 못 이겨서 돈을 연신 빼앗기고 있는지도 모르잖아요."

"그게 아니요."

"그럼 뭐냐 말예요."

"운전수 이군의 말이……. 아, 역시 비밀히 해 두는 편이 좋겠어."

"맘대로들 하세요. 난 더 듣지 않을 테니."

"오해를 하면 곤란하오."

"오해를 안 하게 생겼어요. 당신의 태도라든가 요한이가 하는 것이……."

"내 그럼 말하지. 여보, 우리 요한이가 아무도 모르게 병들고 가난한 사람을 돕고 있다는구려."

"네, 그게 정말이에요?"

"음, 이군의 말이니까 틀림없어."

나는 운전수 이씨 아저씨가 얄미워졌다. 비밀히 하자고 사나이와 사나이의 약속을 해 놓고 나서 나를 배신하고 아버지에게 살짝 고자질을 한 그 마음이 밉다. 나는, 어머니의 오해를 받고 꾸중을 들으면서도 입을 열지 않았는데…….

'내일은 내가 단단히 야단을 쳐 놓아야지.'

"……왼손이 하는 선한 일을 오른손이 모르게 하라는 성경 말씀이 있지 않소? 요한이의 태도가 바로 그것이오."

"어쩌면."

"우리 끝내 모른 체합시다. 싹트는 착한 마음을 무안하게 해 줄 건 없으니까."

"알겠어요. 내가 잘못 알았었군요. 하지만 담뱃대 사건은……."

"글쎄 버려둬요. 좀 더 두고 봅시다."

"네."

내가 …… 화장실 쪽으로 걸음을 옮기는데 발뿌리에 비누곽이 걸리었다.

달그락!

이 소리를 알아들으시고 아버지가,

"누구야?"

하고 고함을 지르신다.

"나예요."

할까 하다가 대화 엿들은 일이 드러날까 봐서,

"야옹……."

하고 고양이 소리 흉내를 내었다. 이번에는 어머니가,
"도둑 고양인가봐요."
나는 짜장 도둑 고양인 체하고 두 번 더,
"야옹……야옹."
소리를 내었다.

어느 날, 차를 타고 거리를 지나다가 놀라운 일을 발견하였다. 걸어가는 석 석사를 만난 것이다. 석 석사도 살아 있는 인간이니까 거리에도 나가 다닐 것이 당연하니 놀라울 것도 없지마는, 문제는 그가 물고 있는 파이프에 있었다.
"음?"
상아 파이프다. 나는 차에서 일부러 내려 가지고 석 석사의 뒤를 따라가며,
"아저씨!"
하고 불렀다.
"어? 요한이구나. 너 어디 가니. 나 좀 차에 태워다 주련?"
"그보다도 아저씨, 그 파이프 어디서 생겼어요?"
"이거? 하하하. 좋지? 누구에게서 선물 받은 거다."
"혹시 선물한 사람이 마리아 누나가 아녜요?"
"맞았어. 하지만 이건 비밀이야. 김 박사님이 아시면 내가 담배를 피운다고 점수를 깎일 거니까."
"그거 이리 주세요."
"파이프를? 왜?"

비밀 337

"내 거니까요."

"그럴 리가 있니. 누나가 내게 준 거래도."

"내 걸 모르고, 누나가 드렸을 거예요."

"그랬을 리가 없지만 그게 사실이래도 마리아 씨에게서 받은 거니까 마리아 씨를 통해서 돌려주면 줘도 그냥은 못 준다."

"알았어요. 마리아 씨를…… 아니, 누나에게 내가 항의를 하겠어요. 안녕."

"야 요한아, 날 좀 차에 태워다 달라니까."

나는 대답을 않고 집으로 돌아왔다. 마침 마리아 누나는 집에 있었다.

"누나, 내 파이프 어쨌어?"

"내 파이프가 뭐니?"

"상아로 만든 담뱃대 말이야. 누나가 석 석사 아저씨에게 준 거."

"쉬!"

누나는 도릿도릿 주변을 살펴본다. 혹시나 어머니가 들으실까 해서 그러는 모양이다.

"그게 네 거야?"

"그래, 홍콩에서 가지고 온 건데."

"믿지 못 하겠다. 난 쓰레기통에서 주운 건데."

"누나가 언제부터 넝마주이가 됐어? 그게 정말이라도 쓰

비밀 339

레기통에서 주운 걸 남에게 선물을 해?"

"상관 있니? 버리기가 아까운 물건이길래 이용한 거야. 말하자면 폐물 이용이지."

"버린 게 아냐, 어머니한테 뺏긴 거지. 석 석사 아저씨 만나면 돌려달라고 해서 찾아다 줘."

"그렇게 안 하면?"

"아버지께 보고할 뿐이지."

아버지가 아시더라도 나는 자신이 있었다.

"너부터 야단맞을 걸? 그런 것 사 갖고 왔다고."

"야단 맞아? 좋아. 내일까지 안 찾아다 주면 알지?"

"알았어, 내 노력해볼게."

누나가 어떤 노력을 했는지, 파이프는 다음 날 무사히 내 손에 돌아왔다. 그러나 그 동안에 쓴 탓에 담배 냄새가 나서 보관하기가 적당치 않다. 나는 그것을 현정이 아빠에게 선물하려고 호주머니에 넣고 집을 나섰다.

13일 금요일

    내가 현정이네 집에 도착했을 때, 그는 아버지와 함께 외출 준비를 하고 있었다. 준비라야 창살 부러진 방문에 낡은 자물쇠를 잠그는 일인데 그 자물쇠를 현정이가 막 잠그려는 찰나였다.
    "현정아."
    "아, 요한이······."
    "안녕하세요? 아저씨."
    나는 현정이 아버지에게 꾸뻑 인사를 하고나서 다시 현정이를 향했다.
    "어디 가?"
    "음 좀······."
    "내 차로 바래다줄게."
    이 때 현정이 아버지가,
    "아니야, 요한이가 왔으면 안 나가도 돼."
    "왜요? 나를 만나러 가시기라도······."
    "하하하, 요한일 만나러 가던 길이지"
    여윈 얼굴 전체가 주름살이 되면서 아저씨는 웃는다. 거의 다 죽어가던 사람이 이만큼이라도 건강이 회복된 것이 고맙고 대견하게 여겨진다. 자물쇠를 도로 열면서 현정이가 설명했다.

"실은 말야 요한이가 나오는 영화를 꼭 보셔야 된다고 하셔서 모시고 나가던 길이야."

"그래요? 그러면 같이 가세요."

"안 가도 돼. 요한이가 왔는데 뭘."

"그래도 가요. 자주 찾아와 뵙는 건데, 촬영이다, 녹화(錄畵)다 하고 바빠서 그만……."

"바빠야지, 사람은 바빠야 해. 나처럼 이렇게 한가해서야 어쩌게."

"아무튼 오늘은 제가 한턱 낼 테니까 바람도 쏘일 겸, 같이 나가시는 게 좋겠어요. 그리고 아저씨 이거……."

"그게 뭐야?"

"골통 담뱃대예요. 선물로 아저씨께 드리겠어요."

"아, 원 이런 훌륭한 물건을……. 이거 상아가 아니라고?"

"상아예요. 홍콩서 가져온 건데 좀 썼지만 아직 괜찮을 거예요. 내겐 소용없는 물건이니 아저씨나 두고 쓰세요."

"고맙다. 번번히 이렇게 신세만 져서……."

"별 말씀을 다……. 자, 어서 가요."

"글쎄……."

"사양하실 거 없다니까요. 안 그래? 현정이."

"음, 아버지. 요한이가 모처럼 말하니까 같이 가세요."

"그렇게 해도 좋지만 요한이하고 같이 가면 그 일을."

"아이 아버지도. 그 일은 또 나중에 하면 되잖아요?"

"그것도 그렇다. 그럼 그건 훗날로 미루고 오늘은 요한군의 초대를 받기로 하지."

이리하여 일행 세 명은 이씨 아저씨가 운전하는 내 자가용을 탔다. 아저씨는 차 안에서도 상아 파이프를 어루만지고 쓰다듬고 한다.

"참, 잘 만든 물건이군. 쓰기는 아까운걸, 두고 보기만 해야겠어."

"하하하, 아저씨도. 그걸 무슨 골동품으로 하세요? 두고 보기만 하시게."

"그럼 한번 써 볼까?"

"그러세요. 그런 물건은 실용품이니까요."

"그럼······."

아저씨는, 개피 담배를 일부러 종이를 까서 파이프에 담더니 불을 붙인다. 맛을 감상하는지 눈을 감고 빨아들였다가 뿜어내는 연기가 무척 평화로워 보인다.

"데련님, 어디로 모실까요?"

운전수 이씨의 말이다.

"조용한 그릴이 좋겠어."

현정이가,

"영화관에 안 가고?"

"영화보담도 식사를 먼저 하는 게 안 좋겠어? 그렇죠 아저씨?"

"난 몰라 오늘은 전부를 요한이에게 맡겼으니까."
―일행은 이씨가 안내하는 그릴에 자리잡았다. 내가 콜라를 주문할 때 아저씨는,
"맥주는 콜라보다 값이 비싸지?"
하니까 현정이가
"아버지, 맥주는 건강에 해로워요."
"한 병만. 한 병이면 되겠는데."
나는,
"그렇게 하세요. 그대신 아까, 뭐 훗날이니 나중이니 하시던 볼일이 뭐였는지 알려 주시겠어요?"
하고 캐어 물었다.
"아, 아니. 뭐 별것이 아니야."
웬일인지 아저씨는 어쩔 줄을 몰라 하고 현정이도 낯을 붉힌다. 더 묻지 않기로 결심하고 맥주를 시켰다.
맥주를 맛나게 마시면서 연거푸 담배를 피워 무는 아저씨가 퍽이나 행복해 보인다. 식사 때마다 기도를 하고 주스나 출싹출싹 마시는 우리 집 식사 풍경하고는 퍽이나 다른 모습이다.
'세상에는 이렇게 사는 법도 있구나.'
하는 마음은, 이렇게 사는 것이 부러워진 솔직한 나의 심정이었다.
아저씨가 맥주 한 병을 다 비울 때를 기다려 식사를 막

시작했을 때 문이 열리며 들어선 것이 장영아였다. 영아는 그의 어머니와 나란히 들어온다.

"아! 영아."

저도 모르게 이렇게 불렀을 때 영아는 입술을 오무리며 뾰족한 눈으로 우리를 한 번 쏘아보더니 그대로 어머니와 함께 자리를 잡는다.

'저 애가 왜 저럴까…… 옳지!'

나는 알았다. 질투다. 현정이와 같이 있는 것이 싫은 모양이다.

'흥, 그럴 테면 그러라지.'

나는 대수롭지 않게 여기면서 식사를 마치고는 영아 쪽은 돌아보지도 않고 현정이 부녀와 함께 그릴을 나갔다.

"자, 이제 극장으로 갑시다."

"아니, 볼일이 좀 있어서 오늘은 이만 헤어져야겠다."

"구경을 하신다더니요?"

"그럴 작정이었지만 식사하느라고 시간을 많이 써서 안되겠는걸. 구경은 다음 날로 밀고 오늘은 고만두자."

"그럼 어디까지 가시는지 내 차로 바래다 드릴게요."

"그럴 필요 없어. 슬슬 걸어서 다녀 갈게."

나도 더는 말하지 않았다. 영아의 쌀쌀한 태도가 마음에 걸렸던 모양이다. 그렇다고 그릴로 도로 들어가 설명할 생각도 없다. 오기가 나서다. 현정이네와 작별하고 집으로 돌아와 버렸다. 교과서를 펼쳐 놓고 들여다보았으나 글자들이 춤을 출 뿐 머리 속에 들어오지 않는다. 활자는 벌레처럼 기다가 이리 저리 모여서 영아의 초상화가 된다. 나는 시나리오를 꺼내 들었다. 곧 크랭크 인(촬영 개시)하게 될 사육신(死六臣)이라는 영화 대본이다. 이 영화에서 나는 단종 대왕(端宗大王)을 맡고 영아의 역할은 정순왕후(定順王后) 송씨(宋氏)다. 이렇게 되면 작품에서는 세상에 둘도 없는 자별한 부부간이다. 이 둘이 오늘부터 냉전을 시작한다면 영락이 없는 부부 싸움이 아닌가. 나는 이렇게 생각했다. 사육신의 촬영이 끝날 때까지는 영아의 오해가 풀려서 다시 옛날처럼 정답게 지낼 수가 있으리라고.

대본을 읽고 있는데 영화사에서 전화가 왔다. 오늘 저녁에 시나리오 독회(讀會)가 있다는 연락이다.

―독회가 끝날 때까지 영아는 나를 한 번도 보지 않는다. 나는 시선이 부딪칠까봐 겁내며 영아 쪽을 훔쳐 보았다. 하얀 얼굴에 표정이 없다. 싸늘하기가 옆에 가면 감기라도 걸릴 것 같다.

나는 참을 수가 없었다. 보기 좋게 따귀라도 갈겨서 한바탕 싸우거나, 아니면 애원을 해서라도 도로 친해지고 싶다. 그러지 않고는 오늘 밤, 잠을 못 잘 뿐더러 줄곧 기분이 언짢을 게 걱정이 되어서다. 독회가 끝나서 서로 자동차에 오르기 전에,

"영아야!"
하고 내가 불렀다.
"흥!"
"왜 그래?"
"뭘 왜 그래?"
"왜 나하고 말도 안 하지?"
"할 말이 뭐가 있어. 있으면 아까 그 거지 기집애하고 말을 하렴."
"거지 기집애?"
"그렇잖고. 난 그런 애 흥미 없다."
"누군 뭐 흥미가 있나?"
"그럼 뭐야? 그게 누구지?"
"말할 수 없어."
"어째서야?"
"비밀이니까."
"비밀? 비밀 좋아하네."
―촬영이 시작되었다. 연습할 때나 카메라가 돌아가는 앞에서도 나와 영아는 시나리오에 있는 대사 말을 주고받을 뿐 다른 대화는 거의 나누지도 않는다. 나는 왜 영아가 저렇게까지 화를 내는지 알 수 없었다. 알 수 없지만 기분은 언짢지 않다.
'뭐니뭐니해도 제가 날 좋아하는 탓이지.'

생각이 여기까지 미치면 마음이 썩 흐뭇하다. 그러나 당장은 안타까운 걸 어쩌겠다는가. 학교 공부 따위는 이제 문제가 아니다. 어떻게 하면 꼬마 스타로 출세할까, 그리고 영아의 마음을 사로잡을 수 있을까……. 이것만이 내 머릿속에 꽉 들어차 있다. 카메라 앞에서 액션(동작)을 하면서도 그 생각뿐이다. 촬영이 어지간히 진행되었는데도 우리의 마음은 얼어붙은 돌멩이처럼 싸늘하게 굳어만 간다.

아버지는 목사님에 신학박사이면서도 꼭 한 가지 미신을 지킨다. 그것은 어느 날이건 13일이자 금요일인 날을 몹시 싫어하는 점이다.

13일 금요일이 든 달에는 며칠 전부터 걱정을 하시면서 준비를 착실히 한다. 그 날은 외출을 않고 손님과 면회도 아니 한다. 그러기 위해서 그날 보아야 할 일을 며칠 앞당겨서 다 해 치우고 하루를 완전히 서재에 숨어서 산다. 남들은 만우절(萬愚節)인 4월 초하루를 거짓말해도 좋은 날로 안다지만 아버지의 경우, 만우절은 13일 금요일이다. 이 날 불쑥 찾아오는 손님이나 전화에는 어머니가 응대하는데 늘,

"출장중인데요."

하거나

"여행중이세요."

……그러면서 따돌린다. 아버지 혼자서만 그러시는 게 아니라 가족들에게까지 행동의 자유를 억압한다.

"오늘은 꼭 볼 일이 아니면 되도록 외출을 말고 부득이 나가야 할 일이 생길 때……는 특히 교통에 조심하고 남하고 다투는 일이 없도록……."

아침에 꼭 이 말을 하신다.

오늘이 바로 그 13일 금요일이다. 허나 나는 학교에도 가야 하고 촬영도 있으니 집 안에만 있을 수가 없다. 더구나 오랫동안 날이 흐리다가 바싹 개어서 그 사이 별러 오던 오픈 셋트(옥외 무대) 촬영이 오늘이라니 빠질 수 없는 노릇이 아닌가. 숙부 수양 대군(首陽大君)에게 왕위를 물려주는 몹신(규모가 큰 장면)이라 나도 흥분했다.

여러 가지 준비 관계로 촬영이 늦어졌다. 배고픈 것을 참으면서 기다려야 했다. 진이 다 빠진 뒤에 촬영에 들어갔을 때는 허기가 졌다. 내가 높은 자리에 서서 울음을 참으며 휘청거리는 장면은 그대로 실감이 났다. 바로 이때였다.

"와그르르…… 지끈 퉁탕……."

하는 소리를 들었을 때, 나는 완전히 의식을 잃었다. 눈을 떠보니 전신이 쑤시고 머리가 아프다. 그 중에서도 못 견디겠는 것이 다리다. 옮겨 놓아 보려다가 나는 이내

"아이쿠."

하며 눈쌀을 찌푸렸다. 눈에는 하얀 까운을 입은 의사와 간호사가 보인다.

'병원인가?'

병원이었다. 입원해 있는 것이었다. 어머니가 달려들며,
"요한아, 정신이 났니?"
하고는 눈물부터 흘리신다.
"어떻게 된 거예요?"
"세트가 무너졌다."
"세트가요?"
"음, 그래서 넌 다리를 몹시……."
"영아는요?"
"영아?"
나는 부끄러워졌다. 다른 일보다 맨 먼저 영아의 안부를 물었던 것이다.
"……오, 너하고 같이 촬영하던……. 그 애는 무사해. 조금 전에도 여길 다녀갔는걸."
"그래요?"
나는 손목에 찬 시계를 보았다. 14일 토요일로 되어 있다.
'아, 그럼 벌써 하루가 지났는가?'
다리를 보았다. 천근이나 무겁다. 그도 그럴것이 깁스가 두툼하게 붙어 있었다.
"상처는 어느 정도예요?"
"골절이다. 다리 뼈가 부러졌어."
어머니는 목이 메는 모양이다.
"어머니, 너무 걱정 마세요. 새옹지마(塞翁之馬)란 말이 있

잖아요?"

"새옹지마? 그게 무슨 말이니?"

"나도 들은 말인데, 옛날 중국의 변방에 한 노인이 살고 있었더래요……"

……그 집에서 기르던 말 한필이 달아나서 재산의 큰 손실을 보게 되었다. 마을 사람들이 찾아와서 노인을 위로 하였다.

"모처럼 다 자란 말을 잃었으니 얼마나 마음이 아프십니까?"

그러자 노인이 대답하기를,

"뭐가 복이 될지 무엇이 화가 될지 어떻게 압니까?"

아니나 다를까 집을 나간 말이 얼마 후에 좋은 말 한 필을 달고 돌아왔다.

사람들은 또,

"훌륭한 말이 생겼으니 얼마나 기쁘십니까?"

이번에도 노인의 대답은,

"뭐가 복이 될지 무엇이 화가 될지 어떻게 압니까?"

하는 것이었다.

노인의 아들이 그 말을 즐겨 타고 놀다가 떨어져서 다리가 부러졌다. 마을 사람들이 또 몰려 와서 위로하는 말에, 노인의 대답은 전과 다름이 없었다. 아들이 다리가 부러졌는데도 노인은 그것이 복이 될지도 알 수 없지 않느냐는 것이다.

얼마 후, 오랑캐가 쳐들어 왔다. 이렇게 되니 나라 안의 젊은이는 모조리 군인에 뽑혀나가서 벌써 19명이나 전사했는데도 노인의 아들은 무사했다. 다리가 부러졌기 때문에 전장에 나가지 않아도 된 것이다.

"그러니까 어머니, 뭐가 복이 될지 무엇이 화가 될지 알 수 없지 않아요?"

어머니는 억지로 웃으시면서,

"녀석이 입심은 줄지 않지."

"그렇지 뭐예요? 영화 배우가 안 됐으며 내 다리가 성했을 거고, 성했으면……."

영아와의 사이가 서먹하고 어색하게 계속됐을 거고— 하려다가 슬쩍 말꼬리를 돌렸다.

"배우 노릇을 계속했을 거고, 그렇게 되면 학교 공부는 영 안 했을 건데."

"앞으로는 영화 배우 그만두련?"

"그럴 수밖에 없지 않아요? 다리가 이 지경이고선."

"그것 봐라, 내가 뭐라든? 13일 금요일에는 아무 일도 않는 게 좋대도."

뒤 이어 찾아온 영아의 얼굴에는 함박 같은 웃음꽃이 활짝 피었다.

"이것 봐, 너 신문에 났어."

영아는 신문지 한 장을 내 앞으로 불쑥 내민다.
"사고 난 기사?"
"음, 그것도 있지만 그보다도……."
신문을 받아서 보니
'아, 이것이 웬일…….'
내가 현정이네를 도운 일이 자세히 보도되지 않았는가. 그 날 현정이네 아버지가 바래다준다는 걸 굳이 사양하고 찾아간 곳이 신문사였던 줄을 안 것은 아직 훨씬 뒤의 일이다.
"내가 오해해서 미안하다."
영아의 말이었다.
"오해가 풀린 건 고맙지만 영아하고는 이제 마지막이 될 것 같다."
"뭐? 어째서 그렇단 거야?"
"난 앞으로 영화를 고만둘 거니까."
"왜? 다리야 뭐 곧 나을 텐데."
"나아두. ……역시 그만두겠어."
—얼마 후, 나는 쌍지팡이를 짚고 학교에 다니게 되었다.
'여름 방학까지는…… 될 테지.'
방학이 끝날 무렵에는 작년에 처음으로 영화에 출연하는 개런티로 받아서 정기 예금해 둔 30만원을 찾게 될 것이다. 그 돈을 현정이네 아저씨에게 고스란히 보내서 사업 자본을 삼게 하고, 내 자동차는 머지않아 석 석사와 결혼하게 될 마리아 누나에게 기부하련다. 그리고 나는 충실한 학생으로 되돌아가련다.
"때깍 때깍."
이것은 나의 쌍지팡이 소리다.

조흔파

소설가. 평양에서 태어나다. 일본 센슈대학 법과 졸업. 국도신문사, 세계일보사, 한국경제신문사 논설위원과 공보실 공보국장, 공무원 사무처 공보국장, 중앙방송국장을 역임. 지은 책에《대하소설 한국인》《대하소설 만주》《소설 한국사》《소설 성서》《조흔파문학전집 8권》《얄개이야기 총20권》등이 있음.

조흔파얄개걸작시리즈 2
얄개·악돌이 만만세
조흔파 지음
1판 1쇄 발행/2018. 5. 5
펴낸이 고정일
저작권 정명숙
펴낸곳 동서문화사
창업 1956. 12. 12. 등록 16-3799
서울 중구 다산로 12길 6(신당동 4층)
☎ 546-0331~6 Fax. 545-0331
www.dongsuhbook.com
＊
이 책의 출판권은 동서문화사가 소유합니다.
의장권 제호권 편집권은 저작권 법에 의해 보호를 받는 출판물이므로 무단전재와 무단복제를 금합니다.
사업자등록번호 211-87-75330
ISBN 978-89-497-1665-7 74800
ISBN 978-89-497-1663-3 (세트)